mainbook

Das Buch: Eine ist Single, die andere in einer festen Beziehung, beide sind kurz vor 40, Journalistinnen mit scharfer Zunge und sensiblen Herzen: Anne und Ellen. Sie arbeiten in einem Büro, umgeben von ihren Hausfischen und dem Gefühl, unschlagbar zu sein. Blöd, dass die Außenwelt der reinste Hindernis-Parcours ist und sie mit Entscheidungen belästigt. Nestbau oder Karriere, sich zufrieden geben oder einen Neubeginn wagen, das Richtige bei dem Falschen suchen, auf den Putz hauen und auch mal ausrasten oder vernünftig sein und auf guten Sex verzichten? Ja. Nein. Vielleicht. Hätte ich doch.
Oberflächlich ist bei Anne und Peter alles okay, aber irgendwie ist der Thrill weg. Versuche, ihn mit Wandfarbe, Wohnungssuche und Vino Tinto hervorzulocken, führen in eine ganz neue Richtung. Ellen lebt in Scheidung. Ihrer misslungenen Ehe mit dem sexbesessenen Georg weint sie keine Träne nach. Sie mag ihr aktuelles Leben – eigentlich. Uneigentlich ist sie froh, als durch Zufall ein neuer Mann auftaucht. Zufällig handelt es sich um ein besonders kompliziertes Exemplar.

Für Anne und Ellen gibt es zum Glück gute Cremes, die ihre Haut retten, die richtige Musik und Galgenhumor, der vor Dauerdepression schützt. Rock and Roll!

Die Autorinnen: Susanne Faust und Carolin Lockstein arbeiten schon ewig als Journalistenteam in Hamburg. Beim Schreiben gibt's auch mal dicke Luft, aber sie verdampft, sobald der Computer aus ist. Ihr Sachbuch „Relax!“ war ein Bestseller und wurde in neun Sprachen übersetzt. „Das Ende vom Lied ist kein schlechter Anfang” ist ihr erster Roman.

Susanne Faust & Carolin Lockstein

Das Ende vom Lied

ist kein schlechter Anfang

Roman

mainbook

ISBN 978-3-944124-71-1

Lektorat: Gerd Fischer
Layout: Katharina Schmidt

Besuchen Sie uns im Internet: www.mainbook.de

Ein besonderes Dankeschön an die,
die uns lieben und unterstützen.

Susanne & Carolin

There are only two important things in life:

Breathe in and breathe out

Keith Skowron, Fitnesstrainer im Hotel Eden Roc, Miami

1. Teil

Breathe in

Anne

Er steht still da und berührt mich mit Blicken, die ich nicht deuten kann. Das safranfarbene Licht der einzigen Lampe im Raum ist zu schwach, um seine dunkelbraunen Augen zu erreichen. Ich liege vor ihm auf einem großen, weißen Hotelbett. Nackt. Er sieht alles. Und lässt sich Zeit. Lustvoll streift er über meinen Körper. Ich spüre die Orte, an denen er verweilt. Lange betrachtet er meinen Mund, bevor er über die vereinzelten Sommersprossen wandert, die sich wie winzige Planeten übers Sonnengeflecht erstrecken. Endlich kommt er. Auf mich zu. Und befreit sich mit fließenden Bewegungen aus seinen Klamotten. Ein kleines Lächeln blitzt über sein fein geschnittenes, indisches Gesicht, als er mit sanfter Hand die Ränder meiner Bikini-Bräune nachzeichnet. Sein Schwanz steht wie ein perfekter Gedankenstrich in der Luft, findet mit kraftvoller Gelassenheit den Weg zu mir und gleitet ganz langsam ganz tief bis an den Punkt, der alles auf diesen Moment zusammenschmelzen lässt. Er nimmt sich zurück, stößt erneut vor. Ich atme im Rhythmus der Wellen, die mich durchströmen. Immer schneller. Und...

Eine Stimme, die nicht zu ihm gehört, übertönt meinen Traum: „Möchten Sie Frühstück, Madame? Kaffee? Tee? Wir landen in weniger als zwei Stunden."

Ich öffne die Augen. Das Gesicht, das jetzt über mir schwebt, ist freundlich-distanziert. Geduldig wartet der Steward, bis ich meinen Sitz aufrecht gestellt und das Tischchen vor mir herunter geklappt habe. „Ein Extra-Croissant?", fragt er. Ich greife zu und beiße mit Heißhunger in das Extra-Croissant. Viel lieber würde ich in die andere Position zurück gleiten – und weiter träumen, von dem Mann, der mich seit 24 Stunden nicht loslässt. Stattdessen kehre ich noch schneller auf den Boden der Tatsachen zurück: Wir landen zehn Minuten früher als geplant. Mein Koffer mäandert als einer der ersten vom Band. Und schon sitze ich im Taxi.

Keine Kühe auf der Straße. Keine Frauen in bunten, wehenden Saris auf Mopeds, keine halsbrecherischen Fahrradfahrer in Anzughosen und Plastikschlappen, keine Bauchladenverkäufer an der Ampel. Elf Stunden liegen zwischen Neu Delhi und Hamburg. Zu wenig, meine Seele schwebt noch über dem Orient. Mein Taxifahrer überbrückt die Distanz. Er kommt aus Syrien und erzählt unaufgefordert von seiner Heimat. Währenddessen krame ich in meiner Handtasche, ziehe die kleine Box mit zwei Trüffelpralinen heraus und reiche sie nach vorne. „Ah, erste Klasse geflogen", vermutet der Mann mit der Wagennummer 671. „Nee", murmele ich. „Die gibt's auch weiter hinten." Abgesehen vom Flug hatte der Trip nichts mit „weiter hinten" zu tun. Fünf Tage Luxus in einer der ärmsten Regionen Indiens, Rajasthan. Fünf-Sterne-Hotels, Tigersafari, Fünf-Gänge-Menüs. In meiner politisch korrekten Phase hätte ich so eine Pressereise abgelehnt.

Aber damals war ich jung und brauchte kein Geld. Samir Khoury, so steht es auf seiner Taxi-Lizenz, biegt schwungvoll um die Ecke und regt sich über den Audi-Fahrer vor uns auf, der seinen Vorwärtsdrang ausbremst. Ich gebe ihm recht – er nickt dankbar und schweigt. Endlich Ruhe. Eine Woche lang habe ich fast ununterbrochen geredet. Oder anderen zugehört, den fünf mitreisenden Kollegen, PR-Frauen, Hoteldirektoren und Reiseabschnitts-Guides.

Ich zupfe an dem gelben Bändchen, das ich seit drei Tagen um mein rechtes Handgelenk trage. „Wünschen Sie sich was", hatte mich der Guide im Maharadscha-Palast von Jaipur aufgefordert, das Baumwollbändchen verknotet und dabei so verheißungsvoll gelächelt, als wäre das große Glück bei ihm Dauergast. Jetzt muss ich also nur noch warten, bis es morsch wird, abfällt und schon schickt das Leben mir das „Rundum-Sorglos-Beziehungs-Paket", das ich auf die Schnelle bestellt habe.

Ganz schön bedenklich, dass ich ein paar schlecht gefärbten Baumwollfäden die Kraft zutraue, mein Schicksal in die Hand zu nehmen. Aber ich brauche dringend mehr Leben in meiner Beziehung und dabei kann ich jede Hilfe gebrauchen.

Seit einem Jahr retten Peter und ich uns über die Zeit. Mit verbindenden Ritualen, bequemen Arrangements und routinierter Zärtlichkeit. Wir sind ein gut eingespieltes Team, das nicht mehr darüber nachdenkt, wohin es gemeinsam will. Ich denke schon. Auch laut. Aber was denkt er? Das ist nicht aus ihm herauszukriegen. Ich habe es mit allen Fragestrategien probiert. Seine Antworten könnte ich vorher auf ein Kärtchen schreiben und damit das Quiz „Antworten Sie für Ihren Partner" gewinnen. Ihn wirklich zum Reden zu bringen und ihm seine wahren Gedanken zu entlocken, ist schwerer, als in einer Woche fünf Kilo abzunehmen. Das ist auch so ein unerfreuliches Thema. Ich stelle mir lieber nicht vor, was da in den letzten Tagen alles auf meinem Teller lag und nun gegen den Reißverschluss meiner ehemals locker sitzenden Jeans drückt.

Ich schalte mein Handy an, stecke es gleich wieder zurück in die Tasche und höre ein gedämpftes Piepen. Eine SMS von Ellen: „Welcome back, Baby." Ich tippe eine Antwort und merke, dass mir dabei gleich wärmer wird. Seit fünf Jahren verbringen wir als Journalisten-Duo Mars & Overmaas mehr Zeit miteinander als ich mit Peter und Ellen mit sich selbst. Betriebswirtschaftlich gesehen läuft unser Leben gut. Unsere persönliche Mitte ist allerdings irgendwo auf der Strecke geblieben. Von mir denken alle, dass ich total glücklich mit Peter bin – außer Ellen. Und Ellen träumt im Moment von einer traumhaften Scheidung von Georg, der aber offensichtlich kein Freund von sachlich und schnell ist und das Trennungsjahr voll auskosten will. Ich bin gespannt, ob es etwas Neues gibt und überlege kurz, ob ich mich von Herrn Khoury ins Büro fahren lassen soll. Aber es ist schon spät. Ellen ist wahrscheinlich nicht mehr da. Und ich möchte auf jeden Fall vor Peter zu Hause sein, um die Wohnung einen Moment lang für mich allein zu haben.

Zum Abschied stellt mir Herr Khoury mein Gepäck mit einem Lächeln vor die Füße. Ich wuchte die 24,5 Kilo die drei Treppen zu meiner Wohnung hoch – gute sechs Kilo mehr als auf dem Hinweg. Wieso wiegt eigentlich schmutzige Wäsche immer so viel? Die Chili-Schoten für Ellen und der Sari-Stoff können es nicht sein. Bleibt der überdimensionale Kamasutra-Bildband, den ich zur Erheiterung und Weiterbildung gekauft habe. Ellen und mir natürlich. Peter geht Sex grundsätzlich lieber mit missionarischem Eifer an.

Ich lasse meine Reisetasche im Flur stehen und gehe durch die Räume, fast wie bei einer Wohnungsbesichtigung. Ich schaue mir die Post an, die auf dem Holztisch im Esszimmer liegt, ziehe die Vorhänge etwas weiter auf, stecke einen Finger in die Erde des deckenhohen Bambus (knochentrocken, natürlich). In der Küche hoffe ich auf eine Überraschung. Dass Peter das Geschirr nicht *auf*, sondern *in* die Spülmaschine gestellt hat. Dass er keine Kaffeepulverspuren hinterlassen hat, aus denen sich problemlos acht

Tassen brühen ließen. Dass er die Brotkrümel vom Tisch gefegt und den Aschenbecher ausgewaschen hat. Aber natürlich ist alles wie immer, wenn ich ohne ihn auf Reisen war. Das ist die Rache des allein gelassenen Mannes. Denn eigentlich ist Peter eher pingelig. Einer, der die Küche so aufräumt, dass sie für einen Musterprospekt fotografiert werden könnte. Wahrscheinlich löst die Vorstellung, dass ich irgendwo auf der Welt in einem Luxushotel sitze, von vorn bis hinten bedient werde, während er sich sein eigenes Süppchen kochen muss, eine Putzlähmung bei ihm aus. Auf jeden Fall ist er genervt. Das spüre ich an Bemerkungen wie „Na, Madame, das war wieder hart, was? Vier Tage Hotel testen, inklusive Wellness. Deinen Job möchte ich haben..." Dazu dann dieses leicht verächtliche Grinsen...

Vielleicht will er mich mit seiner trotzigen Verweigerungstaktik nur schnell wieder auf den Boden der Tatsachen holen. Kindisch und respektlos finde ich das. Und rühre normalerweise keinen Finger, sondern begrüße ihn mit einem deutlichen Spruch – der eine Wiedersehens-Euphorie natürlich ausschließt. Heute mache ich mich direkt an die Aufräumarbeiten. Und beschließe, total entspannt zu wirken. Innerlich ballt sich die Faust in meinem Magen. Als ich gerade die angetrockneten Spaghetti aus dem Nudeltopf kratze, dreht sich der Schlüssel im Schloss. Peter pfeift unsere Erkennungsmelodie, ich pfeife zurück und er fragt scheinheilig: „Wo steckst du?"

Ich höre, wie er seinen Mantel aufhängt und die Dielen unter seinen Schritten knarren. Da steht er auch schon im Türrahmen, mit gespitzten Lippen und zusammen gekniffenen Augen – das Begrüßungsküsschen. Total übertrieben – weil er natürlich genau weiß, womit ich die letzte halbe Stunde verbracht habe. Aber dazu sagt er kein Wort. Ich gehe auf ihn zu und gebe ihm einen Kuss, wie man ihn aus diesen sauberen Doris-Day-Filmen kennt.

Ich schaue zu, wie er Geschirr aus dem Schrank holt. „Schön, dass du wieder da bist", sagt er, „hab extra ein leckeres Brot mitgebracht! Ich deck schon mal den Tisch, ja?" Ich bin fast versöhnt. Irgendwie ist er rührend in seiner Hilflosigkeit, seinem Missfallen anders Luft zu machen als durch diese kleinen Jungenstreiche. Genau dieses Jungenhafte gefällt mir dann ja auch wieder an ihm. Oft beobachte ich Peter und denke „das ist genau der Typ, in den du dich immer wieder verlieben würdest." Und das nach fast zehn Jahren.

„Du siehst gut aus", sagt er, als wir am Tisch sitzen, buttert mit Inbrunst seine Schnitte – und erzählt. Von seiner Woche, in der er sich um unsere Zukunft gekümmert hat: „Morgen Mittag haben wir drei Besichtigungstermine. 17, 18 und 19 Uhr, alles Altbau, über 100 Quadratmeter. Eine Wohnung klingt wirklich interessant: ausgebautes Dachgeschoss mit Terrasse. Wie du's gern hättest."

„Schön", sage ich, koche innerlich aber wieder hoch. Ich war eine Woche nicht im Büro. Wie kann er mich an meinem ersten Tag gleich verplanen? Aber ich will jetzt keinen Ärger. Seit einem Jahr stapeln sich bei uns die Maklerexposées. Peter will unbedingt etwas Eigenes. Dummerweise bin ich glücklich, wo ich bin. Und deshalb entdecke ich wohl auch an fast jedem Angebot einen Haken. Mal stimmt die Lage nicht, mal das Stockwerk, dann ist das Badezimmer ohne Tageslicht oder ich finde die Atmosphäre im Treppenhaus schon feindlich. Das, was mir gefällt, ist entweder zu teuer oder gefällt ihm nicht. Insgeheim denke ich manchmal, dass diese Suche symptomatisch für unsere Beziehung ist.

Um auf andere Gedanken zu kommen, erzähle ich Peter ungefragt von Indien. Er nickt, geht aber gar nicht richtig mit. Und wieder mal habe ich das dämpfende Gefühl, dass er sich nicht für mein Leben interessiert. Oder ist er neidisch? Schließlich sitzt er tagein, tagaus in seinem Büro und fährt höchstens mal auf eine internationale Führungskräfte-Tagung, die dann aber leider im historischen Rothenburg ob der Tauber und nicht in New York, Rio oder Tokio stattfindet.

Um 23 Uhr liegen wir im Bett. Nachdem wir keinen Sex hatten, dreht er sich zur Seite und beginnt mit seinem gleichmäßigen Schnaufen. In Indien ist es drei Uhr morgens. Ich bin hellwach und küsse in Gedanken die Lippen des Mannes, der mich gestern in Delhi hormonell so in Aufruhr versetzt hat, dass ich ihn im Traum körperlich gespürt habe.

Ellen

Der Vollmond scheint durch das Wintergerippe der großen Rotbuche, die vor meinem Schlafzimmerfenster steht. In sechs Stunden öffnen die Geschäfte und ich schwöre, dass ich mir dann endlich Vorhänge für mein Schlafzimmerfenster kaufen werde. Seit 53 Minuten schaue ich meinem Wecker dabei zu, wie er die Zeit wegblättert. Klack, klack, klack. Bevor ich gleich anfange, mir Gedanken darüber zu machen, mit wem ich in den Urlaub fahren, Weihnachten und Silvester feiern soll oder – was auch nicht viel tröstlicher ist – mich mit der Situation auf meinem Girokonto beschäftige, stehe ich lieber auf und horche ins Haus hinein. In die neun anderen Zwei-Zimmer-Wohnungen. Außer mir scheint niemand wach zu sein. Ich laufe die 52 Quadratmeter meiner spärlich eingerichteten Wohnung ab, in die ich vor sechs Monaten Hals über Kopf gezogen bin. Mit acht Umzugskartons, zwei alten Biedermeier-Stühlen von meiner Urgroßmutter und (ausgerechnet) dem Bett, in dem ich ziemlich genau 2000 Nächte mit Georg verbracht habe (vielleicht schlafe ich deshalb so schlecht).

Das Minotti-Sofa (meins), den massiven Esszimmertisch samt lederbezogener Holzstühle (er meint seine, Fakt ist aber, dass ich die Sachen in einem Antikspeicher auf dem Land entdeckt habe), den Weichholzschrank inklusive Holzwurm (meiner), die Tobias Grau Lampen (meine/seine) und die Geschirrspülmaschine (mehr seine als meine) habe ich Georg kampflos überlassen. Als Wegezoll, sozusagen.

Ich lege mich auf MEINE neue, mit hellgrauem Filz bezogene Liege und schalte den Fernseher ein. Zehn Minuten lang schaue ich einer Frau dabei zu, wie sie mit einer grünlichen Paste schlimmste Verunreinigungen an Herd, Fensterrahmen und Autofelgen beseitigt. Das Display links oben in der Ecke zeigt, wie viele Dosen gerade geordert werden. Es bewegt sich mit rasender Geschwindigkeit. Ich fühle mich nicht mehr so einsam, überlege kurz, ob die Wunderpaste für 29,90 Euro nicht auch was für mich wäre, greife dann aber doch nicht zum Telefon. Nun erscheint eine Perlenkette vor blauem Samt – „ein echter Teintschmeichler", meint die Moderatorin. Okay, die brauche ich nicht. Beim nächsten Angebot werde ich schwach. Die Kamera zoomt auf den Swing-Stepper Fire. „Hier kommt der erste Stepper im Designer-Look! Das attraktive Fitness-Gerät ist in schickem Feuerrot-Metallic gehalten und Sie können es getrost nach dem Training im Wohnzimmer stehen lassen..." Ich bestelle das Bauch-Beine-Po-Wunder und schlafe dann vor lauter zukünftiger Erschöpfung ein.

Ein paar Stunden später wache ich auf. Gerädert und, wie so oft in letzter Zeit, viel zu spät. Ohne nachzudenken steige ich in die Jeans und den Kaschmir-Pullover von gestern. Als ich 15 Minuten später die Treppe herunter poltere, habe ich das Gefühl, die Hälfte von mir zurück gelassen zu haben. Dann macht auch noch mein Auto Stress. Die Scheibenwaschanlage pumpt halbherzig die letzten Tropfen an die schmutzige Scheibe und hinterlässt einen undurchschaubaren Schmierfilm. Keine Zeit mehr an die Tankstelle zu fahren. Ich weiß nicht, wie manche Frauen es schaffen, alles in aller Ruhe zu tun. Ich mache mich meist erst dann auf den Weg, wenn ich eigentlich schon längst angekommen sein müsste. In roten Ampelphasen versuche ich mit dem, was meine Handtasche hergibt, ein halbwegs rosiges Spiegelbild zu zaubern. Puder an der ersten Kreuzung. Mascara beim nächsten Stopp.

Zwischendurch Lipgloss. Der letzte Blick in den Rückspiegel gilt meinen Haaren. Wir sind seit 34 Jahren Feinde. Ich probiere jedes Produkt aus, auf dem das Wort „Volumen“ steht, und sei es noch so klein gedruckt. Aber egal, was ich morgens anstelle, wie lange ich sie über Kopf föhne und mit Rundbürsten im Haar herumlaufe. Spätestens um elf Uhr ist die Lage auf meinem Kopf unangenehm entspannt. Nur wenn ich sehr verliebt bin, hält die Frisur. Ich kenne keine Studie über den Einfluss von Glückshormonen auf die Sprungkraft von Haaren. Aber es muss da einen Zusammenhang geben. Ich bin jedenfalls eine ganze Weile schon nicht mehr richtig verliebt gewesen. Und das nervt langsam. Ich bin so entwöhnt, dass mich sogar schon ein harmloser Anruf von Annes Freund Dirk, der gestern im Büro anrief, eigentlich Anne sprechen wollte und sich dann mit mir verplauderte, wahre Freudenfeuer in mir auslöst. Ich lerne einfach keine guten Männer kennen, nicht mal einen anständigen Friseur. Das nervt. So sehr, dass ich ernsthaft mit dem Gedanken spiele, mich im „Fundbüro“ anzumelden, dem Online-Portal für „niveauvolle Hamburger“.

Vor unserem Büro steht kalter November-Nebel – und das Auto von Anne. Ich hatte gestern Abend extra noch Yogi-Tee gekauft und wollte sie mit einer dampfenden Kanne auf die indische Art begrüßen. Umsonst abgehetzt. Durch die verschmierte Windschutzscheibe fällt mein Blick auf das Schild an der Eingangstür: „Mars & Overmaas“. Als Anne und ich die stillgelegte Nudelfabrik auf der Suche nach einem geeigneten Büro zum ersten Mal betraten, hatten wir gleich ein gutes Gefühl. Vor der Tür, auf der in bröckelnden Lettern „Druckerei“ stand, blieb der Hausmeister stehen. „Die Räume stehen schon länger leer. Muss einiges dran gemacht werden“, bereitete er uns auf 80 unglaublich unrenovierte Quadratmeter vor. Die Wände waren seit mindestens 20 Jahren nicht mehr gestrichen worden, die Fenster und Türen zeigten stärksten Nikotinbefall. An der Decke klebten brüchige Styroporplatten, der blaue, stark ausgetretene Filzteppich war aufs Innigste mit dem Estrich verbunden und würde sich nur mit einem Spachtel in briefmarkengroßen Fetzen abschaben lassen. Uns war das alles egal. Wir mochten vor allem die fünf Stufen, die im großen Büro auf eine zweite Ebene führten. Damit war unser Aufstieg, rein physikalisch betrachtet, schon garantiert.

Ich schrieb damals gerade ein China-Special für eine Frauenzeitschrift, hatte Feng Shui für mich entdeckt, wollte die Lehre von der harmonischen Umgebung unbedingt im Büro umsetzen und irgendwas mit Wasser machen. Das soll Geld in die Kasse spülen. Ein künstlicher Flusslauf im Eingangsbereich – wie man es aus besseren China-Restaurants kennt – wäre ideal gewesen. Aus Kostengründen wurde es dann letztendlich ein Aquarium mit neun Fischen.

Die Energie in unserem Büro scheint jedenfalls zu stimmen. Die Aufträge sprudeln nur so herein und bringen uns überwiegend mit besonderen Menschen und den feinen Dingen des Lebens zusammen. Wir schreiben über aktuelle Kino-Filme, frisch veröffentlichte CDs, interviewen Hollywood-Stars und Musiker. Der Ausgleich zu unserem Rock 'n' Roll-Leben ist der pure Luxus. Für Hochglanzmagazine bereisen Anne und ich Spas und Fünf-Sterne-Hotels auf der ganzen Welt. Und die Beauty-Ressorts der Frauenzeitschriften bestellen bei uns Gesundheits- und Hautpflege-Themen von Kopf bis Fuß. Da Douglas seit Teenagertagen unser Wallfahrtsort ist, kannten wir uns mit Cremes, Düften und Make-up immer schon bestens aus. Seitdem die Boten von DHL, UPS und DPD täglich Päckchen mit Tiegeln und Flakons abliefern, ist die Zeit der teuren Pilgerreisen vorbei. Zu Hause, in unseren Badezimmern, führen wir unsere ganz persönliche Filiale. Der Anblick meines Anti-Aging-Universums erfüllt mich mit großer Ruhe. Wenigstens um die Zukunft meiner Haut brauche ich mir keine Sorgen zu machen.

Anne

Nach einer kurzen Nacht stehe ich noch vor Peter auf, was so gut wie nie vorkommt. Ich trödele im Badezimmer herum. Frühstücke in aller Ruhe, fahre sogar noch zum Auftanken – Benzin, Zeitungen, Zigaretten – und bin trotzdem vor Ellen im Birkenhof. Jetlag kann das Leben ganz schön beschleunigen. Das lebendige Chaos unseres Büros weckt meine Lebensenergie. Ellen und ich haben jedes Detail liebevoll ausgesucht. Vom Holzfußboden über den leckeren Creme-Ton für die Wände, die Edelstahl-Küche, bis zur indirekten Deckenbeleuchtung. Vor den beiden Fenstern steht jeweils ein Schreibtisch, dazwischen ein großes Regal auf Rollen. Herzstück ist ein zwei Meter langer Holztisch, der viel ertragen muss. Heiße Töpfe, Kerzenwachs, Rotweinunfälle und bei Partys auch mal High Heels.

Ellen hat Cremes, Seren, Shampoos, Parfüms und die neuen Frühjahrs-Farben, die uns Kosmetikfirmen in den vergangenen Tagen zum Testen geschickt haben, auf dem Archivschrank zu einem hübschen Stillleben arrangiert. Ich drehe ein paar Dior-Lippenstifte auf und schnell wieder zu (zu orangestichig für mich), schnuppere an einem Shampoo für blonde Strähnen (könnte passen) und verliebe mich spontan in den Raumduft „Love". Der schlichte Flakon muss dringend die Stimmung in meiner Wohnung heben. Ellen überlässt ihn mir bestimmt, wenn sie dafür das Feuchtigkeits-Serum mit einem patentierten Extrakt aus Buchenknospen haben kann. Sie testet gern Pflanzenkosmetik, ich setze mein Vertrauen lieber auf High-Tech-Formeln. Bis jetzt gibt unsere Haut uns beiden noch recht.

Während mein Computer hochfährt, versorge ich die Fische: drei Antennenwelse, ein Feuerschwanz-Fransenlipper und fünf Prachtguppys, alle männlich, damit die Anzahl nicht ins unkontrollierte Feng Shui-Desaster ausufert. Todesfälle werden betrauert, im Klo entsorgt und noch am selben Tag ersetzt. Meist durch

Guppys. Weil Verluste sich häuften und Guppys scheinbar die widerstandsfähigsten Hausfische sind.

Der Poststapel auf meinem Schreibtisch ist überschaubar. Dafür läuft mein E-Mail-Account über. Die Nachricht, der ich insgeheim entgegen fiebere, ist nicht dabei. War ja klar. Dafür höre ich endlich hastige Schritte im Flur.

„Alles wohlauf?", erkundigt Ellen sich, als sie mit einer Auswahl an Yogi-Tees in der Hand hereinkommt.

„Den Fischen geht's gut..."

„Und dir nicht? Was ist los? Hattest du keine schöne Reise?"

„Doch, Indien war toll. Aber das Nachhausekommen... Es ist immer das gleiche mit Peter. In der Küche gab es die üblichen Beleidigte-Leberwurst-Spuren. Wir hatten natürlich keinen Sex. Dafür habe ich nachher drei Makler-Termine", fasse ich die Stunden seit meiner Heimkehr zusammen.

„Piet hat dich vermisst und ist ein bisschen neidisch. Das kann er halt nicht anders ausdrücken." Ellen füllt den Teekocher mit Wasser auf und schaut mich forschend an. Aber ich will jetzt nicht hören, was für ein netter Kerl Peter im Prinzip ist. Ich will sauer sein. Und ich will auf jeden Fall das Thema wechseln. „Am letzten Abend in Delhi hatte ich einen irren Flirt", vertreibe ich Piet aus unserem Gespräch.

„Mit wem?", will Ellen sofort wissen.

„Mit dem Direktor des Hotels, in dem wir unser Abschluss-Dinner hatten. Vikram hat mir beim Essen schräg gegenüber gesessen, mich unangebracht lange angeschaut und urplötzlich gefragt, ob ich verheiratet sei." Meine Kollegen, die nach acht langen Tagen genug über mich wussten, um meine Biografie zu schreiben, unterbrachen ihre Gespräche und warteten gespannt, so wie Ellen jetzt: „Was hast du geantwortet?"

„So ähnlich, hab ich gesagt. Vikram wollte natürlich sofort wissen, wie er denn ‚so ähnlich' zu verstehen habe. Bevor ich etwas sagen konnte, meinte jemand aus der Runde ‚man muss ja nicht heiraten, um als Paar glücklich zu sein'. Darauf meinte Vikram, dieser Tipp käme für ihn sieben Jahre zu spät. Was für ein Arschloch. Seine arme Frau."

„Ach komm, dieser Spruch hat ihn doch erst richtig attraktiv für dich gemacht."

„Nicht nur für mich. Du hättest mal sehen müssen, wie die Frauen am Tisch an seinen Lippen hingen. Aber er hat den Rest des Dinners nur noch mich beachtet. Das war schon richtig unhöflich. Irgendwann hat er uns alle nach den Visitenkarten gefragt, nur meine in seine Brieftasche gesteckt und mir später beim Abschied zugeflüstert ‚I write you'. So, und jetzt ist hier keine E-Mail von ihm dabei."

„Du bist doch gerade erst angekommen."

„Ich habe auf dem Rückflug geträumt, dass wir unglaublich guten Sex miteinander hatten. War leider ein Coitus interruptus, es hätte noch viel besser werden können, aber dann hat mir der Steward ein fettes Croissant unter die Nase gehalten. Beim Frühstück habe ich immer wieder auf die Weltkarte im Bordmagazin geguckt. Wir könnten uns in Ägypten treffen. Das ist ungefähr die Hälfte der Wegstrecke. Dieser Mann wäre perfekt für eine richtig heiße Affäre."

„Schöner Traum. Aber Arschlöcher sind nie gut im Bett", stört Ellen meinen Höhenflug. Ich gebe ihr offiziell recht, um gleich darauf lustvoll im Lufthansa-Flugplan zu blättern und die besten Verbindungen nach Kairo herauszusuchen.

Eine Zeit lang ist nur das Klickern von Ellens Tastatur zu hören. Irgendwann sagt sie ganz beiläufig in meine Tagträumerei hinein: „Übrigens hat Dirk vor ein paar Tagen angerufen."

„Bei dir?" Ich bin freudig überrascht.

„Nein, auf deinem Apparat", sagt sie und bemüht sich ganz unaufgeregt zu klingen.

Aber ich verhöre weiter: „Und was wollte er?"

„Keine Ahnung. Hat er nicht gesagt", murmelt sie und fügt dann an: „Aber wir sind richtig ins Plaudern gekommen."

„Der war bestimmt nicht traurig, dass ich noch in Indien war. Dirk mag dich richtig gern. Das hab ich sofort gemerkt, als er neulich hier war."

„Und warum sagst du das erst jetzt?"

„Weil du immer so zickig bist, wenn ich dir sage, dass ein Mann dich toll findet. Also worüber habt ihr geredet?"

„Ganz komisch. Fast die ganze Zeit über Fußball. Ich hab alles untergebracht, was ich von dir über Werder Bremen aufgeschnappt habe", gesteht Ellen. „Ich glaube, ich habe damit mächtig Eindruck geschunden. Wir sind so gut wie verabredet. Er will sich melden."

Ich lächle in mich hinein. Dirk kommt aus Bremen, ist Architekt und schon länger als Single unterwegs. Kein einfacher Typ. Aber vielleicht hat er ja einfach nur noch nicht die richtige Frau getroffen. Und überhaupt: Ellen soll ihn ja nicht gleich heiraten, sondern einfach mal wieder Spaß haben und abgelenkt werden von ihrem Ex-Mann, der immer noch in ihr Leben funkt. Meine größte Sorge ist, dass sie rückfällig wird. Gegen Georg ist einfach fast jeder Mann ein Geschenk. Und noch etwas spricht für Dirk: Er spielt in Peters Band das Saxophon, was ihm eine ordentliche Portion Sexappeal verleiht.

Ich finde, Musik ist ein guter Männersortierer, weil Typen, die gute Songs schätzen und Instrumente spielen können, eigentlich immer was im Kopf haben und fantasievoll sind. Was allerdings nicht zwangsläufig bedeutet, dass sie ihr Leben im Griff haben und das große Glück bringen. Mein erster wirklich cooler Freund war Gitarrist in einer Punkband. Die nannte sich „Vorsicht Fußgänger" und übertönte ihr Nichtkönnen mit Lautstärke. Später improvisierte ich mit dem Keyboarder einer Cover-Band und wohnte rein platonisch mit dem Perkussionisten in einer WG. Als mir dort ein Freund Beethovens „Rondo à capriccio" zauberhaft auf dem Klavier vorspielte, ließ ich ihn nachts in mein Hochbett. Leider beschränkte sich seine Fingerfertigkeit hauptsächlich auf schwarze und weiße Tasten. Obwohl – der Grund für unser schnelles Ende lag weiter unten. Mir war klar geworden, dass es sehr wohl auf den Umfang ankommt. Es folgten DJ's und eine Reihe anderer windiger Typen. Was alle einte, war eine gute Plattensammlung.

Mit 28 gelobte ich, dass mir kein unzuverlässiger Lässiger mehr in mein Leben komme. Und keinen Monat später ging mir das genaue Gegenteil ins Netz. Ein Volkswirt mit festem Einkommen und einem Auto, bei dem ich nicht die Tür während der Fahrt festhalten musste. Als er mir erzählte, dass er neben seinem Job bei der Versicherung als Gitarrist in einer Band spielte, hörte ich die „Bingo"-Melodie. Peter Rheingold – er vereinte alles, was mein Herz begehrte. Anlehnungsfreundliche 1,95 Meter, dunkelbraunes, dichtes, glattes Haar, strahlende braune Augen, aussagekräftige Nase, eine V-Figur mit kleinem Knackarsch, eine unwiderstehliche Lücke zwischen den Schneidezähnen. Wir waren berauscht voneinander. Er liebte es, mit mir Musik zu hören und über sie zu sprechen. Das konnte er mit keiner meiner Vorgängerinnen. Und ich schlachtete meinen Vorteil genüsslich aus, legte noch mehr Geld in CD's an und überraschte ihn mit immer neuen „Das musst du hören"-Tipps. Zu „Joe Le Taxi" fuhren wir zwei Wochen nach dem ersten Kuss nach Paris, wie es sich für Verliebte gehört. Und ich fahre auch jetzt noch gern mit ihm im Auto, zu seinen Eltern nach Heidelberg, zu meinen Eltern nach Oldenburg, über den Brenner nach Italien und über einsame Landstraßen durch Frankreich. Wir hören der Reihe nach unsere Lieblings-Songs und singen lautstark mit. Die Erinnerung an diese Reisen wärmt meinen Körper.

Ellen

Ich muss mich jetzt zusammenreißen – schließlich sind wir ein kleines Wirtschaftsunternehmen und keine Beratungsstelle für Frauen mit Männerproblemen. Aber seitdem ich Anne von Dirks Anruf erzählt habe, denke ich ständig an ihn. Dabei ist er alles andere als die logische Fortsetzung meiner überschaubaren Beziehungs-Galerie. Er ist einfach – viel zu nett. Rein äußerlich passt er allerdings schon ins Bild, weil er mich überhaupt nicht an Georg erinnert (ich bin immer bemüht, mich zumindest optisch in das Gegenteil des Vorgänger-Modells zu verlieben). Mit seiner hellen Ausstrahlung (bartloser, heller Teint, blau-graue Augen, weißes Lächeln, das bis zum Ohr geht, volles, glattes dunkelblondes Haar) könnte Dirk der erwachsen gewordene Junge von der Zwieback-Tüte sein, ein echter Schwiegermutter-Traum. Im Gegensatz zu Georg, der seine Ecken und Kanten auch nach außen trägt: längliches Gesicht, dunkelgrauer Drei-Tage-Bart, der sein leicht asymmetrisches Kinn tarnt. Drahtiges, durch Wirbel an Stirn und Hinterkopf zu Berge stehendes Haar, senkrechte Zornesfalte zwischen einer schwarzen Nerd-Brille.

Um Georg aus meinen Gedanken zu entfernen, nehme ich mir mein gesammeltes Recherche-Material zum Thema „neueste Erkenntnisse der Glücksforschung“ vor und vertiefe mich in eine aktuelle Umfrage: Macht Geld glücklich? „Ja“, ist sich die Mehrheit der Befragten einig. Macht Sex glücklich? Ebenfalls ein eindeutiges „Ja“. Meine Gedanken schweifen wieder ab: Meine Güte! Ich bin 34 und seit fast einem Jahr ohne Sex. Das muss sich blitzschnell ändern. Ist schon komisch, dass ausgerechnet ich fünf Magazin-Seiten mit Glück füllen soll. Die Redakteurin muss schon sehr verzweifelt gewesen sein, dass sie mir das Thema gegeben hat. Psychologie und Partnerschaft sind nun mal nicht meine Fachgebiete. Und wenn ich rauchen würde, wäre jetzt der Moment für eine Zigarettenpause.

Auf der anderen Seite vom Regal blättert Anne vorsichtig im Flugplan der Lufthansa. Sie denkt, ich merke es nicht und sie will garantiert nicht hören, was ich davon halte. Ich glaube, dass sie den Inder nicht wieder sehen wird. Ich glaube auch gar nicht, dass sie das wirklich will. Sie will Peter. Peter holt ihre Sachen aus der Reinigung ab, ohne dass sie ihn bitten muss. Er besorgt morgens frische Brötchen, kocht Kaffee, deckt den Frühstückstisch. Und nimmt Serien für Anne auf, während sie mit Freundinnen im „Buddha" sitzt und heimlich ein Auge auf den süßen Kellner wirft. Anne muss immer einen anderen Mann im Sinn haben und wenigstens in Gedanken den festen Rahmen sprengen, den Peter ihrem Leben gibt. „Eine ruhige See bringt keine guten Seeleute hervor", sagt sie gern mal zu ihrer Entschuldigung. Sie glaubt, dass lange Beziehungen geradewegs im ereignislosen Nebeneinander enden, wenn nicht beide ständig Wellen machen.

Vor den Fenstern dämmert der Nachmittag in den frühen Abend hinein. Die Äste der Bäume biegen sich im schneidenden Wind, als wollten sie sich durch die Bewegung warm halten. Über den Hof huscht eine dunkle, übergroße Daunenjacke auf den Eingang zu – Marlene. Schritte eilen über den Flur, an uns vorbei und verebben im Nachbarraum. Unsere Büro-Nachbarin und Freundin ist seit Wochen so im Stress, dass wir außer einem „hallo, ihr Süßen, hoffe, es geht euch gut. Ich muss leider gleich wieder los" nichts von ihr gehört haben. In entspannten Phasen kommt sie dagegen ständig mit ihrer lippenstiftumrandeten Kaffeetasse zu uns rüber und weiht uns in ihre neuesten „Männergeschichten" ein. Ihre Agentur „See You" hat elf äußerst sensible Haare- und Make-up Künstler unter Vertrag. Und für die organisiert Marlene nicht nur Jobs, sondern springt auch spontan als Hundesitter, Seelentrösterin und Catering-Service ein, wenn die Gestressten aus Paris, New York oder Kapstadt heimkehren und zur Regeneration Sojamilch, Dinkelbrot, Bio-Käse und Kopfschmerztabletten in ihrer Wohnung vorzufinden wünschen.

Nebenbei betreut sie ihren hyperaktiven 9-jährigen Sohn und einen Vielflieger-Mann, der zu Hause keinen Finger rührt.

Durch die Wand dringt Marlenes aufgeregte Telefonstimme.

„Wahrscheinlich der Schulhort, der darauf besteht, dass sie Tim abholt, weil er mal wieder einen Erstklässler verprügelt hat", schätzt Anne, die in Minutenabständen ihre E-Mails abfragt. Irgendwann höre ich sie tief durchatmen. Meine Sehnsucht nach Ablenkung ist sofort geweckt: „Der Inder?"

„Der Inder!"

Ins Deutsche übersetzt klingt Vikram wie ein braver Internatsschüler. Natürlich verschone ich Anne mit meinem Urteil. Sie liest laut vor und glüht dabei vor Aufregung:

Liebe Anne,
schade, dass Sie nicht länger in Delhi waren, dann hätte ich Ihnen die Stadt gezeigt. Das machen wir dann beim nächsten Mal. Vielleicht schaffe ich es auch schon bald, den Schwarzwald zu besuchen, den Sie mir dann freundlicherweise zeigen könnten.
Herzliche Grüße,
Ihr Vikram

„Sag ihm, er soll kommen", sage ich ohne Überzeugung. Und klinge wohl auch so.

Anne ist von der Idee nicht begeistert: „In Deutschland will ich ihn nicht treffen. Ich finde Kairo immer noch gut. Aber heute schreibe ich ihm garantiert nicht zurück. Vikram hat lange in Amerika gelebt und du kennst doch die Dating-Regeln. Ich muss ihn mindestens eine Woche zappeln lassen."

Jetzt platzt es doch aus mir heraus: „Findest du nicht, dass dein Leben schon kompliziert genug ist? Vielleicht solltest du deine Energie lieber mal auf Peter konzentrieren."

Anne ist empört: „Das tue ich doch." Wie so oft, wenn Anne von irgendwas genervt ist, springt sie auf, füllt den Putzeimer mit heißem Wasser und einem viel zu großen Schuss Parkettreiniger, schnappt sich den Schrubber und kommt in ihre nervöse „Ich-kann-nicht-weiterarbeiten-bevor-hier-nicht-alles-tipptopp-ist“-Aufräumstimmung.

Anne

Manchmal kann nur ein sauberer Fußboden meine Gedanken reinigen. Nie ist das Ziel so klar und das Ergebnis so befriedigend wie beim Putzen und Aufräumen. Wenn ich einen Nachmittag über einem Text gebrütet habe, muss man ihm das lange noch nicht ansehen. Aber eine Stunde mit Lappen, Schwamm und Schrubber bringt auf jeden Fall sichtbare Erfolge. Ich kann wochenlang darüber hinwegsehen, dass der Papierberg neben meinem Schreibtisch wächst und wächst. Und dann kommt dieser Moment, in dem ich nur noch Unordnung und Staub sehe. Das passiert immer dann, wenn ich hochgradig genervt bin. Weil jemand Druck macht und ich eine Aufgabe besonders schnell erledigen soll. Oder weil im Kopf alles durcheinander läuft. Dann muss ich mich bewegen, um gedanklich nicht festzufahren. Und mich nicht hineinzusteigern, in Angst, Wut oder einfach nur schlechte Laune.

Ellen versteht mich nicht. Sie sieht über Chaos im Büro locker hinweg (sie tendiert im Job stark in Richtung Messie). Ihr macht es nichts aus, wenn bei uns die Wollmäuse Samba tanzen. Sie ist der einzige Mensch, den ich kenne, der einen ganzen Papierkorb „verlegt“ hat (wahrscheinlich hat sie ihn mitsamt ihres Mülls in den Container geworfen). Auch lädt sie Sachen, die nicht mehr auf ihren Schreibtisch passen, auf dem Esstisch oder irgendwo ab, wo sie sie dann manchmal Wochen später wieder findet und mit einem erstaunten „Ach, da war die Pressemitteilung“ begrüßt. Punktuell kann sie dann sehr pingelig sein. Geht sie an mein Telefon, wischt sie nach dem Gespräch den Hörer mit ihrem

Ärmel ab. Oder sie poliert ihr Telefon akribisch mit einem Gesichts-Reinigungstuch auf Hochglanz. In dem Zuge sind die freien Stellen der Arbeitsplatte dann auch gleich fällig. Jedes Mal, wenn ich in ihre Wohnung komme, bin ich erstaunt über die gespaltene Putz-Persönlichkeit meiner Partnerin. Anders als bei mir zu Hause, liegt nichts Überflüssiges herum, schon gar kein Staubkorn. Frage ich sie nach einem Buch, zieht sie es mit einer einzigen sicheren Bewegung von seinem angestammten Platz aus dem Regal. Deshalb müsste sie mich eigentlich verstehen, wenn ich im Büro für Ordnung sorgen will.

Ellen

Es ist ganz einfach so: Zuhause hilft mir das Putzen beim Gedankensortieren. Im Büro hält es mich vom Arbeiten ab. Hier und da eine Wollmaus oder ein Stiefelabdruck eines Paketdienstlers bringen mich nicht aus der Ruhe. Und mein Schreibtisch, naja. Zu Hause ist dafür eben alles lupenrein. Mein Badezimmer-Waschbecken sieht immer so aus, als hätte Meister Propper bei mir Wohnrecht auf Lebenszeit – der glänzende Beweis, wie Prägung funktioniert. Ich wollte nie so werden wie meine Mutter. Und die Vorstellung, die eigene Zukunft vorgelebt zu bekommen – und sei es auch nur in Auszügen – erhöhte zeitig meine Wachsamkeit. Mit der ganzen genervten Überheblichkeit einer pubertierenden Tochter beobachtete ich meine Mutter bei ihren kleineren und größeren Blamagen. Und schämte mich zu Tode. Für ihr lautes Lachen, wenn sich ihre Freundinnen um den niedrigen Wohnzimmertisch versammelten, der mit „schnellem Butterkuchen", Salzstangen, Erdnüssen und mindestens einer saisonalen Süßigkeit eingedeckt war. Und erst recht für ihre peinlich gute Laune auf Partys, wenn sie sekt-säuselnd sämtlichen Männern um den Hals fiel, sich von dem braunen Polyester-Anzug an der Hammond-Orgel „Griechischer Wein" oder „Weiße Rosen aus

Athen“ wünschte und meinen zur Salzsäule erstarrten Vater auf die Tanzfläche zog. Über das häusliche Parkett schlitterte sie weit weniger entspannt.

Solange ein Kalkfleck am Wasserhahn oder ein Fingerabdruck am Lichtschalter ihre Kreise störte, kam sie nicht zur Ruhe. „Eine gute Hausfrau erkennt man daran, dass sie auch unterm Waschbecken putzt“, pflegt sie zu sagen. Im blitzblanken U-Rohr klemmte immer eines dieser dünnen, rosa-weiß gestreiften Wischtücher, das getrocknetes Scheuerpulver der Marke „Ata“ wie aus einer Puderquaste absonderte. Wahrscheinlich haben die Putzmittel-Schwaden meine DNA manipuliert. Jedenfalls tue ich es auch. Seitdem ich von zu Hause ausgezogen bin, putze ich unterm Waschbecken. Meist im 2-in-1-Verfahren – beim Zähneputzen oder Telefonieren. Und in jedem Fall mit den schärfsten Mitteln, die der Markt hergibt, OECD-Standard hin oder her. Aber, was noch viel schlimmer ist: Ich checke auch jedes fremde Waschbecken nach den hausfraulichen Qualitäten seiner Benutzer. Automatisch.

Mein Waschbecken hat mir schon viel Ärger beschert, indirekt also meine Mutter. So gesehen ist es eigentlich ihre Schuld, dass ich Georg kennengelernt habe. Ich wollte übers Wochenende eine Freundin in Berlin besuchen, war spät dran, hatte die Reisetasche schon in der Hand, als mir einfiel, dass das Buch, das ich am Abend zuvor angefangen hatte, noch auf dem Badewannenrand lag. Auf dem Rückweg blieb mein Blick am schmuddeligen Becken hängen. Ich konnte nicht anders. Ich wienerte los – Seifenschale, Zahnputzbecher und Spiegel gleich mit – und verpasste knapp den Zug. Ich schlug die Stunde Wartezeit bei Douglas tot, ließ mir von der Bobbi Brown-Visagistin den neuen Nude-Ton auf die Lider legen und stieg gut gelaunt in den nächsten ICE. Da saß er – auf meinem Lieblingsplatz, dem Vierer mit Tisch im Großraumwagen, natürlich in Fahrtrichtung: braune Cordhose, langer Trenchcoat, kurz rasiertes Haar und diese Schlaumeier-Brille. Er hatte seine Sachen über die ganze Fläche verteilt und sah zu, wie ich mein Gepäck auf die Ablage wuchtete. Ich ließ mich in den gegenüber liegenden Sitz fallen, stellte meinen Caramel Macchiato auf die paar Quadratzentimeter, die er mir gelassen hatte, und ärgerte mich ausnahmsweise mal nicht über diese typisch männliche Art der Kolonisierung fremder Einzugsgebiete. Als sich der Zug in Bewegung setzte, zog er ein übergroßes weißes Stofftaschentuch aus seinem Mantel und nieste 14 Mal hintereinander hinein. „Ich bin Allergiker", sagte er überflüssigerweise. Das hätte mir eine Warnung sein sollen. Aber ich fand ihn irgendwie niedlich. Wie er mit unglücklichem Gesicht auf den nächsten Nieser wartete, die Stirn so angestrengt in Falten gelegt. Als die Sache fürs erste ausgestanden war, klappte er seinen Laptop auf. Ich vertiefte mich in mein Buch und bemerkte erst nach einer Weile, dass er mich aus den Augenwinkeln heraus beobachtete: „Toller Roman", kommentierte er plötzlich meine Lektüre. „Wenn du das magst, hab ich noch einen guten Tipp für dich. Ich weiß allerdings nicht, wie der Titel auf Deutsch heißt. ‚Love Medicine' von Louise Erdrich."

„Liebeszauber. Uralt. Das kenne ich, ein echter Klassiker der amerikanischen Literatur", führte ich unser wenig originelles Gespräch fort. Aber mein Interesse wuchs. Wer diese sinnlich-schwermütige Sprache mag, mit der Louise Erdrich vor allem die unbequemen Seiten der Liebe herausschält, kann nicht so verkehrt sein. Begeistert suchten wir nach mehr Gemeinsamkeiten. Wie sich herausstellte, war er freier Regisseur, hatte wie ich ein paar Jahre in Wien gelebt und nahm statt Zahnputzbecher auch die hohle Hand zum Nachspülen. Außerdem musste er auch gleich beim Bäcker ein Stück aus dem frisch gekauften Brot brechen und blickte im Schlafzimmer seiner ersten Wohnung auf die Dekosünde seines Vormieters – eine Fototapete aus der beliebten Serie „Sonnenuntergang an palmengesäumten Strand". Kurz bevor wir Berlin erreichten, schrieb er mir seine Telefonnummer in mein Buch. Sie begann mit 420 – wie meine. Unsere Wohnungen lagen drei Querstraßen auseinander. Das war Bestimmung. Ganz bestimmt.

Bevor Anne zu ihren Besichtigungsterminen fährt, fischt sie eine CD von Steve Earle aus dem Archiv und legt sie mir auf den Schreibtisch.

„Lied neun", sagt sie, „das musst du dir mal anhören. Irgendwie musste ich heute andauernd an den Song denken."

Während die Musik läuft, fällt mir auf, dass die Songtexte durchweg von tragischen Erlebnissen und hauptsächlich von enttäuschter Liebe handeln. Bei Lied neun kann ich es einfach nicht vermeiden, dass sich ein paar Tränen in meinen Augen sammeln. Das Stück heißt „Poison Lovers".

Es gibt ja Menschen, die es ganz normal finden, dass zwei sich verlieben, eine Zeit lang im Glück leben und irgendwann eben nicht mehr. Eine Liebe zu verlieren, ist für mich immer eine Tragödie. Eine, die ich gern lange auskoste. Ich bin, was das Verlassen von Männern betrifft, eine echte Spätzünderin, gehe grundsätzlich erst dann, wenn von mir fast nichts mehr übrig ist. Vom Dazulernen scheine ich auf dem Gebiet gar nichts zu halten. Mit Georg verdiente ich mir endgültig den Titel einer Drama-Queen. Von den sechs Jahren, die ich mit ihm zusammen war, waren zwei glücklich (wenn ich beide Augen zudrücke). Im dritten wurde es richtig schwierig und danach brach die Hölle los. Wir waren wirklich Gift füreinander. Als es in meinen Körper sickerte, das Gift, habe ich es sofort gespürt. Ich habe die Lähmung wahrgenommen. Aber nicht für wahr gehalten. Ich habe lieber still gehalten, um den Verfall nicht zu beschleunigen. Dabei ist mir glatt entgangen, dass mein Herz aufhörte, für Georg zu schlagen.

Morgen früh treffe ich ihn beim Scheidungsanwalt. Die Tränen jagen in immer geringerem Abstand über meine Wangen. Jetzt bloß nicht einknicken. Zur Beruhigung schlucke ich die neuen Hautverbesserungs-Kapseln, die ich gerade teste. Dreimal täglich drei Stück, da kommt man kaum noch zu was anderem. Vor allem weil sie so groß sind wie Zäpfchen und wie Steine im Magen liegen. Aber irgendwie muss ich mein Äußeres ja schützen. Gegen Stress, Annes Zigarettenrauch, Scheidungsärger und Songs, die mich zu Tränen rühren.

Anne

Fünf Sätze. Von einem Mann, den ich so gut wie gar nicht kenne. Und ich fühle mich um mindestens fünf Nuancen heller gestimmt. Die leise Hoffnung, dass etwas in meinem Leben in Bewegung gerät, macht mich auf eine kindliche Art übermütig.

Gut gelaunt treffe ich Peter, der schon mit dem Makler auf der Straße wartet, zur fröhlichen Wohnungsbesichtigung. Zur Abwechslung halte ich mich mit Kritik zurück und überlasse es Peter, Objekt Nummer Eins zu zerreißen (falsche Ausrichtung, zu dunkel, hässliche Fliesen in Küche und Bad). Dafür stellt sich Objekt Zwei in schönstem Licht vor. Helle Räume, große Fenster, hohe Decken, liebevoll renoviertes Badezimmer, neue Küche, hübsche Markise auf dem geräumigen Balkon. Peter wird immer lebendiger, stellt – natürlich – die richtigen Fragen (wie alt ist die Gastherme? Kupferleitungen? Gibt es Eigentümerversammlungs-Protokolle? Wie sieht es mit Feuchtigkeit in den Wänden aus?). Auch ich bin seltsam beflügelt, richte in Gedanken die Räume mit unseren Möbeln ein, frage den Besitzer, wo er die geschmackvollen Mosaikfliesen gekauft hat. Der Makler spürt unser Interesse und wartet mit einem neuen Vorteil auf: „Es ist auch genug Platz für Kinder. Das Zimmer zum Hof ist ideal.“ Wenn der wüsste. Vor drei Jahren hat Peter mir einen Heiratsantrag gemacht, zum ersten Mal von Kindern gesprochen. Danach haben wir euphorisch Räume fürs rauschende Fest angeschaut, vom

Landgasthof bis zum Loftstudio. An der Gästeliste blieben wir dann hängen. „Wenn der kommt, komme ich nicht“, war der letzte Satz, der zum Thema Hochzeit gefallen ist. Und die Kinderfrage klärt sich bald von allein. Ich bin 38, inzwischen eher 39. Aber vielleicht setzt so ein Umzug ja noch andere Dinge in Bewegung. Vielleicht ist es genau diese Art von Aufregung, die ich mir wünsche. Und vielleicht finde ich ja doch noch alles bei Peter, was ich vermisse.

Ganz gelöst sitzen wir später bei Enzo an der Ecke. Peter rechnet die monatlichen Raten aus. Ich bin zum ersten Mal bereit, mir eine so große Verantwortung ans Bein zu binden. Weise allerdings dezent darauf hin, dass noch genauso viele Pullis drin sein müssen wie jetzt. Wir teilen uns eine Flasche sündigen Rotweins, bespritzen uns später beim Zähneputzen mit Wasser und sind danach im Bett so hemmungslos, wie wir es miteinander sein können. Trotzdem frage ich mich kurz vor dem Einschlafen, wie es meinem Inder wohl gerade neben seiner Ehefrau geht. Und fühle mich unglaublich lebendig.

Ellen

Ich nehme Georg mit ins Bett. In Gedanken. Im Traum verfolgt er mich durch ein Labyrinth aus Stacheldraht. Irgendwann bleibe ich hängen – und wache auf. Viel zu früh. Ich presse mir einen frischen Orangensaft, wasche meine Haare, kehre mit Getränk und Handtuchturban ins Bett zurück. Ich höre noch eine Weile Radio, lackiere meine Nägel in angriffslustigem Rot, lasse sie bis zum nächsten Wetterbericht trocknen und setze dann endgültig meine Füße in den Tag, vor dem mir seit Tagen graut. Auch der dickste Pulli und schickste Rock aus meinem Schrank schützen mich nicht vor der Kälte, die mich erwartet. Die Luft riecht heute Morgen nach Schnee, der diesem farblosen Tag später vielleicht ein frisches Weiß spendiert. Offenbar hat die frostige Vorhersage viele animiert, ihr Auto stehen zu lassen. Jedenfalls stehe ich überpünktlich vor der Anwaltskanzlei von „Brand und Kollegen". Von meinem Parkplatz gegenüber habe ich den Eingang perfekt im Blick. Um fünf vor neun erscheint Georg an der Tür. Mein Ehemann. Er hat mich nicht gesehen. Ich warte, bis er im Inneren des roten Backsteinhauses verschwunden ist und steige aus dem Auto. Langsam.

Dr. Brand öffnet mir persönlich die Tür und führt mich in sein Büro. Ich setze mich auf den freien Stuhl, links neben Georg. Wie vor fünf Jahren auf dem Standesamt. Auf dem Schreibtisch steht – teuer gerahmt – intaktes Familienleben. Dr. Brand, braun gebrannt, Arm in Arm mit seiner Frau im Urlaub. Daneben seine drei gut geratenen Kinder. Zu Hause auf einer Bank unter einem großen Apfelbaum. Die Jungs in dunklen Hosen und gestreiften Ralph Lauren-Hemden, das Mädchen in einem farblich abgestimmten Sommerkleidchen. „Tja, ihr habt es eben nicht geschafft", scheinen sie zu rufen.

Dr. Brand kommt gleich zum Punkt. „Sie haben Glück", sagt er mit einem aufmunternden Lächeln: „Keine Kinder, kein Eigentum, nur ein gemeinsames Bankkonto. Und auf den Versorgungsausgleich können sie verzichten, weil sie beide selbständig sind und ungefähr gleich viel verdienen..."

„Wir verdienen nicht mehr gleich viel", korrigiert Georg, der natürlich Probleme sieht. Weil für ihn nie etwas einfach sein kann. Und, vor allem, weil er will, dass ich es so schwer wie möglich habe: „Ich kann im Moment nicht arbeiten", sagt der Mann, von dem ich seit gut zehn Monaten getrennt lebe und mich Lichtjahre entfernt habe.

Dr. Brand schätzt die Lage sofort richtig ein. „Wenn Sie mit einem Anwalt auskommen wollen, müssen Sie sich einig sein. Ich kann nur einen von Ihnen vertreten. In diesem Fall wohl Sie, Frau Mars. Weil Sie mich angerufen haben."

Georg steckt seinen Kuli mit einer unnötig großen Geste in die Innentasche seines Jacketts, steht auf und verkündet: „So läuft das nicht. Nicht mit mir. Ich nehme mir einen eigenen Anwalt."

Ich verabschiede mich mit einem „wir telefonieren" von Dr. Brand und laufe hinter dem Rächer in eigener Sache her.

„Mensch, Georg. Damit schadest du doch auch dir selbst. Mit dem gemeinsamen Anwalt haben wir doch nur halb so viele Kosten. Überleg doch mal...", sage ich, rechne die Mehrkosten für mich in Jimmy Choo-Währung um und komme auf mindestens drei Paar.

Georg lächelt überlegen und zischt: „Nein, meine Liebe, so einfach wird es für dich nicht. Wenn ich das will, wirst du dein Leben lang für mich zahlen."

Mit einer Gänsehaut, so dick wie eine Daunenjacke, fahre ich ins Büro. „Wie war es beim Anwalt", begrüßt mich Anne.

„Wie ich befürchtet habe. Georg nimmt sich jetzt seinen eigenen Anwalt. Und will dann mit mir Achterbahn fahren."

„Das wird ihm aber nicht gelingen", meint Anne mit fester Stimme.

„Genau", sage ich, nicht ganz so überzeugt.

Und dann sagt niemand mehr etwas. Die Stille tut mir gut. Ich schalte meinen Computer ein, ziehe mir ein frisches Dokument auf den Schreibtisch, starre eine Weile aus dem Fenster, bis sich der erste Satz meines Artikels in meinem Kopf zusammen geschoben hat – und schreibe los. Nach 150 getippten Zeilen über Glücksforschung klingelt mein Telefon. Es ist – Dirk. Er hat mich direkt angewählt! Als Anne mitkriegt, wer dran ist, souffliert sie lautlos: „Sei geschmeidig."

„Naha, das ist ja eine Überraschung", führe ich das Gespräch gekonnt in die Sackgasse.

Dirk befreit sich elegant: „Und ich hab gleich noch eine. Hast du Lust, Sonnabend mit zum Fußball zu kommen? Ich wollte eigentlich mit einem Kollegen hingehen, aber der kann nicht."

Ich überlege kurz, ob ich mich als Lückenbüßerin fühlen und beleidigt sein soll, sage aber: „Warum nicht? Wer spielt denn?"

„HSV gegen Werder. Ich hab super Karten. Du musst auch nicht frieren. Ich hab kleine Thermo-Kissen für die Manteltasche. Die werden warm, wenn man sie knickt."

Ich versuche, nicht allzu freudig erregt zu klingen: „Wo wollen wir uns treffen?"

„Ich hole dich um zwei ab."

„Gut, dann bis übermorgen", beende ich das Gespräch, lege auf und strecke die Arme in die Luft wie ein Fußballer nach dem Tor.

Ich wiederhole das Gespräch Wort für Wort für Anne.

„Die Thermokissen hat er bestimmt von seiner Mutter", meint sie trocken.

„Wie kommst du denn darauf?"

„Weil Mutter Meyer regelmäßig in Dirks Wohnung einfällt, sauber macht, die Hemden bügelt und den Kühlschrank mit beschrifteten Tupperdosen füllt. Von Hühnerfrikassee bis Grünkohl. Damit der gestresste Junge sich immer was Anständiges warm machen kann."

„Das klingt doch nett", sage ich zu ihrer Verwunderung. „Endlich mal ein Mann, der kein gestörtes Verhältnis zu seiner Mutter hat."

Anne

Auf der Fahrt vom Büro nach Hause beschließe ich es: Peter und ich werden es tun. Wo ist das Risiko? Schließlich können wir die Wohnung nur kaufen, weil die jetzigen Besitzer sie verkaufen. Das heißt: Auch ich kann die Entscheidung rückgängig machen und werde nicht zwangsweise mit den Füßen zuerst da rausgetragen. Um mir zu beweisen, dass ich immer noch „young and wild and free" bin, lege ich zu Hause als erstes „Song 2" von Blur auf und drehe ordentlich auf. Beim ersten Gitarrengewitter schleudere ich meinen Mantel aufs Sofa, kicke bei „uhh--hu" meine Stiefel in den Flur. Tolle Nummer. Sie erinnert mich auch an den schönsten Sex meines Lebens. Mit Max Bremer (eigentlich Maximilian, jüngster von fünf Söhnen eines nordrhein-westfälischen Landpastors). Ich kenne ihn seit acht Jahren.

Damals hatten Peter und ich eine Pause in unserer Wochenendbeziehung. Er hatte mich mit EDV-Luder Biggi betrogen, weil er sich in Hamburg so allein fühlte. Als ich es rauskriegte, merkte ich zum ersten Mal, dass der Begriff „gebrochenes Herz" kein Klischee ist. Ich hatte so starke Herzschmerzen, dass ich nachts fast den Notarzt gerufen hätte. Er log die Affäre klein, ich verzieh ihm – bis Biggi höchstpersönlich zum Hörer griff und mich genüsslich aufklärte. Sie sah sich als offizielle Nachfolgerin und berichtete detailliert, wo sie es erst gestern Abend wieder mit Peter getrieben hatte – in ihrem Toyota. Wie ich Peter kenne, war es eine 08/15-Nummer. Aber mein Herz konnte nicht mehr.

Zehn Kilo und um viele Tränen leichter, traf ich Max. Der mich in Köln ganz lässig auf einer Party ansprach „komm, wir gehen zusammen ans Buffet, essen was und tanzen dann", mich nach Hause fuhr und völlig selbstverständlich „auf einen letzten Drink" mit nach oben kam. Er passte perfekt in die Lücke. Vier Monate sorgte er für mein körperliches Wohl. Kochte wie ein Gott und servierte mir den ersten multiplen Orgasmus. Weil er mir anfangs egal war und weil er alles richtig machte. Keine falsche Bewegung, kein Kuss zur falschen Zeit, kein ungeschickter Stellungswechsel bremsten meinen Weg zum Höhepunkt. Er schaffte es, dass ich nur Gefühl war, nicht ein einziges Mal an meine Problemzonen dachte, an meine ungeklärte Zukunft oder an das, was ich gerade im Fernsehen verpasste. Unser Glück war, dass sich unsere Körper anatomisch perfekt ergänzten. Am liebsten schauten wir uns im Schein einer einsamen Kerze an, waren nur in der Mitte verbunden und hielten uns an den Händen fest.

Ich fühlte mich so frei und unbeschwert. So allein und dennoch so umsorgt.

Wie sehr Max auch meine Seele befriedigte, wurde mir erst viel, viel später klar. Da kochte ich längst wieder für Peter, der im Büßerhemd zu mir zurückkehrte. Es dauerte eine Weile, bis ich wieder entspannt atmen konnte, wenn Peter nicht bei mir war. Der Kontakt zu Max flackerte wieder auf, als wir uns zwei Jahre später durch Zufall in Köln bei Freunden trafen. Max arbeitet als Auslandskorrespondent mal hier und mal dort, möglichst in Krisenregionen, dann gern mit tausendtaschiger Reporterweste. Meist fürs Fernsehen, manchmal für Magazine oder – liberale – Zeitungen. Max kennt keine Angst außer der Beziehungsangst. Wir hätten keine Chance, weil die Unterschiede unseren Alltag zur Hölle machen würden. Ich brauche zum Beispiel eine irgendwie geartete Sicherheit, die ihn verzweifeln ließe. Er lebt von der Hand in den Mund, Rücklagen sind etwas für Feiglinge. Im Moment robbt er durch Aserbaidschan – da stehen Wahlen an. Bis für ihn das Thema Rente keine Zukunftsmusik mehr ist, schreiben wir uns Briefe, die romantischer sind, als das, was ich mir je hätte vorstellen können. Wir haben vor fünf Jahren ein stillschweigendes Übereinkommen getroffen: Mit 60 werden wir uns für den Rest unseres Lebens vereinigen. Daran, dass ich dann mit spätestens 59 Peter verlassen muss, denke ich nicht, die Lücke in der Logik gönne ich mir.

Nachdem ich dreimal „Song 2“ gehört habe, bin ich so voller Energie, dass ich auf den Dachboden gehe – zu meiner Umzugskiste mit der Aufschrift: Geschirr, alt. Mit pochendem Herzen hebe ich den blauen Schuhkarton heraus. Bei Funzellicht sitze ich in dem Bretterverschlag auf den kalten Dielen und lese den ersten Brief, der mir in die Hände fällt.

Allerliebste,
ich denke, wir sind irgendwie füreinander bestimmt. Wir stecken tief in einem Hollywood-Schinken drin. Ich bin Robert Redford, der im Doppeldecker irgendwo in den Wolken herumkreuzt und alle Schaltjahre vorbei schaut. Und du musst Andie MacDowell sein, auch wenn es dir nicht passt (Jodie Foster und so mag ich nicht). Du sollst einfach nur lächeln und tolle Hüte tragen.

Ich bekomme jetzt leider keinen ordentlichen Brief hin. Morgen früh geht es ab in den Orient für zwei Wochen und ich habe noch nichts zusammen gepackt. Nur soviel: Wir werden uns sehen, sobald dieser ganze Quatsch hier vorbei ist (ein Interview mit Egon Bahr, das ich neulich gelesen habe, trug übrigens den Titel „Indem ich durch diese Hölle gegangen bin". Nun gut, da musste ich an dich denken.). Aber wir haben uns nie wirklich gesagt, wie es mit unseren Liaisons bestellt ist – mit deinem Mitbewohner zum Beispiel, der nie etwas wissen darf. Wie wichtig ist er dir? Wahrscheinlich doch sehr wichtig, nicht wahr? Ich kenne seit einigen Monaten eine Frau, die mir ganz wichtig ist, denke ich. Sie heißt Anke und wohnt in Stuttgart. Seit ich deinen Brief gelesen habe, erzähle ich ihr aber nur Blödsinn am Telefon. Es gibt eben Dinge, die älter sind und alles überdauern. Denke ich zumindest. Wenn ich mir das sage, habe ich kein schlechtes Gewissen ihr gegenüber.

Es fällt mir schwer, diese Dinge zu ordnen, deshalb vor allem bin ich so lange von der Bildfläche verschwunden. Aber ich glaube, das hast du dir auch selbst gedacht. Ich habe bis heute nicht recht begriffen, wie du auf mich verfallen bist. Aber ich finde es wunderbar, und deshalb werden wir uns wieder sehen. Auf bald.
Küsse, Max

Und wir haben uns gesehen. Jedes Jahr, für einen einzigen Tag und eine Nacht. Es waren jedes Mal wieder einmalige Stunden, die mich erst verwirrten und dann, in der Erinnerung, beseelten. Nun ist Funkstille, oder wie er sagen würde: Wir sind ins Tal des

Schweigens eingeritten. Gern würde ich seine Stimme hören. Sie fehlt mir, seit zwei Jahren. So lange haben wir uns schon nicht mehr gesehen.

Eine nervöse Motte kreist um die 30-Watt-Birne. Ich missbrauche sie für eines meiner liebsten Gedankenspiele: Wenn das eklig pelzige Flugobjekt noch acht weitere Runden zieht, ohne die Birne zu berühren, rufe ich Max einfach mal in Zürich an, wo er zurzeit lebt. Entgegen unserer unausgesprochenen Abmachung. Warum nicht? Seine aktuelle Nummer steht in meinem Adressbuch, unter Hotel Eden.

Plock! Die Motte haut in der sechsten Runde gegen die Birne. Dummes Ding. Ich schiebe den eng beschriebenen Bogen in den Umschlag und verstaue alles wieder in der Kiste. Mehr als einen Brief vertrage ich nicht.

Unten in der Wohnung setze ich mich im Schneidersitz vor meine CD-Regale. Ziehe Coldplay hervor, dann Phoenix, Kings of Leon ... und merke, dass ich wirklich nur eine Stimme hören möchte. Ich hole mir das Telefon, laufe mit dem Hörer in die Küche, wieder zurück. Und dann ins Bad. Erst mal die Lippen nachziehen. Ich will so gut wie möglich aussehen, damit ich so gut wie möglich klinge. Jetzt das Adressbuch. Eintippen kann ich die Nummer ja ruhig. Das heißt ja noch lange nicht, dass ich sie wählen muss. Und dann drücke ich doch gleich auf den grünen Hörer. Ich atme einmal tief in den Bauch, lausche dem fremden Rufton – und da ist er. Sein Anrufbeantworter. In geschäftsmäßiger Knappheit verkündet er seine Abwesenheit, zur Sicherheit auch noch auf Englisch, für seine internationalen Freunde. Ich lege auf.

Ellen

Am nächsten Tag steht zum Glück nur ein harmloser Termin in meinem Kalender, um 12 Uhr mit Mick Sallinger, unserem „Callboy“. Mick kostet 84 Euro die Stunde und 50 fürs Kommen. Dafür kümmert er sich hingebungsvoll um die Macintosh-Computer. Heute soll er ein paar Updates installieren und herausfinden, warum sich mein Computer nur noch durch Steckerziehen ausschalten lässt. Als Mick unser Büro betritt, bekommt der blasse Computer-Nerd erstmal ein Lob für seine neueste Styling-Leistung: Der langjährige Zopfträger war beim Friseur und glänzt mit cool gelacktem Stehhaar. Mick lächelt bescheiden in Richtung Boden, als wir seinen neuen Look bewundern und macht sich dann besonders motiviert an das verstörte Gerät. Während er versucht, das Problem mit Kettenrauchen in den Griff zu kriegen und leise vor sich hin murmelt, beschließen wir, Mittagessen vom Asia-Imbiss zu bestellen. Das Deutsch des Inhabers beschränkt sich auf die Menü-Karte und die Abholzeit. „Sehn Minude“ heißt die Reaktion auf jede Bestellung. Egal, ob für zwei Personen oder für 20. „Einmal Tomka-Gemüse, eine Miso-Suppe und einmal M3“, sagt Anne in den Hörer. Dann legt sie auf und grinst breit: „Er kennt ein neues Wort! Fumffsehn!“

Das Beste an den Asia-Mahlzeiten ist die Zugabe. Normalerweise kosten die Glückskekse 30 Cents, bei Stammkunden landen sie automatisch in der Tüte. Wer das Essen holt, darf sich zuerst einen aussuchen. „Es erwartet Sie ein gutes Geschäft“, zitiert Anne ihre Prophezeiung: „Jawoll. Wird auch mal wieder Zeit.“

Ich orakle schon, bevor ich den Keks breche: „Sie werden tollen Sex haben. Hahaha.“ Dann lese ich vor: „In Hoffnung schweben bringt süßes Leben.“

„Ist doch nur ein bisschen subtiler formuliert“, tröstet Anne mich.

Mick ist das Thema sichtlich peinlich. Er steht hastig auf, als fürchte er, ich würde zum Nachtisch über ihn herfallen. Mit dem typischen Gang eines Menschen, der immer nur sitzt, schleppt er sich die Stufen zu meinem Schreibtisch hoch, dreht seine nächste inspirierende Zigarette und findet nach nur zweieinhalb Stunden (= 210 Euro) den Fehler im System. Neben der Rechnung hinterlässt Mick dicke Luft, Asche und Tabakkrümel in der Tastatur. Anne macht sich an die Spurenbeseitigung. Und ich mache mir Gedanken.

Noch 60 Stunden, um die entscheidende Frage zu klären: Was zieht eine Frau, die sich als Fußballfan ausgibt, aber keiner ist, zum Spiel an? Mein Kleiderschrank ist nur auf ein St. Pauli-Spiel im Sommer eingerichtet. Schirmmütze und Halstuch mit Totenkopf-Logo. Geschenke vom ehemaligen St. Pauli-Sponsor, einem jungen E-Commerce-Unternehmer, der ein halbes Jahr nach seinem Interview mit mir pleite ging. Ein äußerst intelligentes, freches und trotzdem galantes Exemplar, dessen Visitenkarte ich gerade weggeworfen habe (wenn ich was von ihm will, kann ich ihm ja beim Arbeitsamt auflauern). Also: Jeans, klar. Die derben, schwarzen Lederstiefel, dazu den grünen Strickpullover, darunter ein langärmeliges, aber knallenges T-Shirt, darunter dann den schlichten La Perla-BH mit passendem Slip. Aber welche Jacke? Alles zu dünn oder zu fein oder zu zickig. Mein Wollmantel passt zur Temperatur, ist aber leider so was von uncool, dass er mich sofort als Fußballplatz-Neuling enttarnen würde. Aus der hintersten Ecke meines Schranks ziehe ich einen dicken blauen Steppmantel, den ich jahrelang nicht gesehen habe. Schon besser. Aufgeregt lasse ich mich aufs Bett fallen. Will ein bisschen vorträumen. Aber es klappt nicht. Hier wird der Samstagabend mit Dirk garantiert nicht enden. Bad vibrations. Wie kann man nur so blöd sein und das Bett aus einer gescheiterten Beziehung mit ins nächste Leben nehmen?

„Da behaupte noch mal einer, die deutsche Bundesbahn bringe die Menschen nicht ans Ziel“, meinte Georg, als ich zum ersten

Mal mit ihm in diesem Bett lag und gerade darüber nachdachte, ob ich „Der Kuss“ von Gustav Klimt an der gegenüberliegenden Wand weniger kitschig fand als eine Fototapete mit Sonnenuntergang. Ich fühlte mich wohl, vermisste die aufgeregte Seligkeit kein Stück, die ich aus den Anfangsphasen diverser Beziehungen kannte. Diesmal war es irgendwie anders. Ruhiger. Kopfgesteuerter. Vielleicht waren das ja Anzeichen dafür, dass ich endlich auf die echte, erwachsene Liebe gestoßen war. Georg war 14 Jahre älter als ich. Und eigentlich nicht mein Typ. Aber bisher war jeder Mann, der mein Typ war, am Ende doch nur eine Riesenenttäuschung. Georg war anders. Und anders konnte nur besser sein. Georg schrieb schöne Gedichte, las intelligente Bücher und stand samstags beim Abendessen mit Freunden nicht plötzlich vom Tisch auf, um gegen 22.15 Uhr das „Aktuelle Sportstudio“ zu gucken. Beim Sex waren zwar noch jede Menge Arme und Beine im Weg, aber das würde schon werden mit der Zeit. Dachte ich. Ansonsten störten mich nur Äußerlichkeiten, seine bunt bedruckten Stoffhosen, zum Beispiel. Oder die Muscle-Shirts mit Netzeinsatz, sein Raucheratem. Aber solche Kleinigkeiten wollte ich nicht mehr so wichtig finden. Ich betrachtete meinen schlafenden Geliebten und musste an ein Gespräch denken, das ich mal mit einer Freundin hatte.

„Woher weißt du eigentlich, dass du einen Mann liebst?“

Sie dachte ziemlich lange nach und meinte dann: „Wenn ich ihn so sein lassen kann, wie er ist. Und keine pädagogischen Umerziehungsmaßnahmen brauche, die etwas aus ihm machen sollen, das er nicht ist.“

„Hast du das schon mal hingekriegt?“

„Nö.“

Ein paar Nächte später, ich lag allein in meinem Bett, hatte ich einen Traum: Ich ging im roten Paillettenkleid durch ein großes Casino, wahrscheinlich in Las Vegas. Da kam Georg auf mich zu und sagte: „Hallo, mein Name ist *Jack. Jack Pot.*“ Als er mich zwei

Monate darauf im ausgeschlafenen Zustand fragte, ob ich seine Frau werden wollte, sagte ich spontan – „Ja!“

Anne

Ellens Männergeschmack ist für mich so schwer zu verstehen wie die Theorie von Stephen Hawking, dass Menschen immer jünger werden, je weiter sie sich von der Erde entfernen. Also biete ich ihr wahllos alle Männerexemplare an, die ich für einigermaßen intakt und integer halte. Rücksicht auf das Aussehen nehme ich dabei nicht. Ellen hatte schon die verschiedensten Exemplare. Pummelig, klapperdürr, kastengleiche Supersportler und tropfenförmige Bürositzer. Sie waren sehr blond – jedenfalls das, was an Haar übrig geblieben war – dunkelblond, braun und sogar ein rötlicher Schopf war dabei. Von Rebell bis Spießer, von Fiesling bis Weichei. Georg passte irgendwie in keine Kategorie, er war ein bisschen von allem und unberechenbar. Was Ellen anzog, war seine Bildung – er kann Voltaire auf Französisch rezitieren, Geschichtsdaten herunterbeten und den Konflikt im Nahen Osten erklären (was sonst kein Mensch kann). Vor seinem eigenen Leben macht seine Intelligenz leider Halt. Vielleicht kann er noch nicht mal etwas dafür. Ich halte ihn für manisch-depressiv. Er beherrscht es perfekt, jeden außer sich selbst für seine Niederlagen verantwortlich zu machen. Ellen stand mit ihm immer unter Spannung. Sie hat sich auf seine schnell wechselnden Gemütszustände eingelassen und sich dabei total aus den Augen verloren. In seinen manischen Phasen ging es ihr gut, in den depressiven litt sie mit und spielte sich selbst und anderen Fröhlichkeit vor. Ihr angeborener Grund-Optimismus war unterdrückt. An glücklichen Tagen freute ich mich, dass die alte, unbeschwerte Ellen wieder mit mir an einem Tisch saß. Ich war aber auch dann immer in Hab-Acht-Stellung, weil ich wusste, dass die schwarze Mamba irgendwo in einer Ecke lauerte und jederzeit zuschnappen konnte. Wenn Ellen mit leichtem Übermut durch die Gegend segelte, wurde es Georg schnell zu viel und er tat, was er tun musste, um ihre Lebensfreude zu dämpfen. Zum Beispiel kleinere oder größere Krankheiten simulieren, gemeinsame Abende mit Peter und mir (für die Ellen schon eingekauft hatte) kurzfristig absagen oder ihren Geburtstag ignorieren.

Der Tag, an dem Ellen – auch für mich völlig unerwartet – aus der gemeinsamen Wohnung auszog, war ein guter Tag. Ihr Leben konnte wieder beginnen. Seitdem bin ich damit beschäftigt, neue Kandidaten zu casten. „Du brauchst erst mal einen Mann“, predige ich ihr seit Ewigkeiten, „damit du nicht rückfällig wirst.“ Dirk ist der erste und die optimale Wahl, weil er ein total sympathischer Typ ist, der Spaß haben will, aber in erster Linie an sein berufliches Weiterkommen denkt. Er hat in seinem Job als Architekt viel kreative Energie, bisher aber wenig Erfolg. Aber seine Zeit wird kommen. Da bin ich mir sicher. Bis es soweit ist, kommt er bestimmt keiner Frau mit dem Wunsch „mein Haus, mein Baum, meine Kinder.“ Nebenbei sieht Dirk ziemlich gut aus und zieht mit seinem Lachen alle Frauenblicke auf sich.

Ellen

Annes Urteil ist das Entscheidende. Kommt direkt nach meinem eigenen. Und was Klamotten betrifft sogar davor. Niemand findet so zielsicher das mir schmeichelnde Teil für den bevorstehenden Anlass, egal ob Star-Interview, Weihnachtsfeier oder Party. Um Zeit zu sparen und die Wahlentscheidung zu erleichtern, bringe ich meist ein kleines Repertoire mit ins Büro. Aber es gibt Tage, da vertraue ich ganz meinem eigenen Gespür.

Siegessicher komme ich Freitag mit der riesengroßen Papiertüte ins Büro. „Hab schon das richtige Outfit fürs Stadion“, begrüße ich Anne und schüttele den dicken, azurblauen Steppmantel aus der Tasche.

Anne kneift die Augen zusammen. „Zeig her. Extra gekauft?"

„Nee, den hatte ich noch", sage ich und verschwinde in dem Meer aus wattiertem Stoff. „Und?", frage ich.

„Zieh das bloß aus. Du siehst aus wie eine Wertstofftonne. Fehlt nur noch der Aufdruck ‚keine heiße Asche einfüllen'. Geh nachher mal zu ‚Casa Nostra', da haben sie diese schönen Parkas schon runtergesetzt."

Beleidigt drehe ich mich noch einmal vor dem Spiegel und sage mehr zu mir: „Ich finde das Teil gar nicht so übel." Und dann lauter: „Was kosten die denn jetzt?"

„Keine Ahnung. 400 Euro?", tippt Anne. „Ich hab nur durchs Fenster die rote Farbe auf dem Preisschild gesehen."

„Das wird ja ein teures Spiel."

„Sieh's als Investition in die Zukunft", sagt Anne, die schon wieder ihre Mails checkt. „Ich glaube, ich schreibe mal dem Inder. Hilf mir mal bitte beim Formulieren, damit ich mich nicht zu weit aus dem Fenster hänge."

„Ist doch kein Problem. Du hast ja ein geschäftliches Anliegen, brauchst noch Infos für die Indien-Geschichte."

Ihr Gesicht hellt sich auf: „Ja, genau. Er wollte mir ja noch die Preise für die Ayurveda-Behandlungen durchgeben!"

„Merkt Piet eigentlich, dass du gedanklich auf Abwegen bist?"

„Nein. Ich bin auch ganz glücklich mit ihm im Moment. Die Wohnungssuche gibt uns eine neue Perspektive. Und das mit dem Inder ist echt eine Spielerei, die mein Hormonsystem ein bisschen anheizt. Was wiederum Piet zugute kommt. Du, wir hatten richtig guten Sex."

„Das sind ja nette Aussichten am Wochenende für uns beide. Habt ihr sonst noch etwas vor?"

„Heute Abend bin ich allein. Peter hat sein jährliches Betriebsfest. Es nervt ihn immer total, dass er als Chef mit sämtlichen weiblichen Angestellten tanzen muss."

„Kennst du die Frauen eigentlich?“

„Nö. Ich hab die auf Fotos gesehen. Da sieht nur eine halbwegs passabel aus. Keine Gefahr. Apropos Gefahr. Ich hätte gestern fast bei Max angerufen. Also ehrlich gesagt habe ich angerufen.“

Ich kann's nicht fassen. „Jetzt hör mal auf! Das kann doch nicht wahr sein. Was hat er gesagt?“

„Dass er nicht zu Hause ist.“

„Was?“

„Ja, es war nur sein Anrufbeantworter dran. Ich hab auch nicht drauf gesprochen.“

„Und Rufnummer-Erkennung rausgenommen?“

„Klar, was denkst du denn?“

„Dass du immer Ärger machen musst. Jetzt müssen wir uns erst mal um mein Leben kümmern.“

Anne wechselt schnell das Thema: „Beim Spiel kannst du dich ja schön am Thermokissen wärmen und später mit Dirk seine penibel aufgeräumte Wohnung auf den Kopf stellen.“

„Oh ja. Sex. Das wäre ja mal wieder was. Obwohl, beim ersten Mal mit einem Mann hatte ich eigentlich noch nie richtig Spaß.“

Den Abend verbringe ich im Trainingslager. Ich zünde eine Aromakerze an, versenke eine grün-gelbe Badetablette im laufenden Badewasser, lege den Venus-Rasierer auf den Wannenrand, puste mein Plastik-Nackenkissen auf und trage eine extra glättende Maske im Gesicht auf. Zum Abendbrot gibt es Dinner cancelling. Ich presse mir nur drei Zitronen aus, um die Fettverbrennung anzuregen. Wenn ich mich dann morgen noch einigermaßen zusammen reiße, ist mein Bauch schön flach. In der Badewanne schwebend, gehe ich noch mal durch, was Anne mir ans Herz gelegt hat: Wenn Werder sich morgen schwer tut, sage ich, ist ja kein Wunder, wenn die Bayern-Bonzen und dieses Schalker Pack den Bremern die guten Spieler wegkaufen. Wenn's gut läuft, sage ich, mal sehen, wen die Bayern-Bonzen und das Schalker Pack als nächstes wegkaufen. Spätestens dann wird Dirk mir zu Füßen liegen, meint Anne. Für den Fall rasiere ich penibel Beine, Achseln und gestalte die Bikinizone zu einer rasanten Landebahn. Nach dem Bad massiere ich Anti-Cellulite-Gel in Oberschenkel und Hüfte und salbe den Rest mit einer nach Mango duftenden, sättigenden Körpercreme ein. Wenn mein Magen schon nichts abkriegt, soll meine Haut wenigstens im Überfluss schwelgen. Damit ich nicht doch noch die Tüte Chips aufreiße, die im Küchenschrank lauert, gehe ich früh ins Bett, träume, dass Werder das Spiel verliert und wache extrem früh auf. Noch sechs Stunden. Ich versuche Zeitung zu lesen, staube mein Bücherregal ab, öffne alle paar Minuten meinen Kühlschrank, mache mir Ingwertee und verbringe fast eine Stunde damit, mein Gesicht so zu schminken, dass es nach „fast nichts gemacht“ aussieht.

Dirk ist pünktlich. Vor Hunger ganz high, steige ich in seinen alten weißen Mercedes, immerhin noch mit Stern. In der Ablage liegt eine Dose mit sauren Drops – wie bei mir. Aufhören. Sofort. Nie wieder nach Gemeinsamkeiten suchen. Die Sonne scheint ins Auto, ich klappe die Blende herunter und prüfe im altersblinden Spiegel unauffällig mein Styling. Die Haare sitzen super. Die Hormone, ich sag's ja immer. Anscheinend hat Dirk doch was bemerkt. „Du siehst toll aus“, sagt er und hängt mir seinen grünweißen Werder-Schal um. Während Dirk uns souverän durch die Stadt lenkt, im Durchschnitt zwölf Kilometer schneller als erlaubt (wie ich...), hören wir eine alte Razorlight. Auf dem Parkplatz vorm Stadion zückt er eine Karte aus seinem Handschuhfach und hält sie dem Wachposten hin: „Ich möchte auf den Presseparkplatz.“

Wir werden durchgewunken.

„Woher hast du denn ein Presseschild?“, frage ich irritiert.

„Hab ich doch gar nicht“, sagt er und genießt meine Verwunderung.

Dann zeigt er mir die Pappe von eben, eine zerknickte Postkarte mit Tim & Struppi drauf.

Wir bekommen den Weltmeisterparkplatz und er öffnet mir mit einer übermütigen Geste die Tür. Im Stadion peilen wir gleich den ersten Würstchenstand an. Dirk kennt einen Typen, der in der Schlange 13 Plätze vor uns steht und kehrt innerhalb von drei Minuten mit zwei Thüringern zurück – wie gemacht für meinen flachen Hungerbauch. Zwei große Pils begleiten uns dann zur Tribüne. Um uns herum ist alles grün-weiß. Eindeutig Männerüberschuss hier und das beste Exemplar sitzt dreieinhalb Zentimeter von mir entfernt. Ich muss so nah ranrutschen, weil der Fan neben mir seine Fahne so ausladend schwenkt. In der Halbzeitpause werde ich wieder mit einem Bier versorgt. Dabei bemerkt Dirk meine rot-blauen Finger und erinnert sich an die Thermokissen. Er knackt den Chip in ihrem Inneren, steckt sie rotzfrech in seine Manteltasche und grinst mich an. Verstehe. Ich stecke meine linke Hand in seine Tasche und bekomme bald darauf Gesellschaft von seiner Rechten. Es wird bestimmt ein Auswärtssieg von Werder (sie haben schon zwei Tore geschossen) – ich vergesse mein Expertenurteil anzubringen. Ich muss gar nicht den „great pretender" geben. Unsere Hände sind jetzt schon 36 Minuten miteinander verbunden. Seine fühlt sich trocken, warm und weich an. Wird's auf dem Spielfeld brenzlig, bekomme ich das durch einen festen Griff zu spüren, ansonsten streichelt sein Daumen sanft über meinen Handrücken. Ja! Ich finde Fußball klasse. Die grün-weiße Mannschaft liefert die perfekte Grundlage für meinen Abend.

Ich muss nichts entscheiden, seine Ideen tragen mich durch die weiteren Stunden. Wir gehen Sushi essen. Und ich weiß genau, dass er das gleiche denkt wie ich – wir haben noch was vor.

„Ich finde, du kommst jetzt noch auf einen Kaffee mit zu mir, wie man so schön sagt. Oder in unserem Fall könnte ich auch sagen, lass uns die Tore noch mal im Sportstudio anschauen. Aber eigentlich möchte ich dich einfach küssen", sagt Dirk im Auto und sein Lächeln gibt die obere Reihe seiner gesunden Zähne frei.

Meine Reflexe funktionieren noch, sofort schießt Wärme in meinen Unterleib. Ich beginne zu ahnen, was ich vermisst habe. Mit dem Küssen fange ich gleich an der nächsten Ampel an. Das kann er schon mal gut. Sich küssen lassen. Das habe ich selten bei Männern erlebt. Ich bestimme und seine Zunge bleibt, wo sie ist. Er gehört nicht zu der Sorte, die sofort bis ans Zäpfchen vordringen und das große Zähneklappern veranstalten. Ich lasse meine Zungenspitze ganz zart über seine Oberlippe streichen und öffne langsam seinen Mund. Dabei beobachte ich ihn – er hat seine Augen geschlossen. Vorfreude. Das wird was.

Wir finden einen Parkplatz direkt vor seiner Tür, es dauert aber trotzdem 20 Minuten, bis wir im vierten Stock sind.

Seine Wohnung wirkt so unbemüht stilsicher, dass ich ihren Bewohner glatt für schwul halten würde, wenn ich nicht wüsste, wie gut er Frauen küsst. Dunkles Parkett, cremeweiße Vorhänge, helles Sofa mit braun-beige-schilfgrün-farbenen Kissen, bequeme Sessel, deren Bezüge die Farben der Kissen aufnehmen. Auf dem zierlichen Bestelltisch ein sehr humorvoller Stilbruch: eine Keramikfrau im karibischen Folklorelook mit einem Früchtekorb auf dem Kopf (ein Urlaubsmitbringsel von seiner Mutter?). Das Licht bringt den besten Beweis für sein gestalterisches Geschick. Ich habe noch nie eine so charmant ausgeleuchtete Wohnung gesehen. Er freut sich über mein Kompliment, verschwindet kurz in der Küche, kommt feierlich mit einer Flasche Champagner und zwei Gläsern ins Wohnzimmer zurück.

Er zieht mich aufs Sofa und übernimmt den Job des Verführers. Er küsst mich zielsicher auf meine absolut erogenste Zone hinter dem Ohr und gleitet dann mit beiden Händen unter meinen dicken Pullover, schiebt ihn bis zu den Schultern hoch, zieht ihn mir vorsichtig über den Kopf (die Frisur hält) und küsst dabei meinen Hals. Er macht eine Bemerkung über die Heiligenfigur auf meinem T-Shirt und wiederholt das Überkopf-Manöver (meine Frisur beginnt, mir egal zu werden). Dann liebkost er mit trockener Zunge die freigelegte Haut entlang meines BHs und arbeitet sich mit Genuss langsam über den Bauch zu meiner Jeans vor. Während er die Knöpfe mit links öffnet, hebe ich meinen Po, und er zieht die Hosenbeine Zentimeter für Zentimeter herunter. Jetzt liege ich in BH und Slip in seinen schönen, bunten Kissen – er lehnt sich zurück und betrachtet mich, als wäre ich sein Werk. „Wunderschön", murmelt er. Ich strahle ihn an und er hält meinen Blick fest.

Sein Pullover und sein Hemd wandern auf meinen Klamottenhaufen (glatte Brust, nicht zu muskulös, die Andeutung von love handles). Er deckt mich mit seinem Oberkörper zu, ich nehme seinen warm-würzigen Duft wahr, wir küssen uns wild – und plötzlich fehlt mein Slip. Den BH lässt er mir noch, saugt mich durch den feinen transparenten Stoff ein. Ich spüre meinen Pulsschlag an 1000 Stellen. Er sinkt im richtigen Rhythmus tiefer und küsst den entscheidenden Punkt. Ich drehe meinen Kopf zur Seite, sehe die karibische Frau, deren Farben immer intensiver werden, je länger mich Dirk mit Mund, Nasenspitze und Fingern verwöhnt. Zwischendurch denke ich, hoffentlich hört er nicht auf, weil es ihm zu lange dauert und: Wo hat er das überhaupt gelernt? Aber er geht mit mir mit, bis die Karibikfarben vor meinen Augen zu einem leuchtenden Gemälde verschwimmen.

Dirk lässt mich kurz in Ruhe, zieht sich aus, holt ein Kondom hervor, das er im hohlen Sockel der Karibikfrau geparkt hat, und sagt: „Oh, grün." Er rollt sich das Ding geschickt über und dringt ohne Federlesens in mich ein. Keine Sekunde ist er mir zu schwer. Im entscheidenden Moment hebt er seinen Oberkörper an, schaut mich an – selig entspannt.

Er wickelt uns in eine Kuscheldecke ein, reicht mir mein Glas, wir trinken schweigend und küssen uns wieder. Nach einer Weile steht er auf, nimmt mich an der Hand, legt mir die Decke um und geht voran ins Schlafzimmer. Sein Po ist knackig und ein bisschen weißer als der Rest. Lecker. Eine Weile dösen wir eng aneinander geschmiegt, dann kommt „rot" zum Einsatz und am frühen Morgen „schwarz".

Anne

Wenn Peter nicht da ist, feiere ich ein Fest mit mir. Eigentlich viel zu selten. Ich bin gern allein, genieße die Stille und die Freiheit. Es ist nicht so, dass er mich stört. Ich kann in unserer Wohnung immer auch das machen, was ich an Single-Abenden mache. Aber das Gefühl ist anders. Nach zehn Jahren gibt es in einer Beziehung wenig Distanzlosigkeiten, die man ausgelassen hat. Trotzdem ist es mir lieber, wenn er mich nicht mit der Vliesmaske sieht, die aus mir das Phantom der Oper macht. Auch laufe ich, wenn ich allein bin, gern nackt durch die Wohnung oder lasse die Klotür beim Pinkeln auf.

Als er vorhin zur Betriebsfeier aufgebrochen ist, sah Peter in schwarzer Hose und kariertem Paul-Smith-Hemd wirklich zum Verlieben aus. Ich war schon ein bisschen neidisch auf die, die gleich mit ihm tanzen würden. Auf dem Parkett ist Peter unschlagbar, auch da eine echte Führungskraft. In solchen Momenten fällt mir dann auf, dass wir eigentlich viel zu wenig zusammen ausgehen. Wann habe ich eigentlich aufgehört, Vorschläge zu machen? Vielleicht, als es anfing, mir auf den Geist zu gehen, dass er so selten welche macht. Da will ich jetzt nicht weiter drüber nachdenken. Wir können das jederzeit ändern. Jetzt will ich einige meiner Lieblingshits auf CD brennen, fürs Auto. Auch eine sehr intime Angelegenheit, die ohne sein neugieriges „was machst du denn da?" mehr Spaß macht. Ganz zu schweigen von „ich möchte gleich auch noch mal ans Laptop, muss noch was für die Band brennen" – was mich tierisch unter Druck setzt, weil ich mir nicht die Zeit lassen kann, die ich brauche. Ich unterbreche gern, schwelge in Erinnerungen, folge ihnen und stimme die Songs stimmungsmäßig exakt und nur für mich aufeinander ab.

Höchst zufrieden mit der Compilation gehe ich um Mitternacht ins Bett. Stopfe mein Kissen in den Nacken und schlage den neuen T.C. Boyle auf. Dann stehe ich noch mal schnell auf, hole mir eine Zigarette und rauche das Schlafzimmer voll. Todsünde. Das hasst Peter wie die Pest. Aber die kalte Winterluft wird den Rauch noch rechtzeitig vors Fenster kehren. Gegen ein Uhr rechne ich minütlich damit, dass sich der Schlüssel in der Tür dreht. Um Viertel nach eins mache ich das Licht aus und schlafe sofort ein.

3.17 Uhr. Mein Unterbewusstsein weckt mich. Immer noch kein Peter neben mir. Na, er scheint ja richtig Spaß zu haben. So lange war er in den vergangenen zehn Jahren noch nie unterwegs. Er geht generell lieber früher ins Bett, damit der nächste Tag früh beginnen kann. Für diese Art von Lebensqualität versagt er sich zeitliche Ausraster und hält seinen Wein- oder Bierkonsum in Grenzen. Ein ständiger Reibungspunkt, weil ich nachts gern länger wach bin und es genieße, die Wochenend-Tage extrem langsam zu beginnen.

Da ich sowieso mal aufs Klo muss, checke ich gleich mal, ob nicht mein Schlüssel versehentlich quer im Schloss steckt.

5.23 Uhr. Was für eine unruhige Nacht. Und immer noch die große Leere neben mir. Komisch. Ich habe so ein Kribbeln im Bauch, als ob irgendwas nicht stimmt. Ich denke kurz, ob er auf dem Nachhauseweg vielleicht von irgendwelchen Skinheads verprügelt wurde und nun im Krankenhaus liegt. Ach Quatsch. Dann hätte ich schon was gehört. Außerdem nimmt er sich ja ein Taxi und ist den Gefahren der Großstadt somit nur eingeschränkt ausgesetzt. Mein nächster Gedanke amüsiert mich fast, weil er so absurd ist. Peter würde nie irgend so einen kleinen Firmen-Hasi klar machen. Allein schon, weil das hochgradig unprofessionell wäre. Okay, er hatte schon mal eine Affäre. Mann, war die dumm. Ich habe später, als wir wieder zusammen waren, Briefe von ihr gesehen, die vor Rechtschreib- und Grammatikfehlern („ich fand es toll, das wir Cassablancka gesehen haben. I love yu") nur so wimmelten. Man sagt ja, dumm fickt gut. Ob das stimmt? Glaube ich nicht. Jetzt kann ich gar nicht mehr einschlafen. Doch mal die Rettungsleitstelle anrufen? Blödsinn.

Dann, um 5.43 Uhr, kommt er angeschlichen. Die Schuhe muss er schon vor der Tür ausgezogen haben. Ich stelle mich natürlich schlafend. Will ihn nicht mit meinen uncoolen Ängsten nerven, die ich ihm sonst offenbaren würde. Zehn Minuten später schnarcht er wie ein Grizzly. Und ich folge ihm nach Kanada.

Ein total neues Gefühl. Es ist Sonntag und ich bin als erste auf den Beinen. Mache das Frühstück und wecke ihn so, wie er sonst mich. „Der Kaffee duftet schon, es gibt Avocado an Tomate und warme Brötchen...", flüstere ich ihm ins Ohr. Er schlägt die Augen auf, nimmt mich in den Arm und strahlt mich an.

„War's schön?", frage ich.

„Ach, es war ganz okay."

„Wann bist du denn nach Hause gekommen?"

„Das war echt spät."

„Wie spät denn?"

„Wir waren noch mit ein paar Leuten in der Disco. Das hätte ich mir mal besser verkneifen sollen."

Ich gebe auf. Immer dasselbe. Alles muss ich ihm aus der Nase ziehen. Ich will jetzt kein Streitgespräch, sage: „Das klingt doch super. Hätte ich auch mal wieder Lust zu. Ich war schon ewig nicht mehr tanzen."

Ellen

Ich bin Montag viel zu früh im Büro. Mein Herz ist so voll wie der Glascontainer am Tag seiner Leerung. Ich kann es kaum erwarten bis Anne kommt. Um kurz nach halb zehn rufe ich sie auf dem Handy an. „Ich mache mir Sorgen um dich. Wo bist du?"

„Spinnst du? Was machst du für'n Stress", nölt Anne. „Ich bin in zwei Minuten da. Oder arbeiten wir ab heute mit Stechuhr? Dann schreibe dir schon mal drei Minuten gut."

„Nee, ich bin nur schon länger hier. Und es kommt mir schon so spät vor..."

„Was ist los?", fragt sie ahnungsvoll. „Wie war's mit Dirk?"

„Das erzähl ich dir gleich! Ich setz schon mal Tee auf."

Als wir am Tisch sitzen, sprudelt es nur so aus mir heraus und ich schwärme ungehemmt von Dirks Qualitäten als Gentleman und Liebhaber. „Es war zauberhaft. Wir haben drei Kondome verballert."

„Na, das hört sich toll an", sagt Anne ohne Neid. „Und wie war's am Morgen danach?"

„Total schön. Er hat mir das Frühstück ans Bett gebracht, dann haben wir ‚Miss Marple' geguckt, ‚16.50 ab Paddington'. Und dann, oh Entschuldigung, ich habe mich verzählt, es waren vier Kondome. Danach hat er mich nach Hause gefahren."

„Weil du ja auch bestimmt nicht mehr laufen konntest..."

„Du bist echt eine blöde Kuh!"

Anne lacht: „Ich kenne das. Von früher. Und wie geht eure Geschichte weiter? Seid ihr verabredet?"

„Das ist ja das Komische. Bis jetzt hat er sich noch nicht gemeldet. Noch nicht mal eine SMS geschickt. Das passt überhaupt nicht zu seinem Verhalten davor. Ich bin irgendwie verwirrt. Weil ... ich glaub, ich hab mich ein bisschen verliebt."

Anne

Mist. So war das nicht geplant. Ich wollte nicht, dass Ellen sich in Dirk verknallt. Konnte ich ja nicht ahnen, dass der Kunststücke im Bett kann. Hätte ich ihm gar nicht zugetraut. Vielleicht hätte ich ihn besser für mich als originellen Zeitvertreib reservieren sollen – statt Yoga, einmal die Woche. Seit ich ihn kenne, hat er eine große Enttäuschung erlebt und danach nie mehr etwas Ernsthaftes begonnen. Peter, der fremde Seelen messerscharf analysieren kann, sagt immer, „mit einem, der seine Mutter als beste Freundin und Lebensberaterin bezeichnet, stimmt was nicht. Dirk braucht nur eine Frau fürs Bett. Alles andere besorgt ihm Mutter Meyer." Als Ausstiegsdroge ist Dirk erste Wahl, zum Verlieben wahrscheinlich eine Katastrophe. Und das ist das Letzte, was ich für Ellen will.

Das Telefon klingelt. So schnell wie heute war Ellen noch nie am Hörer.

„Ellen Mars", haucht sie, wenn ihr Display „Rufnummer unbekannt" vermeldet, um dann schlagartig zu ihrer normalen Stimme zu wechseln.

Um 18 Uhr wird Ellen langsam wütend: „Also, ich meld mich nicht bei dem. Oder?"

„Auf keinen Fall."

„Erzähl mal, was Dirk für einer ist. Was hatte der so für Frauen?", fängt Ellen an zu bohren.

„Ehrlich gesagt, in den vergangenen 15 Jahren, also seit er 20 ist, hatte der nie was Festes. Doch, fast hätte ich sie vergessen. Drei Jahre war er mit Eva zusammen. Netto waren das aber nur ein paar Monate, weil er damals in Stuttgart studiert hat und sie in Bremen."

„Und wieso ist das auseinander gegangen?"

„Weil sich Eva, während sie promovierte, verliebt hat. In ihren Doktorvater. Den hat sie dann schnell zum doppelten Vater gemacht. Danach war Dirk echt fertig. Hat monatelang nur im Bett gelegen und an die Decke gestarrt."

Noch hat Ellen nicht genug: „Und wer kam danach?"

„Viele, ehrlich gesagt. Eine war mal bei einem Auftritt der Band dabei, die fand ich ganz okay. Beim nächsten Mal war er wieder solo."

„Ach, du liebe Güte. Du bist mir eine schöne Freundin. Verkuppelst mich mit einem Problemfall. Bindungslegastheniker. Aber okay. Ich will ja auch nichts Festes. Nur ein bisschen Spaß. Und den hatte ich", beruhigt sie sich, holt Luft und sagt dann: „Aber das war schon was Besonderes. So innig. Das kann den nicht kalt gelassen haben."

„Das glaub ich auch nicht" sage ich in der Hoffnung, Peters Menschenkenntnis möge doch in diesem Fall versagen. „Wart's mal ab. Der hat beruflich im Moment die Hölle. Tausend Eisen im Feuer und macht gerade bei so einem Wettbewerb mit, arbeitet Tag und Nacht. Und weil ihm eine Nacht fehlt, muss er wohl was aufholen. Du weißt ja, wie Männer sind. Nicht gerade multitaskingfähig. Und du kennst doch den Spruch von Simone de Beauvoir – Frauen lieben immerfort, Männer zwischendurch etwas zu tun. Oder so ähnlich..."

Ellen

Eigentlich ist mein Magen gefüllt mit Erwartungen. Aber aus Vernunft beschließe ich auf dem Nachhauseweg dann doch, besser mal beim Supermarkt anzuhalten und meinen Kühlschrank aufzufüllen. Im Treppenhaus treffe ich meine Nachbarin.

„Hallo Ellen, hast du Lust, mit mir ein Glas Wein zu trinken?"

„Klar. Am besten gleich. Ich bringe schnell meine Tüten in die Wohnung, ziehe mir was Gemütliches an. Und ich habe sowieso noch deinen Steppmantel..."

„Stimmt ja. Wie war's überhaupt beim Fußball?"

„Erzähle ich dir gleich..."

Ich ziehe mir meine alte, weich gewaschene Lieblingsjeans an, sortiere meine Einkäufe ein, nehme die Cashewkerne und Chips mit – und lasse mein Handy absichtlich auf dem Küchentisch liegen. Ich kenne mich – und will nicht alle zwei Minuten aufs Display schauen. Und vielleicht ist es gar nicht so schlecht, unerreichbar zu sein. Es geht schon wieder los mit diesen Spielchen. Eigentlich wollte ich doch überhaupt erstmal nichts, was mich so einnimmt. Und solche Mätzchen eigentlich sowieso nie wieder. Wenn es mit der Liebe nicht leicht geht, dann eben gar nicht. Das hatte ich mir für mein neues Leben fest vorgenommen. Und jetzt wird es schon nach 32 Stunden schwierig. Muss ich mir das antun?

Der Alkohol tut gut. Ich werde lockerer und erzähle von meinem Fußball-Abenteuer. Ich fühle mich gut aufgehoben. Meine Nachbarin hört mir einfach zu, schenkt regelmäßig nach – und rät mir als allein erziehende Mutter eines 3-Jährigen: „Sei froh, jeder Orgasmus zählt. In deiner Dirk-Nacht hattest du mehr Sex als ich im letzten Jahr.“

Als ich kurz vor Mitternacht in meine Wohnung komme, steuere ich direkt mein Handy an, obwohl ich tierisch aufs Klo muss. Ich nehme es mit und siehe da – eine Nachricht auf der Mailbox, 15 Minuten alt: „Hallo meine Schöne, schade, dass ich dich nicht erreiche. Ich hatte einen super stressigen Tag, musste ganz schnell eine Reise organisieren und Zeichnungen fertig machen. Morgen fliege ich ganz früh zu einem Vorstellungstermin nach Chicago. Ich bin echt aufgeregt, hätte nie damit gerechnet, dass das Büro von Helmut Jahn meine Entwürfe sehen will. Wahnsinn, oder? Ich häng wohl noch ein paar Tage dran und schau mir die Stadt an, soll sehr spannend sein. Ich meld mich, wenn ich zurückkomme. Ich bin jetzt hundemüde. Schlaf schön.“

Zum Glück bin ich zu müde, um eine beleidigt klingende SMS zu schreiben. Und natürlich traue ich mich nicht, den hundemüden Star-Architekten um den Schlaf zu bringen.

Anne schwebt am nächsten Morgen auch nicht gerade auf Wolke Sieben: „Stell dir vor, die Wohnung ist weg“, sagt sie nach einem knappen Telefonat mit Peter. „Wir sind überboten worden, ohne dass wir die Chance hatten, mitzuziehen. In diesem Moment sitzt der Besitzer mit dem anderen Käufer beim Notar.“

Ich hake nach: „Aber ihr hattet doch morgen einen Notar-Termin."

„Das ist ja die Gemeinheit. Ich verstehe das nicht."

Ich auch nicht, warum läuft bei Anne gerade alles schief? Ich hocke mich neben sie und streichle ihre Schulter.

„Endlich waren Piet und ich uns mal einig. Da ist doch der Wurm drin. Am Wochenende wollten wir uns Bäder angucken..."

Meist ist es so, dass eine immer besser drauf ist als die andere. Aber heute sind wir beide im „Low Level"-Bereich. Dazu stresst die Außenwelt. Ständig klingeln unsere Telefone, wir müssen einen langen Text abgeben und können auf unsere Befindlichkeiten keine Rücksicht nehmen. Ich verliere die Uhrzeit aus den Augen, mache mich viel zu spät auf den Weg zu einem Workshop der Firma Shiseido und wehe abgehetzt und ungeschminkt ins Side Hotel hinein. Macht nichts. Im Gegenteil. In der Sky Lounge im 8. Stock sind meine pünktlichen Kolleginnen sowieso gerade dabei, sich abzuschminken. Sie sitzen vor Vergrößerungsspiegeln und bereiten ihre Haut auf die neue Anti-Aging-Serie und Make-up-Kollektion vor, die im März auf den Markt kommt. Die Stimmung ist mädchenhaft und verspielt. Ich tupfe und creme und lasse mir später von der Schulungsleiterin Smokey Eyes schminken und die Lippen in hochglänzendem Rosa ausmalen. Als ich gleich danach zu einem Kleenex greife, um den Effekt etwas zu dimmen, klärt sie mich auf: „Niemals die Lippen blotten. Damit nehmen Sie dem Lippenstift das Herz." Vielleicht. Aber im Gegensatz zu mir kann er es aushalten, sein Herz zu verlieren. Unbemerkt ziehe ich mein Handy aus der Tasche. Immer noch keine Nachricht von Dirk aus Chicago. Dabei dürfte eine winzige SMS seinen Zeitplan ja wohl nicht nennenswert durcheinander bringen. Langsam werde ich wütend. Und daran ändert auch die große Tüte nichts, die ich am Ende des Abends überreicht bekomme – mit der Pressemappe und allen Produkt-Neuheiten, die mich normalerweise sehr erfreut hätten.

Anne

Freitag. Eigentlich liegt mir kein Tag so gut wie dieser. Aber heute ist es draußen grau und drinnen auch nicht richtig gemütlich. Das Schlimmste: Ellen ist heute nicht da. Sie ist den ganzen Tag auf einer Pressekonferenz. Normalerweise erledigen wir donnertags so viel wie möglich, damit der Freitag unbelasteter ist. Mal vorausgesetzt, dass uns kein Eilauftrag geißelt, beginnt nach dem Mittagessen die sorgenfreie Zeit. Das Telefon wird immer schweigsamer. Und falls jemand anruft, dann meist, um eine Kleinigkeit loszuwerden und ein schönes Wochenende zu wünschen. Alle, von denen Arbeitsintensives oder Nerviges zu erwarten ist, übernimmt der Anrufbeantworter. Schließlich operieren wir hier nicht am offenen Herzen – um schwierige Themen kümmern wir uns wieder montags, meinem am wenigsten geliebten Tag.

Gegen 16 Uhr belohnen wir uns manchmal mit einem Glas Champagner für die bewältigte Woche und führen ein Was-liegt-bei-dir-so-an-Gespräch. Alle paar Monate – in Krisensituationen öfter – holen wir unsere Tarot-Karten nebst Legende raus, zünden eine Kerze an, schließen die Tür ab und mischen mit ernsten Gesichtern unser Schicksal auf. Den Job hinterfragen wir dabei nie – den kriegen wir immer irgendwie geregelt. Wir wollen Antworten auf Liebesfragen. Liebt Peter mich wirklich? Ist Max mehr als eine heimliche Liebe? Ist er meine Zukunft? Wie geht es mit dem Inder weiter? Meist wird es dann so spät, dass wir überstürzt in Richtung Lebensmittel-Laden aufbrechen. Heute läuft alles etwas langsamer. Und allein finde ich beim Tarot sowieso keine Antworten. Dabei gäbe es ein paar dringende Fragen zu klären. Zum Beispiel, warum Piet gar nicht so traurig war, dass es mit der Wohnung nicht geklappt hat.

Vielleicht finde ich das heute Abend auch ohne Karten heraus. Freitags lebe ich am liebsten mit Peter zusammen. Der Abend ist mir heilig und eine stillschweigende Übereinkunft besagt, dass wir freitags miteinander verabredet sind. Und das Wochenende mit etwas Besonderem beginnen. Zum Beispiel mit einem Wein, den wir noch nie getrunken haben oder einem schönen Essen. Für heute habe ich Käse und Wurst aus Tirol besorgt, dazu karierte Servietten und eine Kerze mit einem Edelweiß drauf. Unsere Gespräche plätschern entspannt dahin. Er erzählt, welcher Mitarbeiter wieder Ärger macht, ich fackele die Mars & Overmaas-Leistungsshow ab, konfrontiere ihn mit unseren neuesten Plänen und Projekten. Er fragt mich dann wie immer, ob wir für unseren Einsatz auch genug berechnen (weil er Ellen und mich für hoffnungslose Zahlen-Idioten hält, die sich von den Redaktionen über den Tisch ziehen lassen). Keiner hört dem anderen so richtig zu und deshalb bleibt die Stimmung flauschig. Zwischendurch loben wir das leckere Essen, den runden Wein – und irgendwann nimmt er sein Glas, geht in das Gäste-, Wäscheständer-, Arbeits-, Lese-, Musik-Zimmer, nimmt eine seiner Akustik-Gitarren und spielt. Unter den leisen Klängen ziehe ich mich mit einem bunten Zeitschriften-Mix und dem Maniküre-Set zurück, dazu läuft „Wer wird Millionär?“ Irgendwann kommt Peter, um sich Wein nachzuschenken und stellt die unbezahlbare Frage: „Na, wie viel hast du schon gewonnen?“ Viel natürlich. Dabei vergesse ich aber zu erwähnen, dass mich die 8000 Euro-Frage wahrscheinlich aus dem Sessel geschleudert hätte. Weil ich nicht wusste, wie hoch bei den Parlamentswahlen in der Türkei die Prozenthürde ist – 3, 5, 7 oder 10 Prozent. Ich mir aber eingeredet habe, dass ich das schon richtig geraten hätte. Die nächsten drei Fragen hätte ich ohne multiple choice beantworten können. Also bin ich fast Millionär, lüge ich mir in die Tasche. Peter kennt sich in der Türkei natürlich bestens aus. „Ist doch klar, 10

Prozent", antwortet er betont beiläufig, als ich zugebe, dass ich das wohl hätte raten müssen. Dann zieht mein Joker wieder ab.

Am Montag bin ich wie immer ängstlich gespannt, als ich die Bürotür aufschließe. Schwimmen noch alle Neune richtig herum? Alles in Ordnung. Sie machen einen ganz entspannten Eindruck. Im Gegensatz zu mir. Zwischen den Zeilen meiner Filmkritik hängend, spüre ich kaum noch etwas vom Entspannungs-Effekt meines ruhigen Wochenendes. Zwecks Aufhellung des Gemüts zünde ich die kleine Aromalampe an, die auf unserem Konferenztisch steht. Orangenöl mische ich gern mit Sandelholz, um den Alltag mit einer Prise Sinnlichkeit aufzuwerten. Heute ist das allerdings vergebliche Liebesmüh. Ein unerfreulicher Anruf vertreibt die positive Energie, die im Raum schwebt, in Sekundenschnelle. Jens Holthusen, der humorlose Redakteur, der seit zwei Wochen über meiner Indien-Geschichte brütet, meldet sich.

„Hallo, Frau Overmaas. Es geht um ihre Reisegeschichte. Also ich habe gedacht, dass Sie ein bisschen mehr auf die Hotels eingehen würden", rügt er mich.

„Bin ich doch. Die Hotels sind doch ausführlich in den langen Bildunterschriften beschrieben."

„Ja, schon. Aber mehr darüber, was es da für Essen gibt", erläutert der übergewichtige Holthusen.

„Und ich dachte, es wäre für die Leser interessant, etwas mehr über die Menschen und das Land zu erfahren", entgegne ich und merke, dass meine Anspannung nicht zu verbergen ist.

„Also wissen Sie", er spricht jetzt betont ruhig, „ich habe ja selbst schon mal über die Region geschrieben. Und da habe ich das ja alles schon abgefiedelt vor vier Jahren..."

„Die Geschichte muss ich übersehen haben", bedaure ich mit ironischem Unterton. „Und ich bin auch nicht sicher, ob die Leser sich noch daran erinnern können."

Ich spüre Ellens strengen Blick von der Seite, sehe ihre mäßigende Handbewegung und lenke in deutlich freundlicherem Ton ein: „Okay, Herr Holthusen. Ich mach den Text neu und setze andere Schwerpunkte. Kein Problem. Bis morgen..."

Ellen grinst: „Ganz so nachgiebig hättest du jetzt aber auch nicht sein müssen."

„Bringt doch nichts, mit dem zu diskutieren. Der nörgelt an jedem Text herum, hat Katrin mir erzählt. Der Typ streicht auch bei ihr immer die schönsten Formulierungen raus, weil er es nicht ertragen kann, dass andere besser formulieren können als er."

„Ich dachte immer, das wäre so ein ganz netter Daddy."

„Von wegen. Katrin hat erzählt, wie er ihr auf einem Redaktionsfest nachgestiegen ist. Und sie spät nachts noch angerufen hat. Er würde seinen Gefühlen gern auch körperlichen Ausdruck verleihen."

„Wie kommen solche Männer eigentlich darauf, dass sie mit dieser Art ans Ziel kommen? Ist das Mut? Selbstüberschätzung? Das ist mir wirklich ein Rätsel. Guckt der nie in den Spiegel? Rasiert der sich im Freien?"

„Der denkt wahrscheinlich, dass seine Position ihn unwiderstehlich macht. Und er vom Sarkozy-Effekt profitieren kann. Nur, dass er ja leider noch nicht mal gut geschnittene Anzüge trägt. Sondern diese typischen Journalisten-Jacketts."

Ich sehe es förmlich vor mir. So ein Jackett tragen 80 Prozent aller älteren, männlichen Kollegen, die ihrer schlecht sitzenden Jeans oder beigen Stoffhose einen offiziellen Anstrich geben wollen. Ein Journalisten-Jackett ist meist grau-blau, manchmal auch in einem flotten Aubergine- oder Paprika-Ton gehalten und zeichnet sich durch extrem ausgeleierte Taschen aus. In denen befindet sich alles von der Info-Broschüre, dem Flugticket, über zwei Vorratspackungen Zigaretten bis zum „geliehenen" Restaurant-Aschenbecher und einer lauwarmen Coladose. Die Schultern hängen durch die erschwerten Umstände gern dort, wo bei anderen Männern der Bizeps ist. Da ein Journalist ja quasi nie Zeit hat, sieht so ein Jackett natürlich auch keine Reinigung. Irgendwann zieht sich ein leicht glänzender Film über Taschen, Schultern und Kragen. Und mit so einem Jackett fühlt sich so ein Journalist (meist von Natur aus ein wenig kurzsichtig) immer gut angezogen und trägt es deshalb mit weltläufiger Selbstverständlichkeit.

Ellen

Georg ist 14 Jahre älter als ich und besitzt auch so eine Art Journalisten-Jackett. Ein senfgelb-kariertes. Eigentlich will ich jetzt nicht an ihn denken. Er gibt gerade so schön Ruhe. Aber mit dem Jackett kommen Erinnerungen an Geschichten, die so unglaublich sind, dass ich sie selbst meinen engsten Freundinnen nur sparsam dosiert erzählen kann.

Georg wusste immer, was er wollte. Und ich war eine Weile einzig auf der Welt, um ihn zu bestätigen. Er gehört zu den Männern, die immer Frauen finden, die sich ihrer selbst noch nicht ganz sicher sind. Und ich passte perfekt ins Beuteschema. Vor Georg kannte ich nur Männer mit erfüllbaren Bedürfnissen. Wenn's um einen Blowjob ging, war ich nicht zickig und dafür wurde ich behandelt wie eine Königin. Für Georg war die Nummer Standard und kam gleich hinter der Missionarsstellung. Er zeigte mir ein paar Variationen der handelsüblichen Leibesübungen, die ich ganz lustig fand. Für mich hätte es munter so weitergehen können.

Doch nach unserer Hochzeit investierte Georg in unsere Zukunft und ging für mich shoppen. Mit viel sagendem Blick und den Worten „Ich hab dir da was hingelegt", schickte er mich ins Schlafzimmer. Auf dem Bett warteten eine mit lila Stoff unterlegte schwarze Spitzenkorsage, rote halterlose Strümpfe und ein türkiser Dildo. Am Fußende standen angriffslustig meine zwölf Zentimeter hohen mit Strass besetzen Samtpumps. Die hatte er mir während eines gemeinsamen London-Wochenendes verpasst. Sie hätten mir eine Warnung sein sollen. Nach einem passenden

Slip – orangefarben? – suchte ich vergeblich und zog dann etwas widerwillig meine neuen Präsente aus dem „World of Sex"-Shop an (die Preisschilder waren noch dran – sollte ich die abmachen oder turnten die ihn noch extra an?). Vor dem Spiegel sah ich, was ich insgeheim schon wusste: eine Frau, die aufs falsche Pferd gesetzt hatte. Aber okay, ich wollte keine Spielverderberin sein. Bestimmt würde er merken, dass er uns damit keinen Gefallen tat – und die Sachen in die Flohmarktkiste werfen.

Als ich ihn kommen hörte, rettete ich mich unter die Decke, hatte die Rechnung aber mal wieder ohne ihn gemacht.

„Geh doch mal ein bisschen für mich auf und ab", gurrte er und schmiss sich in voller Montur in die Laken: Wollpulli, Cordhose, Tennissocken. Ich kroch rückwärts aus dem Bett, immer mit dem Gesicht zu ihm gewandt. Von hinten sah ich nämlich am lächerlichsten aus, weil die Strapsbänder ungebändigt über den Hintern tanzten – die waren dummerweise nicht an den Strümpfen zu befestigen. Um der Sache ein schnelles Ende zu bereiten, stürzte ich mich nach einem kurzen Square-Dance auf ihn. Ich zog ihn aus und fragte ihn, was er denn mit dem Dildo vor habe.

„Damit ich nicht mehr so schwer arbeiten muss", sagte er verschmitzt. Fortan war das kleine Gerät fester Bestandteil seines Ellen-Befriedigungs-Programms – und, ehrlich gesagt, war diese Idee nicht seine übelste. Ich kam in rasender Geschwindigkeit, musste aber auf die postkoitale Entspannung verzichten. Denn danach war er dran. Er forderte meinen vollen Körpereinsatz und eine Menge Offenheit für Neues. Er schleppte venezianische Masken, Handschellen, Seidenknebel und Gürtel auf seine Spielwiese. Dinge, die mich anfangs faszinierten, aber mit der Zeit in ihrem steten Einsatz immer weniger begeisterten. Meine sexuelle Stimmung erreichte ihren Tiefpunkt bei Filmen wie „Die wilden Luder von Sylt", die wir auf seinen Wunsch ansahen. Aber ich traute mich nicht, Einspruch zu erheben. Georg blieb unangefochtener Regisseur unserer Sexposse. Besonders gern stellte er mich, nur mit Schürze bekleidet, an den Herd und guckte mir über die Schulter in die Töpfe...

Im letzten Jahr unserer Ehe sind mir die Rezepte für diesen Mann ausgegangen. Ich schaffte es nicht, ihn auf meine Art in Stimmung zu bringen und er blieb abends immer länger weg. Damals habe ich nicht mal Anne von meinen Erlebnissen erzählt. Ich schämte mich dafür. Sie kannte nur die „witzigen" Stories. Zum Beispiel, wie er eines Abends vom Handy aus anrief und sagte: „Es schüttet wie verrückt und ich finde keinen Parkplatz vor der Tür! Ich fahre jetzt ins Marriott, die haben wenigstens einen überdachten Eingang. Du kannst ja kommen, wenn du willst." Ich wollte nicht. Wie sollte ich auch da hinkommen? Er hatte ja das Auto. Ein ähnliches Spiel wiederholte sich kurze Zeit später.

Es war endlich mal richtig warm in Hamburg. Zu heiß für Georgs Geschmack. Jedenfalls in unserer Wohnung. Er schnappte sich seinen Kulturbeutel und fuhr ins Steigenberger Hotel – wegen der Klimaanlage. Von dort aus rief er mich an: „Ich lieg grad im Whirlpool mit Blick über die Stadt. Die haben mir eine Suite gegeben. Kommst du auf einen Champagner vorbei?" Meine Neugier siegte. Ich nahm die U-Bahn (einer von uns musste ja die Finanzen im Blick behalten) und stieg eine halbe Stunde später zu ihm ins heiße Wasser. Nachdem wir für eine Riesenüberschwemmung gesorgt hatten, packte ich die wirklich edlen Kosmetikprodukte (Originalgrößen) ein und machte mich auf den Nachhauseweg. Mir war es in dieser Bude echt zu kalt.

Vor kurzem habe ich Anne bei viel Wein auch den ganzen traurigen Rest gebeichtet. Am Ende der langen Nacht sagte sie nur: „Durch Georg hast du immerhin Erfahrungen gesammelt, die andere in ihrem ganzen Leben nicht machen. Und du bist noch jung."

Immer öfter glaube ich, dass Anne recht hat. Und immerhin war ich diejenige, die sich aus diesem Leben befreit hat. Vielleicht lernt man tatsächlich am meisten aus den miesen Zeiten. Jedenfalls fühle ich mich seit Dirk wieder so, als könne ich einfach noch mal neu beginnen. Egal, was daraus wird. Die Momente mit ihm haben mir gezeigt, dass ich wieder richtig Lust habe, mich zu verlieben.

Anne reißt mich aus meinem Sinnieren. Sie sortiert gerade Zeitschriften-Artikel in unser Archiv ein und als sie den Order mit der Aufschrift „Liebe und Partnerschaft“ herauszieht, kommt die seit Tagen fällige Frage: „Sag mal, Ellen, wie lange ist Dirk eigentlich schon weg?“

Ich antworte so beiläufig wie möglich: „Elfeinhalb Tage.“

Anne lässt die Schranktür laut zufallen und geht zu ihrem Telefon. „Ich ruf jetzt mal Piet an und frag, ob Dirk gestern bei der Band-Probe war.“

In dem Moment, als sie ihren Liebsten am Apparat hat, klingelt mein Telefon.

Ich kann den schnippischen Ton nicht vermeiden: „Oh, Hallo! Was für eine Überraschung. Zufälle gibt's ... Wir haben gerade in diesem Moment von dir gesprochen.“

Dirk ist gut drauf und lässt mich nicht lange auf eine Erklärung warten: „Sorry. Es ist tierisch viel passiert. Ich hab den Job in Chicago bei Murphy/Jahn bekommen, also du weißt schon, bei Helmut Jahn. Ich bin selbst total überrascht, so was Geniales! Das ist eines der renommiertesten Architekturbüros“, erklärt er mir überflüssigerweise. „Na ja, und nach drei Tagen in der ‚windy city' bin ich dann spontan nach Florida geflogen. Das ist meine letzte Chance auf ein paar Sonnenstrahlen. Außerdem wollte ich mir in Miami noch angucken, wie die Stadtplanung das mit den neuen Gebäuden am Hafen gelöst hat. Super. Hör jetzt mal genau hin. Meee-res-rauschen. Kommt das bei dir an?“

Ich stelle mir vor, wie Dirk umständlich mit dem Handy auf dem Hotelbalkon steht und es gen Strand hält. Aber ich höre nur mein Blut im Kopf rauschen und übergehe die Frage.

„Ganz schön hohe Wellen heute“, versucht Dirk die Urlaubsstimmung über den großen Teich zu schicken. „Also, ich fange schon in sechs Wochen an. In einem der besten Büros der Welt. Ist das nicht irre? Die fanden meine Entwürfe echt gut.“

Ich merke, dass mein Schweigen langsam lang wird, bringe ein: „Ist ja toll“ heraus.

Endlich bemerkt Dirk meine Einsilbigkeit. „Es ist doch nur für ein halbes Jahr. Und total wichtig für mich. Wenn ich übermorgen wieder da bin, müssen wir uns sofort sehen. Kannst du Donnerstag?“

„Nö. Da hab ich ein Interview mit George Clooney. Und hinterher bin ich verabredet. Da hättest du dich ein bisschen früher melden müssen.“

„Echt? Du triffst John Clooney. Cool. Und wie ist es mit Freitag?“, fragt Dirk, unverändert gut aufgelegt.

„Das geht. Und er heißt übrigens immer noch George.“

„John oder George. Egal, ich weiß, dass der alle Frauen verrückt macht. Aber ich hoffe doch, du magst auch Dirk. Auch wenn er sich zehn Tage nicht gemeldet hat.“

„Elf.“

„Oh. Der Zeitunterschied hat meinen inneren Rechner total durcheinander gebracht. Elf Tage. Die können wir locker aufholen. Ich mach's wieder gut, Süße.“

Ich lege den Hörer zur gleichen Zeit auf wie Anne.

„Florida!“, sagt die. „Der macht da fett Urlaub.“

„Weiß ich. Er hat gerade angerufen. Aber das gibt's doch gar nicht, dass Piet das schon wusste!“

Sie nimmt Dirk in Schutz: „Na ja, der hat gestern nur ganz kurz die Band-Probe abgesagt per SMS...“

„Du, der geht in sechs Wochen für ein halbes Jahr nach Chicago!“, ich lege meinen Kopf in den Nacken. „Was mach ich denn jetzt?“

„Genieß die Zeit! Gestalte sie farbenfroh. Grün, rot, schwarz, genoppt, gefedert, geteert…“, sagt Anne und wendet sich dann ihren frisch empfangenen Mails zu.

Anne

Mein Inder hat geantwortet. Bevor ich das gestelzte Englisch übersetze, frage ich Ellen, ob sie You als Du oder Sie auslegen würde – Ellen möchte die „Sie“-Form hören:

Liebe Anne,
ich habe mich sehr gefreut, von Ihnen zu hören. Natürlich bin ich höchst erfreut, dass der Artikel bald erscheinen wird. Ich bin gespannt, was Sie über unsere Hotelgruppe geschrieben haben. Einer unserer Köche wird mir den Bericht übersetzen. Er kommt ursprünglich aus dem Rheinland. Dort soll es ja auch sehr schön sein. Gern würde ich diese Region einmal besuchen. Ich werde übrigens im Frühjahr auf der Reisemesse in Berlin sein. Werden wir uns dort sehen? Ich habe auf der Europa-Karte in meinem Filofax nachgeschaut. Darauf ist Hamburg weniger als einen halben Inch von Berlin entfernt. Ich hoffe, es ist alles gut mit Ihnen und...

Ich stutze: „Was bedeutet ‚significant other'?“

„Bessere Hälfte“, gibt Ellen wie aus der Pistole geschossen zurück.

...mit Ihnen und ihrer besseren Hälfte.
Sollten Sie Fragen haben oder irgendetwas brauchen, stehe ich Ihnen jederzeit gern zur Verfügung.
Warm regards,
Vikram

„Klar brauche ich irgendetwas. Und du weißt doch auch genau, was das ist! Was soll das überhaupt mit meiner besseren Hälfte?"

Ellen zieht eine Braue nach oben: „Ist doch klar, Mensch. Der hofft, dass du genau so gelangweilt bist wie er. Und mit ihm in Berlin eine diskrete Sohle aufs Parkett legst."

„Ich kann mich auch ganz aufs Parkett legen. Dann kann er mir ein paar Übungen aus dem Kamasutra zeigen."

„Oh, haben wir das Buch eigentlich noch hier? Ich brauch für Freitag ein paar Anregungen."

Ich gehe zum Regal und ziehe mit einem gezielten Handgriff den Bildband hervor. Ich halte ihn Ellen hin und schaue sie fragend an: „Kommst du mit zur ITB nach Berlin?"

„Na klar, den Inder möchte ich auf keinen Fall verpassen."

Und dann ist sie auch schon am Blättern und wird total übermütig: „Wenn der diese Hirschübung beherrscht oder wie die heißt, können wir uns den zu zweit vornehmen."

Ellen

Es ist noch eine Stunde Zeit bis zu meinem Interview mit George Clooney. Ich versuche, möglichst nicht über mein Outfit nachzudenken und zwinge mich, erst zehn Minuten vor Aufbruch mein Make-up zu checken. Alles klar. Ich finde mich ganz lässig. Ehrlich gesagt, macht mein morgiges Date mit Dirk mich noch kribbeliger. Styling-Wahn für George Clooney ist ohnehin unangemessen. Klug soll er mich finden. Das reicht.

Auf dem Weg fällt mir mein irrsinnigstes Erlebnis mit einem Prominenten ein. Das war, als Jean Claude van Damme auf die Idee kam, dass ich ihn nach dem letzten Interview vom Hotel zur Premiere mitnehmen sollte. Auf die Edelkarosse mit schweigsamem Chauffeur hatte er keine Lust. Und ich nicht auf eine Blamage. Ich flitzte in die Tiefgarage, schmiss alles, was im Innenraum herumlag, in den Kofferraum, rieb mit einem speckigen Lappen die Scheiben ab und versprühte den Duft „Rain" von Marc Jacobs, weil der so sauber riecht. Am Nebeneingang wartete Jean Claude, sah den Bruchteil einer Sekunde überrascht aus, als ich die verbeulte Beifahrertür für ihn von innen öffnete. Aber dann schien der Action-Star es zu genießen, sich mal auf ein Abenteuer im Straßenverkehr einzulassen und „real world" zu schnuppern. „Riecht gut hier. Fährst du frisch gewaschene Wäsche durch die Gegend?"

Heute bin ich von der Filmfirma wieder zum letzten Interview des Tages bestellt. Und ich würde sterben, wenn George Clooney auf die gleiche Idee käme wie van Damme – den ich nett fand, der aber in meiner Fantasie niemals eine Rolle spielen würde. Bei George ist das anders. Kurz vorher ist es vorbei mit meiner Coolness und ich bin aufgeregt wie eine Anfängerin. Und dann verzögert sich das Ganze auch noch.

Der Mann ist ein einziges Versprechen. „Mr. Clooney kommt gleich", verkündet ein freundlicher Mitarbeiter. Seit über einer Stunde. Dann kommt er wirklich. Steuert mit hektischer Geschwindigkeit den nächsten Sessel an. Bloß schnell abtauchen, damit ich mir keine zu langen Gedanken um seine Größe (zwischen 1,70 und 1,75 Meter) mache.

„Sorry", entschuldigt sich die optische Traumvorlage von 99 Prozent meiner Freundinnen für die Verspätung: „Ich hab ein supermieses Gedächtnis, bin die ganze Zeit durch die Gänge geirrt, weil ich die Zimmernummer vergessen habe."

„Schlecht geschlafen?", frage ich total blöd. Ich muss sofort aufhören, den zu gut zu finden.

„Nee, das ist bei mir ein grundsätzliches Problem", antwortet er ernst. „Ich vergesse alles. Im Job meine Texte. Und manchmal sogar meinen Namen. Da ist es ein echter Vorteil, bekannt zu sein. Ich kann auf der Straße fragen, sagen Sie mal, wie heiße ich noch?"

Er weiß, was ich hören will, wartet gar nicht auf Fragen, sondern legt einfach los mit seiner One-Man-Show: „Einmal versuchte ein Regisseur, elf Scriptseiten in einem Take durchzupowern, ohne Unterbrechung“, erzählt Clooney. „Meinetwegen mussten wir das 44-mal wiederholen. Erstaunlich, dass am Ende dann irgendwie ein guter Film rauskommt, obwohl ich die Hauptrolle spiele.“

Ich strenge mich an, meine Gesichtsmuskulatur im Griff zu behalten. Bloß nicht zu viel Bewunderung zeigen. Ich habe die Tendenz, immer zu heftig zu nicken und zu breit zu grinsen. „Ich hoffe, dass das mit den 44-mal nicht beim ‚Batman'-Dreh passiert ist“, sage ich. „In diesem Gummianzug.“

Er lacht. „Da stank ich sowieso die ganze Zeit wie ein alter Autoreifen. Überhaupt ist ‚Batman' mein einziger echter Fehltritt. Nicht, dass ich etwas gegen seichte Filme hätte. Ich hab viel Geld damit verdient. Aber in dem Film war ich sooo schlecht. Die größte Strafe wäre für mich, wenn du mich auf einem Stuhl festbinden und mich zwingen würdest, mir den noch mal in voller Länge anzugucken.“

Nichts lieber als das. Wie das mit dem Festbinden geht, weiß ich ja. Danke Georg. (Oh Gott, Georg und George – sollte die beiden mehr verbinden als nur der gemeinsame Vorname?)

Wo ich gerade schon wieder an Sex denke, frage ich doch mal nach seiner aktuellen Beziehung.

„Da läuft im Moment nichts mit Frauen“, berichtet er.

„Bei mir läuft's auch nicht so richtig toll“, hätte ich beinahe gesagt. Aber in diesem Moment kommt sein Manager herein und erklärt das Interview für beendet. Ich überlege, ob ich noch ins „Buddha“ fahre. Dort ist Anne mit ihrer Freundin Katrin auf garantiert viel zu viele Gläser Wein verabredet und ich sollte vorbeischauen, wenn ich drohe, in meinen Dirk-Grübeleien zu versinken. Mr. Clooney hat meine Stimmung aber so gehoben, dass ich meinen Wagen ganz selbstbewusst direkt nach Hause chauffiere.

Anne

Ins „Buddha" zu gehen, ist ein bisschen wie nach Hause kommen. Nur zwei Straßen von unserer Wohnung entfernt, ist die Restaurant-Lounge mit dem angenehmen Licht und den bequemen Sesseln für mich der ideale Ort, um sich mit Freundinnen zu verabreden. Katrin sitzt schon am heiß begehrten Fenstertisch und winkt mir durch die Scheibe zu.

„Das sieht ja schon ganz schön verrottet aus, dein neues Armband", sagt sie, als wir uns zur Begrüßung in den Arm nehmen. Katrin ist auch Journalistin, genau so oft unterwegs wie ich und genau so lange mit Lutz zusammen wie ich mit Peter.

„Guck mal, die beiden da vorne", sage ich und deute mit einem Kopfnicken auf das Paar, das schweigend ins Weinglas schaut. „Wie Peter und ich." Kurze Pause. „Oder reden die was?"

Katrin seufzt. „Das ist für mich der absolute Horror", sagt sie. „Im Restaurant zu sitzen und mit Lutz nichts zu reden. Solche Paare sehen immer aus, als wäre ihr Verfallsdatum schon abgelaufen."

„Ich glaube, dass das Feuer nur olympisch bleiben kann, wenn man sich immer ein bisschen fremd bleibt", meint Katrin. „Da kann mir einer erzählen, was er will. Es kann keinem gut tun, dabei zu sein, wenn der andere pinkelt."

Ich stimme ihr zu. Und sage, dass ich glaube, dass alles vorbei ist, wenn man den Respekt verliert, den Anderen nicht mehr schätzt und bewundert für das, was er ist.

Wir bestellen einen halben Liter Wein. „Der Kellner ist doch echt 'ne Sünde wert", schwärme ich. Allein, um seine Stimme zu hören, lasse ich mir die Weine jedes Mal neu erklären. Natürlich weiß ich auch längst, dass er Karl heißt und Schauspieler ohne Engagement ist. Wir nippen an dem vollmundigen St. Emilion des Weingutes Chateau Larcis Ducasse („dunkles Rubingranat, in der Nase süß, dunkelbeerig, weich, Zeichen einer späten Lese, Feigen, sehr mineralisch, im Finish nach Schoko").

Danach schweigen wir eine angenehme Minute, bevor Katrin mich auf einen schicken neuen Wäscheladen hinweist, den sie in der Stadt entdeckt hat. „Aber glaubst du, Lutz hätte mein neues Set von Agent Provocateur bemerkt? Da hat sich nichts geregt..."

„Also inzwischen trage ich schöne Wäsche hauptsächlich für mich. Den Männern scheint das ziemlich egal zu sein. Entweder sie sind scharf auf dich oder nicht."

„Stimmt. Mit 20 trug ich noch die weißen Baumwollschlüpfer, die meine Mutter mir immer gekauft hat und da ging richtig die Post ab. Da hatte ich andauernd Sex!"

„Ging mir genauso. Allerdings konnte ich damals guten von mittelmäßigem oder schlechtem Sex noch nicht unterscheiden. Hauptsache, es passierte. Heute tröste ich mich damit, dass wenig Sex besser ist als schlechter Sex."

Katrin nickt. „Ich glaube diesen Umfragen sowieso nicht, in denen der deutsche Durchschnittsbürger behauptet, 162-mal Sex im Jahr zu haben."

„Die Umfrage habe ich auch gelesen. Bei den Italienern soll es sogar 198-mal krachen", zitiere ich ohne Anflug von Neid. „In der Rechnung sind aber die Katzen mitgezählt ... Mir würde ja schon einmal im Monat genügen, wenn es dann richtig gut ist."

„Bei uns ist manchmal monatelang Pause", berichtet Katrin. „Entweder ist Lutz müde, gestresst und überfordert oder ich will meine Ruhe. Es ist so selten, dass wir beide gleichzeitig in Stimmung und dann auch noch am selben Ort sind. Eigentlich haben wir nur noch im Urlaub guten Sex, so in der zweiten Woche. Und dann steht auch immer die Kinderfrage zur Debatte. Wie ist das jetzt eigentlich bei euch?"

Ich atme tief durch. „Wir haben vor einem Jahr beschlossen, es zu versuchen", sage ich. „Mittlerweile war ich sogar beim Frauenarzt und habe meine Hormone checken lassen. Alles okay."

Katrin nimmt noch einen Schluck. „Wir sind nach elfeinhalb Jahren auch an dem Punkt. Wie bereit muss man eigentlich sein?", fragt sie.

„Blöderweise genügt es ja nicht, nur zu wollen", bemerke ich. „Wenn im Bett so viel läuft wie bei den faulen Pandabären, wird's schwierig. Piet und ich können uns auch genauso gut hinsetzen und auf den Storch warten."

Der St. Emillion zeigt Wirkung. Katrin nimmt den Zuckerstreuer und schüttet zwei Häufchen auf die Fensterbank. „Für uns."

„Unsere Typen wären tolle Väter. Wir könnten bestimmt trotzdem weiter ins ‚Buddha' gehen. Und überhaupt würde sich ja vielleicht gar nicht so viel ändern", rede ich uns beiden ein. „Ich hatte ja gedacht, dass vielleicht mit der neuen Wohnung Schwung in die Sache kommt. Bevor wir damals zusammen gezogen sind, hatten wir auch so eine Sexflaute. Und danach hatten wir unseren ersten zweiten Frühling."

Katrin lächelt: „Renoviert doch eure Wohnung über Weihnachten", schlägt sie vor. „Du wolltest die Küche doch immer schon in Lavendel streichen."

„Klasse Idee. Ich lade dich übrigens heute ein", sage ich. Ziehe meinen Lippenstift aus der Tasche, frische mein Lächeln auf und locke die sonore Kellnerstimme an den Tisch.

Als ich nachts nach Hause komme, verheddert sich mein Glücksbändchen im Schlüsselanhänger, ganz vorsichtig ziehe ich an dem fadenscheinigen Hoffnungsträger und öffne leise die Wohnungstür. Ich schleiche über den Flur und mache erst im Bad Licht. Völlig unnötige Rücksichtnahme. Denn als ich ins Schlafzimmer komme, bin ich allein. Und weiß nicht so recht, was ich denken soll. Peter wollte mit einem Kollegen nach dem Arbeiten noch ein Bier trinken gehen. Aber jetzt ist es nach eins. Während der Woche ist bei ihm eigentlich generell um Mitternacht finito.

Ellen

Es ist gerade mal Viertel vor zehn, als ich unser absolut verräuchertes Büro betrete. Anne sitzt mit angestrengtem Blick in ihren Rauchschwaden. „Ich hab ein komisches Gefühl", sagt sie, während sie ihre fünfte Kippe in dem kleinen Ascher ausdrückt, der eigentlich höchstens für zwei konzipiert ist. „So zügellos unterwegs war Piet noch nie. Irgendwie glaub ich, dass es mit uns den Bach runtergeht."

Ich öffne ein Fenster und lasse die eiskalte, belebende Winterluft ins Krisenzentrum.

„Jetzt übertreib nicht gleich", sage ich entschieden. „Dir fällt Piets Verhalten doch nur auf, weil dir durch diesen Fast-Wohnungskauf klar geworden ist, was du wirklich willst. Du warst immerhin bereit, dich festzulegen." Aber richtig überzeugt bin ich nicht von meiner Theorie...

„Willst Du mal was Lustiges hören", versuche ich Anne auf leichtere Gedanken zu bringen. Sie antwortet mir nicht, ich rede trotzdem weiter: „Du kennst doch Matthias Krüger, den Chefredakteur von Easy Living?" Stille. „Das ist der, der so gerne Pressetermine seiner Redakteure übernimmt, wenn es um neue Herrenparfüms, Duftkerzen oder Reisetaschen geht. Und das dann alles mit nach Hause nimmt."

Endlich antwortet Anne leicht genervt: „Natürlich kenne ich den. Der war früher doch mal Katrins Chef. Sie musste für ihn immer in den Pressestellen anrufen und Nachschub bestellen, wenn seine Lieblingscreme leer war. Super peinlich."

„Genau. Jetzt hat er aber den Vogel abgeschossen. Die ganze Redaktion ist aus dem Häuschen wegen der Geschichte."

Anne wird ungeduldig: „Jetzt erzähl schon."

„Also, der Krüger hat sich vor ein paar Monaten ein Haus auf dem Land gekauft und jetzt ein Wohn- und Design-Extraheft produzieren lassen. Die Fotos dafür wurden natürlich in seinem Haus gemacht. Er selbst hat die Möbel ausgesucht, die Armaturen fürs Bad, sogar einen Kamin hat er einbauen lassen. Angeblich hat er nichts dafür bezahlt. Nicht einen Cent. Unglaublich, oder?" Anne lässt mich allein mit meiner Entrüstung. Ihr glasiger Blick geht durch mich hindurch.

Anne

Ellen hat recht: Ich war noch nie so sicher wie in den vergangenen Wochen, dass Peter mein Mr. Right ist. Obwohl ich in Gedanken hin und wieder bei Max bin, der durch seine bloße Existenz lange verhindert hat, dass ich ernsthafte Entscheidungen treffen konnte. Einmal, nach einem seiner zauberhaften Briefe, in denen er leichtfüßig wie immer den Kern unserer Beziehung umtänzelte, wollte ich es wissen. Ob er auch manchmal vom Gedanken bewegt wird, es zu versuchen. Obwohl unsere Verabredung fürs Leben ja erst fürs 60. Lebensjahr getroffen war, schwankte ich hin und wieder. Zwischen meiner bewährten Liebe zu Peter und den unfassbaren Gefühlen für Max. Bei unserem Jahrestreffen in Salzburg wollte ich die Frage stellen. Es kam nicht dazu. Ich wollte nicht gefährden, was ich hatte. Vor allem nicht mein Leben mit Peter. Die aufgestaute Wucht meiner Gedanken bekam Max drei Jahre später zu spüren. Als er mir, mit harmlosen Worten, zum Geburtstag gratulierte:

Allerliebste,
ich habe mich nicht getraut, am Sonntag anzurufen, vielleicht hätte das unschöne Situationen hervorgerufen. Ich hoffe, du hattest einen schönen Geburtstag – ich sende jedenfalls einen druckintensiven Kuss mit der Reife von nunmehr fünf Jahren Geheimverhältnis. Ich finde, das ist ganz ordentlich. Bist du eigentlich glücklich mit Peter, ich meine, wenn er nicht da wäre, wie wäre

es dann für dich? Hm, ich glaube, ich muss wieder irgendwohin abdampfen.
xxx Max

Bei diesem „Es-ist-doch-gar-nichts"-Ton seiner E-Mail platzte mir der Kragen und ich antwortete:

Danke für deine Glückwünsche. Du willst nun plötzlich wissen, ob ich mit Peter glücklich bin. Schwierig. Zufrieden bin ich, fühle mich wirklich gut aufgehoben. Sehr zufrieden sogar. Wie es für mich wäre, wenn es ihn nicht gäbe? Auch schwierig. Vielleicht würde ich alles dransetzen, fünf Jahren Geheimverhältnis eine Chance im Licht der realen Welt zu geben.

Damals, als wir in Salzburg waren, war ich mir total unsicher, ob ich so weiterleben wollte. Hoffte auf eine Entscheidung – er oder du. Schlechter Zeitpunkt. Du warst verliebt in eine andere, ich zu Unrecht gekränkt deswegen. Als ich ins Flugzeug stieg, war ich mir sicher, es wäre ein Abschied für immer.

Unsere Regelung, uns nie zu verlieren und uns einmal im Jahr zu sehen, fand ich wunderbar. Nach unseren Treffen bin ich immer schön durcheinander, finde dann aber früher oder später in mein kleines süßes Leben zurück. Es gibt dann irgendwann wieder einen Tag, an dessen Ende ich merke, dass ich gar nicht an dich gedacht habe. Eigentlich ganz schön so. Und was soll ich jetzt von deiner Mail halten? Ist sie nur eine Laune? Die darin beschriebene Melancholie nur saisonbedingt? Oder was steckt sonst dahinter? Die Lösung für alle Fälle hast du ja parat: abdampfen. Anne

Woraufhin Max am nächsten Tag schrieb:

Meine Allerliebste,
ich habe eine oberflächliche Mail geschrieben und eine großartige Antwort erhalten. Ich grüble hier so herum – ich möchte das

Geheimverhältnis so lassen, wie es ist, nämlich aufregend, prickelnd wie unser Lieblingschampagner. Unsere Verabredung ist der schönste Fixpunkt in meinem sonst so chaotischen Leben. Aber es hat mich wirklich immer interessiert, wie du im daily life so lebst mit Peter und wie das bei dir so läuft, was bei mir nicht läuft. Das sparen wir ja immer elegant aus, außerdem frage ich mich, was bald passieren wird. Ich meine, wenn's richtig ernst wird. Ich male mir so aus, dass er dich fragt, ob du ihn heiratest und du sagst ja. Werde ich dann auch eingeladen als bislang verschütteter Cousin aus Buenos Aires? Das sind nun wirklich boyleske Fantasien, sehr hübsch – nur wie gesagt, ich grüble so vor mich hin. Gestern bin ich übrigens wieder abgedampft, zehn Stunden zu den lieben Freunden nach Köln und dann wieder zurück mit dem Nachtzug. Bewegung ist das Geheimnis.

xxx, dein Max

Seitdem warte ich auf meinen 60. Geburtstag. Davor will ich Max nicht mehr sehen. Natürlich will ich. Aber ich bin nicht cool genug dafür. Max versteht mich wortlos, schreibt mir auch nicht mehr. In meinen Sehnsüchteleien ist er aber bei mir. Phasenweise begleitet er mich tagelang, dann komme ich auch wieder sehr gut ohne ihn klar. Im Moment hat Peter ihn vollkommen verdrängt.

Ellen

Noch zehn Stunden. Ich fühle mich wie fünfzehn und muss bis heute Abend dringend erwachsen werden und meine aufgeregte Verliebtheit bändigen. Deshalb möchte ich mein Thema des Tages auch nicht mit Anne besprechen. Aber sie kommt von selbst darauf: „Wann siehst du Dirk denn heute?“

Und prompt sprudele ich los: „Um 20 Uhr. Er kocht für mich! Du musst mich noch bei der Kleidungsfrage beraten."

Ich zeige auf die zwei Riesenpapiertüten, aus denen meine Klamotten hervorquellen.

„Lass mal sehen. Was dachtest du denn?", fragt sie neugierig. Sehr gut: Das lenkt ab von verwirrenden Gedanken. Im Gegensatz zu Männern sind Kleider ein sicheres Terrain.

„Also ich werde auf jeden Fall eine Jeans anziehen..."

„Nix", ruft sie. „Ich finde die enge schwarze Hose gut, dazu den anschmiegsamen schwarzen Rolli. Dann siehst du aus wie Grace Kelly in ‚Über den Dächern von Nizza'. Fast jedenfalls ... oder noch besser, du ziehst schön ein Röckchen an. Bei deinen Beinen ... Du hast ja nur noch sechs Wochen, um dich zu verewigen."

Annes Komplimente sind mir die wertvollsten. Eigentlich sind sie sogar höher zu gewichten, als die irgendeines noch so angebeteten Mannes. Weil Anne nicht nur meine größte Verbündete ist, sondern auch meine härteste Kritikerin. Keine redet der anderen was schön. Das ist Paragraph 1 unseres weiblichen Grundgesetzes. Über Problemzonen, Männer und Texte sagt jede der anderen die wahre Meinung. Da gibt es keine Ausnahme.

„Okay", gebe ich klein bei und halte den Wollrock, den ich im Max Mara-Outlet in Italien für kleines Geld geshoppt habe, hoch. Er reicht knapp bis zum Knie, ist klassisch und trotzdem sexy – die angedeuteten drei Falten springen in der Bewegung etwas auf, ohne zu viel freizulegen.

„Genau richtig. Dazu den schwarzen Pulli und die feinen, lila Wildlederstiefel. Perfekt. Und das Darunter ist ja wohl kein Problem, oder? Ich hab auch noch ein nettes Mitbringsel für dich. Neulich hab ich mal ein paar meiner Lieblingshits zusammengestellt, die brenn ich dir und du machst dafür ein hübsches Cover. Da sind zwei Songs drauf, zu denen ich den ultimativen Sex hatte. Kannst ja mal raten, welche das sind."

Anne

Nachts schnaubt Peter regelmäßig in meine Richtung. Ich liege noch wach – und denke an Ellen, die hoffentlich auch noch nicht schläft. Ich überlege, ob ich etwas ganz Verrücktes tun und Peter wecken soll, um synchron mit Ellen ... Ach, bis Piet in Schwung kommen würde ... wenn er überhaupt in Schwung käme ... lieber schön schlafen...

Sonnabend Nachmittag ruft Ellen auf meinem Handy an: „Hallo! Ich wollte dir nur schnell sagen, dass ich deine CD ins Spiel gebracht habe. Wie ich dich kenne, waren es „The Ocean" von Richard Hawley und „Rock'n'Roll Queen" von The Subways."

„Fast", lobe ich meine Partnerin, während ich mit Peter im Brillux-Laden gerade Lavendelfarbe für die Küche anmischen lasse.

„Und welches war falsch?", will Ellen wissen.

„The Subways."

„Mein Favorit war „Love and Fear" von Morcheeba", verrät Ellen und es tut mir ein bisschen leid für sie, dass ich in diesem ungünstigen Augenblick nicht nach Details fragen kann. Während ich mich durch die Auswahl von Farbrollen, Quasten und Pinseln wühle, frage ich wenigstens nach dem Essen.

„Steinpilz-Ravioli", flötet sie. „Und das Dessert haben wir mit ins Bett genommen und..."

„...den Rest musst du mir später erzählen. Ich bin im Farbenladen und die schmeißen jetzt die Maschine zum Mischen an", unterbreche ich Ellen und wir verabschieden uns.

Nach der Samstagabend-Streichaktion in der Küche habe ich am nächsten Morgen ein unangenehmes Ziehen in Po und Oberschenkel vom Strecken und auf Zehenspitzen stehen. Ich hätte besser ausschlafen oder weiterstreichen sollen. Stattdessen gehen Peter und ich zu einem Adventsbrunch von seinem frisch verheirateten Kollegen. Seine schwangere Frau öffnet die Tür und drinnen wimmelt es schon von fertigen Kindern. Ich beschließe, geschmeidig zu sein, stelle mich mit einem Glas Wein zu drei Wasser trinkenden Müttern und erkundige mich brav nach Alter und Gesundheitszustand der Kleinen. Als das Trio mitkriegt, wie lange ich schon mit Peter zusammen bin, gibt es kein Halten mehr. „Wollt ihr denn keine Kinder?"

„Doch, schon", gebe ich fatalerweise zu.

Betretenes Schweigen. Dann wagt sich Mutter 1 vor: „Übt ihr denn schon?"

Mir sträuben sich die Nackenhaare – üben, so was Bescheuertes...

„Wir tun auf jeden Fall nichts dagegen", antworte ich trocken.

Zum Glück wird die Aufmerksamkeit der drei in diesem Moment umgelenkt. Ein etwa Einjähriger strebt zielsicher auf den Hundenapf zu. „Nein, Benny", kreischt Mutter 3.

„Wie heißt Benny eigentlich richtig? Ben?", frage ich, weil mir sonst nichts einfällt.

„Nein, nicht Ben. Benedikt Paul", tönt seine stolze Mutter. Na super. Der zukünftige Erzbischof von Fulda steht auf Hundefutter.

Die schwangere Frau von Piets Kollegen gesellt sich zu mir, blickt auf die bunte Mutter-Kind-Gruppe: „Entzückend, nicht? Wollt ihr eigentlich keine Kinder?"

„Doch. Aber ich kann keine kriegen", sage ich, um das Thema ein für alle Mal zu beenden. Ich fühle mich allein, suche Piet, stehe eine Weile mit den Männern im Wohnzimmer. Hier dreht sich alles um Führungsseminare, Haus- und Wohnungskäufe. Als die ersten ihre Mäntel holen, gebe ich Piet ein unmissverständliches Zeichen zum Aufbruch. Ich habe das dringende Bedürfnis, unsere Küche fertig zu streichen.

Lavendel scheint eine aphrodisierende Wirkung auf Peter zu haben. Die Wände strahlen provençalisch und Piet ist auch ganz französisch zumute. Wir kosten die gelöste Stimmung aus, ziehen die Abdeckfolie vom Küchentisch und lassen den Postmann zweimal klingeln. Später kochen wir uns einen Tee, ich lege ein paar Kekse auf einen Teller und trage alles vor den Fernseher. Bei einer Sonderaktion habe ich mir alle „Rosaroten Panther"-Filme mit Peter Sellers gekauft und lege die erste DVD aus der 5-er Box ein. Piet kommt ins Wohnzimmer, bleibt aber vor dem Sofa stehen und verkündet: „Ich muss noch mal für zwei Stunden ins Büro. Das mach ich lieber jetzt, dann bin ich früh wieder zu Hause." Ich gebe ihn großzügig frei. Und genieße das Alleinsein mit Peter. Peter Sellers.

Ellen

Im Büro wird es vor Weihnachten noch mal ungemütlich. Weil die Redaktionen es gemütlich haben wollen. Und die Abgabetermine für alle Texte wegen der Feiertage vorgezogen sind. Also klingelt das Telefon ständig, Feuerwehr-Aufträge rollen an, die wir nicht ablehnen wollen. Ein gut gefülltes Konto hat ja eine entspannende Wirkung. Im Schein einer nach Tannenwald duftenden Kerze sitzen wir jetzt jeden Abend bis spät am Schreibtisch vor den Bildschirmen. Und es kommt wie jedes Jahr: am 22. düsen wir ins Einkaufszentrum, wühlen uns innerhalb von drei Stunden durch die Geschäfte, schleppen die Beute ins Büro und packen mit Unterstützung einschlägiger Christmas-Songs und perlendem „Veuve Clicquot" alles liebevoll ein – bis der große Holztisch aussieht wie der Verpackungstresen von Douglas.

Was schenkt man jemandem, der in zwei Wochen seine sieben Sachen in die neue Welt verschifft? Jemandem, der mich seiner Mutter bei einer zufälligen Begegnung als „eine Freundin" vorstellte, gleichzeitig aber die Zukunft plant und im Sommer mit mir durch die Südstaaten reisen will. Nach langem Hin- und Herüberlegen entschiede ich mich für einen schönen blauen

Pulli, passend zu seinen Augen. „Für kühle Abende in der windy city“ schreibe ich auf eine goldene Weihnachtskarte.

Am nächsten Morgen fahre ich allein zu meinen Eltern nach Husum. Mein erstes Weihnachten ohne offiziellen Mann gibt mir das Gefühl, wieder ganz von vorn anzufangen. Ich glaube, jede Single-Frau, egal wie alt sie ist, fühlt sich auf Familienfesten unnatürlich jung. Sie besucht ihre Eltern, als wäre sie gerade erst ausgezogen und lässt sich rundherum verwöhnen. Sie setzt sich an den gedeckten Tisch, räumt besser mal nicht mit ab, lässt Clementinen- und Nuss-Schalen liegen und versucht, sich nicht über die unsensiblen Jahresvorschauen ihrer Mutter zu ärgern: „Also ich habe Frau Schubert beim Friseur getroffen. Wusstest du, dass deine alte Schulfreundin Regina im Mai ein Kind bekommt? Und dass Julia in Paris heiraten will? Schön nicht? Was ist das eigentlich mit diesem Dirk? Das ist doch auch wieder nur eine halbe Sache. Kannst du dich nicht in einen netten, normalen Mann verlieben? Einen Lehrer zum Beispiel?“ Das ist der Moment, in dem mir einfällt, dass Stephan, unser Hund, dringend mal raus muss.

Dann ruft zu allem Überfluss auch noch Georg an, der sein Weihnachten mit zwei bis fünf Flaschen Rotwein zu verbringen scheint. „Na Mausiii“, säuselt er mit schwerer Zunge in den Hörer, als würde ich morgen wieder in seiner Pornohöhle sitzen. „Feiert ihr schön? Ich bin in Hamburg geblieben und fühle mich ganz allein“, drückt er auf die Tränendrüse. „Soll ich nicht bei euch vorbei kommen und wir reden noch mal über alles?“

Ich kann es nicht fassen und sage matt: „Besser nicht. Wir sind hier alle sehr stark erkältet und es gibt auch nichts mehr zu reden.“ Nach unserem Gespräch fühle ich mich wirklich, als hätte mich ein schlimmer Virus erwischt. Er schafft es immer wieder, mir ein schlechtes Gewissen zu machen. Und plötzlich ist das mit der Trennung so frisch wie im April.

Damals hatten Georg und ich einen Wochenendtrip an die Nordsee geplant. Ich freute mich auf lange Strandspaziergänge, leckeren Fisch und mindestens eine entspannte Massage im Wellness-Bereich. Unterwegs ging es Georg und mir immer gut. In fremder Umgebung gab es, aus welchen Gründen auch immer, weniger Reibungspunkte zwischen uns. Um 16 Uhr schlossen Anne und ich am Freitag das Büro ab, setzten unsere Sonnenbrillen auf und verabschiedeten uns.

„Seid nett zueinander", rief Anne mir noch hinterher.

Ich lachte. An der ersten Ampel sah ich vor mir einen roten Golf. Die Frau auf dem Beifahrersitz stritt mit dem Fahrer herum. Eine Szene meiner Ehe. Plötzlich wusste ich, was ich tun musste.

Ich habe mir vorher wirklich geglaubt, wenn ich meinen Freundinnen in schönstem Psychologendeutsch versicherte: „Ich liebe ihn wirklich, wir durchlaufen nur eine schwierige Phase." Ich habe Georgs Demütigungen geschluckt und später gar nicht mehr als solche empfunden. Mein Verständnis von Normalität verschob sich. Wenn er nachts nicht nach Hause kam, fand ich das nicht weiter bemerkenswert. Beim ersten Mal rief ich noch bei der Polizei an und telefonierte die Krankenhäuser ab. Danach machte ich mir keine Sorgen mehr. Ich wusste ja, dass er sich – wenn ich mal wieder „böse" gewesen war – in einem bequemen Hotel einquartieren würde, um MIR die Gelegenheit zu geben, wieder zur Besinnung zu kommen. Und dass wir oft in allerletzter Sekunde Verabredungen absagten, weil ihn plötzlich Schwindel oder ein anderes Übel heimsuchte, war mir sogar ganz recht. Dann konnte er sich und mich wenigstens nicht vor meinen Freunden blamieren. Ich hielt still. Bis kurz vor unserem fünften Hochzeitstag.

Als ich an jenem Freitag nach Hause kam, machte sich Georg gerade einen Tee. Ich wartete, bis er sich eine Tasse eingegossen und zwei gehäufte Teelöffel Zucker mit etlichen Löffelumdrehungen darin aufgelöst hatte. Dann sagte ich ihm mit staubtrockenen Augen und der Distanz einer Nachrichtensprecherin, dass ich nicht mehr mit ihm leben könnte. Er ließ den Löffel sinken und schaute mich kraftlos an: „Das meinst du doch nicht ernst." Meine Stimme überschlug sich, als ich versuchte, viereinhalb Jahre Unzufriedenheit in fünf Minuten zusammenzufassen. Und weil danach weder ihm noch mir etwas Besseres einfiel, fuhren wir trotzdem an die See. Wir wohnten in dem schönen – schon bezahlten – Hotel und hatten den befreitesten Sex unserer Beziehung. Ich hatte den Ehrgeiz, ihm zu zeigen, was er verliert – und gab alles. Als wir danach in einem Café saßen, witzelte er darüber: „So können wir es doch immer halten. Wir trennen uns und treffen uns zu gutem Sex."

Ich lächelte und schwieg. Das interpretierte er als „alles wieder okay, hat sich wieder eingekriegt, die Alte." Er war völlig überrascht, als ich am Montag eine Tasche packte und für die nächsten Tage zu einer Freundin zog. Zufällig wurde eine Wohnung in ihrer Straße gerade frei – vier Wochen später gehörte sie mir.

Meine Mutter hatte das Ende lange kommen sehen. Natürlich. „Wie gut, dass ihr keine Kinder habt", meinte sie abgeklärt. Ihre Sorge galt der Eigentumswohnung – „pass auf, dass er dich nicht um dein Geld bringt." Er ist noch fleißig dabei. Aber das ist mir egal. Ich bin froh, den Absprung geschafft zu haben. Einigermaßen heil. Nach der Trauer kam bei Georg die Wut. Seitdem ihm klar ist, dass ich nicht zurückkehren werde, gibt er das verbitterte Opfer. Er ist inzwischen nur noch verliebt in den Gedanken, mir möglichst viel Ärger zu machen. Seine Hauptbeschäftigung ist es, das Scheidungsrecht zu studieren, Paragraphen zu zitieren und er arbeitet aktiv an seiner Arbeitsunfähigkeit. Sprich: Er verdient keinen Cent. Ich muss dringend mit Dr. Brand darüber sprechen, wie ich mich dagegen wehren kann. Zur Not eigne ich mir eben auch ein Burn-Out-Syndrom an.

Anne

Am 28. treffen Ellen und ich uns endlich wieder im Büro. Und sind uns einig: Weihnachten war komisch.

Ich berichte ihr sofort von dem merkwürdigen Geschenk, dass ich von Piet bekommen habe: eines dieser überdimensionalen, superteuren Tücher mit Steigbügel- und Hufeisen-Print von Hermès. Beim Anblick habe ich fast Halsschmerzen bekommen. Ich hatte fest mit der Tasche gerechnet, die ich immer wieder erwähnt hatte.

Als ich frage, womit Dirk sie überraschte, lächelt Ellen. „Die Karibikfrau von seinem Beistelltisch. Zuerst wusste ich nicht, was ich davon halten soll. Aber inzwischen hab ich beschlossen, dass er das liebevoll und romantisch gemeint hat."

„Das ist doch total süß. Wenigstens hat er sich Gedanken gemacht."

„Oder sich fünf Minuten, bevor ich gekommen bin, das Naheliegende gegriffen", sagt Ellen trocken.

„Naja, egal, ich freue mich jedenfalls auf Silvester. Das wird bestimmt witzig im Buddha", sage ich und lasse das exquisite Menü vor meinem geistigen Auge vorbeiziehen. „Gibt bestimmt was Thailändisches und zum Dessert diese leckere Zitronentarte. Und danach kommt ein super DJ. Andreas Feuerbach kennt den."

„Ist das der Andreas, der in Köln bei RTL arbeitet?", unterbricht Ellen meine bunten Gedanken. „Mit dem du diesen lustigen Trip nach London hattest?"

„Ja, genau. Andreas hat schon seit einer Weile einen Job in Hamburg. Wir haben's noch nicht geschafft, uns zu treffen."

„Frag ihn doch, ob er mit uns Silvester feiern möchte. Vielleicht eignet der sich ja als Dirks Nachfolger", sagt Ellen übermütig.

„Hör bloß auf. Andreas hat gerade eine Trennung hinter sich. Wegen seiner Ex, Sibylle heißt sie, ist er extra nach Hamburg gezogen. Er war so fertig, dass er Köln nicht mehr ertragen konnte. Jetzt arbeitet er hier beim NDR. Wenn du also ordentlich Probleme brauchst, dann bist du bei dem goldrichtig.“ Zwischen Andreas und mir gibt es immer wieder lange Sendepausen, die unserer Freundschaft aber nichts anhaben können. Ich nehme mir fest vor, ihn bald mal anzurufen. Aber es bleibt bei dem Versprechen.

Am 31. Dezember stehe ich an der Tanzfläche neben dem überlebensgroßen, mit Girlanden geschmückten Buddha und möchte ewig im alten Jahr verbleiben. In Sicherheit. Nach dem dritten Glas Taittinger verlässt mich die Melancholie und ich tanze mich glücklich. Um Mitternacht gehen wir alle auf die Straße, Peter schießt für uns eine Glücksrakete in den Himmel, Ellen und Dirk knutschen unter der Straßenlaterne. Bis ich sie bei „Get Lucky“ zum Abrocken zurück in die Wärme ziehe. Die für heute installierte Diskokugel wirft Glanzlichter an die roten Wände und auf die erhitzten Partygesichter. Peter ist in der Form seines Lebens, spielt Luftgitarre, kniet irgendwann auf dem Steinfußboden. Ich finde ihn rasend attraktiv und bin plötzlich grundlos optimistisch.

Ellen

Ich zähle die Tage, die mir mit Dirk bleiben. Er ist ungewohnt anhänglich. Und gibt zu, Angst zu haben, dass er in dem berühmten Architektenbüro untergeht. Unsere letzte Nacht verbringen wir am Küchentisch. Reden über Liebe, aber nicht über uns. Über Beziehungen, aber nicht über unsere. In drei Tagen wird hier ein Untermieter einziehen. Und es sieht jetzt schon so aus, als gehörten wir nicht mehr hierher. Dirks Sachen sind gepackt und stehen im Flur. Ich möchte Dinge hören, die er mir nicht sagt. Deshalb verhalte ich mich wie ein gekränktes Schaf. Wehre ihn ab, als er versucht, sich auf seine Art von mir zu verabschieden.

Schon nachher werde ich mich dafür hassen, seine Leidenschaft nicht noch einmal genossen zu haben. Aber ich halte seine erwartungsvolle Zappeligkeit einfach nicht länger aus. Und dränge ihn gegen Morgen viel zu früh zum Aufbruch. Vielleicht muss er ja am Flughafen sein, um zu realisieren, dass er mich hinter sich lässt. Auf der Fahrt überlassen wir dem plapperigen Moderator von Radio Hamburg das Reden. Ich kann Dirk jetzt nicht mehr angucken, ich will nicht weinen.

Im Flughafen-Gebäude macht mir Gerda Meyer einen Strich durch meine Rechnung. „Dirki!", ruft sie quer durch die Abflughalle, „Überraschung!"

Aufgebrezelt hat sie sich um vier Uhr in Bremen-Brinkum in ihren Golf gesetzt, um Dirk mit einem Care-Paket zu überraschen: „Das musst du jetzt nicht auspacken. Kannst du später im Flugzeug angucken."

Ich lächle freundlich und versuche von Größe und Form auf den Inhalt zu schließen. Ein Bildband von Bremen, ein Fotoalbum der Familie oder eine Großpackung Marzipan? Egal. Frau Meyer bittet mich, noch ein Foto zu machen. Ich tu's und komme mir ein bisschen überflüssig vor. Ihre Gegenwart lähmt mich.

„Und jetzt fotografiere ich euch beide", meint sie liebeswert. Ich fühle mich schlagartig besser. Vielleicht hat er ihr doch von uns erzählt. Wir begleiten Dirk bis zur ersten Sicherheitskontrolle. Er umarmt mich zuerst und flüstert mir ins Ohr: „Das war eine wunderschöne Zeit mit dir, Ellen. Du bist großartig. Und wir schaffen das. Ich ruf dich an, wenn ich in Chicago bin." Dann ein schneller Kuss für Mutti und seine braune Lederjacke verschwimmt in meinem Tränenblick.

Gerda Meyer hakt sich vertrauensselig bei mir unter und seufzt: „Ist das nicht toll, was er geschafft hat? Mein Mann war ja auch Architekt, sehr talentiert. Leider ist er viel zu früh gestorben. Und Sie sind eine ganz erfolgreiche Journalistin, hat mir Dirk erzählt..."

Wir wechseln bis zum Kurzzeitparkplatz noch etliche Nettig- und Belanglosigkeiten. Und dann bin ich „alone again".

Am nächsten Morgen verspüre ich ein immenses Verlangen nach Ordnung. Zumindest auf meinem Schreibtisch. Ich räume die Unterlagen der vergangenen Stress-Wochen herunter, mache kleine Haufen auf dem Fußboden. Und merke, dass ich nervöse Energie verströme. Dirk ist in Amerika – und meldet sich wieder nicht.

Am zweiten Tag: kein Anruf, keine E-Mail, keine SMS. Er schläft bestimmt seinen Jetlag aus.

Am dritten Tag: kein Anruf, keine E-Mail, keine SMS. Er ist bestimmt den ganzen Tag unterwegs, hat alle Hände voll zu tun, sich einzurichten.

Am vierten Tag: kein Anruf, keine E-Mail, keine SMS. Heute ist sein erster Tag im Büro und er ist bestimmt total aufgeregt. Ich hasse mich dafür, dass ich ununterbrochen in Lauerstellung bin. Und genau das tue, was ich nie mehr tun wollte: mich abhängig fühlen.

Am fünften Tag: kein Anruf, keine E-Mail, eine SMS. *hallo süße, habe noch kein telefon in der wohnung und mein e-mail-konto ist noch nicht eingerichtet. kisses, dirk.*

Ich denke nicht an Roaming-Gebühren, will seine Stimme hören, wähle seine Handy-Nummer. Und er geht sofort ran.

„Ellen!", ruft er sorglos. „Hier ist alles super. Meterhoher Schnee. Ich kämpfe mich gerade durch zur U-Bahn. Die heißt hier einfach L und ist eine Hochbahn, so wie in Hamburg."

Ich bin nicht in Stimmung für architektonische Beschreibungen und sage schlicht: „Freut mich, dass du gut angekommen bist."

„Hast du meine SMS nicht gekriegt?", fragt Dirk schuldbewusst. Und setzt an zum Rechtfertigungs-Monolog: „Ich hätte dich nachher auch angerufen. Aber weißt du, ich sitze in so einem Großraumbüro, bin der Neue und es käme sicher nicht gut, wenn ich gleich Privatgespräche nach Übersee führen würde. Der Zeitunterschied ist ein echtes Problem. Ich arbeite so lange, dass ich dich nicht mehr anrufen kann, weil du längst schläfst. Und in deinem Büro will ich auch nicht anrufen. Ich weiß ja, was du im Moment für einen Stress hast.“

„Keine Ahnung wie du auf die Idee kommst, nicht jederzeit bei mir anrufen zu können. Oder habe ich den Eindruck gemacht, nachts schlapp zu machen?“

„Ganz und gar nicht. Genau deine Nachtaktivität vermisse ich sehr“, nimmt er mir mal wieder den Wind aus den Segeln.

„Weißt du was, Dirk Meyer, du bist echt blöde. Mir fehlen deine Kunststücke auch.“

„Du, Ellen, wollen wir was abmachen? Wenn du heute ins Bett gehst, denkst du daran, wie wir das Geschirr nach dem Essen zur Seite geschoben haben und du als Dessert für mich ... ähm ... und ich muss eh jeden Abend daran denken, wie du mir auf dem Konzert zugeflüstert hast, dass du keinen Slip trägst. Du glaubst gar nicht, wie oft ich mir darauf schon eine schöne Zeit gemacht habe...“

„Genau das machen wir. Du glaubst gar nicht, was du damit jetzt schon auslöst. Ach, ich vermisse dich.“

„Und ich dich. Vielleicht melde ich mich einfach auch nachts...“

„Mach das.“

Ich grinse breit. Anne hat unser Gespräch natürlich mitbekommen.

„Den musst du so nehmen, wie er ist. Ich glaub, der liebt dich so wie er eine Frau lieben kann. Ihr schafft das schon. Versuche es, ganz entspannt zu sehen. Sonst wirst du unglücklich.“

2. Teil

Breathe out

Anne

Ich muss nachts am Iron-Man teilgenommen haben. Jedenfalls tun mir heute Morgen alle Knochen weh. Ich schleppe mich ins Bad. Und sehe, Ellen hat recht. Meine fast blonden Haare sitzen immer. Egal wie mies es mir geht. Eine locker fallende Ausgehfrisur umrahmt mein Gesicht und meine geröteten Wangen lassen meine grünen Augen leuchten. Kein Trost. Lustlos schlurfe ich in die Lavendel-Küche, schalte das Radio an, bestreiche mir eine Scheibe Vollkornbrot mit Quark, schütte erst Milch, dann Kaffee in meine zartrosa Tasse. Die Sonne gibt ihr Bestes – und das Ende Februar. Mitreißend strahlt sie durchs Fenster, aber ich fühle mich nur geblendet. Die maigrüne Tasse steht auf der Geschirrspülmaschine und bildet in ihrem Inneren mit dem Restkaffee gerade einen putzintensiven Schmuddelrand. Sie gehört zu ihm. Und er gehört zu mir. Noch. Alles scheint normal. Peter ist um

7.30 Uhr fast bürofertig ins Schlafzimmer gekommen und hat das Weckritual Punkt für Punkt abgearbeitet. Er hat sich auf mich gelegt, in mein verschlafenes Ohr etwas von einem schönen Tag geflüstert und meinen Mund mit mindestens acht kleinen Küssen verabschiedet. Wohnungstür zu, dann entfernten sich seine Schritte – dritter Stock, zweiter Stock, erster Stock, Erdgeschoss, zong, die Haustür.

In die Stille hinein formulierte mein Adrenalin getränktes Hirn den ersten Gedanken des Tages: „Er hat gelogen." Als Peter um Mitternacht vom Tennis-Turnier nach Hause kam, rechnete er nicht mehr mit Fragen von mir. Schon mein harmloses „welche Mannschaft hat denn gewonnen?" brachte ihn (nach dem Tennis komischerweise mit Krawatte unterwegs) ins Schlingern. „Ähm, äh, ja, wir nicht." Sieben Fragen später stand der Sieger immer noch nicht fest. Aber ich hatte das kribbelnde Gefühl, am Verlieren zu sein.

Aus dem Radio fließen die selbst verliebten Sätze des Morgenmagazin-Moderators. Sie erreichen mich nicht. Ich höre nur mein inneres Rauschen, das meinen Verdacht immer lauter werden lässt: „Der war nicht beim Sport." Ein appetitloser Blick auf mein Brot, meine Tasse, seine. Ein Schluck Kaffee, der letzte Moment heile Welt.

Acht Meter Luftlinie entfernt halte ich erst mal die Luft an. Eigentlich müssten auf dem Wäscheständer ein Sweatshirt, ein T-Shirt, eine kurze Hose, Socken und das mintfarbene Handtuch mit dem Aufdruck „Splash!" ausdünsten. Peter hat als Pedant natürlich einen Horror vor unkontrolliertem Keimwachstum im Wäschekorb. „Splash!" trocknet allein vor sich hin. Und macht seinem Namen so dermaßen die Ehre, dass ich es näher unter die Lupe nehme. Pitschnass in der Mitte, die Ecken knochentrocken. Ich suche nach seiner Sporttasche, finde sie hinter der Tür des Gästezimmers. Reißverschluss auf, Aprilfrische kommt raus. Die Beweise sind fein gefaltet und warten auf ihren Einsatz. Okay.

Auf welchem Spielfeld Peter gestern auch immer aktiv war, in der Tennishalle war er nicht!

Ich laufe über den Flur ins Wohnzimmer, gucke auf die Straße, gehe zurück, kurzer Stopp am Badezimmer, ein Blick in den Spiegel. Meine Wangen brauchen heute kein Rouge. Gut. Oder auch nicht. Erstmal duschen. Vielleicht ist alles nur ein großes Missverständnis. Heute gönne ich mir mein Lieblingsduschgel „Rajasthan" von Etro – in der Hoffnung, dass die asiatische Gelassenheit auf mich überspringt. Gleich werde ich ruhiger. Bestimmt. Nach sorgfältigem Eincremen mit dem teuersten, was das Schränkchen hergibt, gehe ich im Bademantel in die Küche, werfe das Brot in den Mülleimer, trinke den Kaffee aus, ziehe mich an und flüchte vor den Dingen in meiner Wohnung, die ich zu verstehen beginne. Ich muss Ellen sprechen, bevor ich verrückt werde.

Ellen

Erst beim Einbiegen in die Birkenallee entdeckt Anne mich im Rückspiegel. Dabei fahre ich schon mindestens zwei Kilometer hinter ihr. Und auch jetzt hebt sie nur kurz die Hand, dreht sich nicht mal um und macht keine albernen Ich-höre-total-coole-Musik-Bewegungen. Dafür raucht sie im Auto. Irgendwas ist nicht in Ordnung. Am Briefkasten frage ich sie, was passiert sei. Und bekomme nur ein „erstmal Tee machen" zur Antwort.

Ich versuche ein neutrales Gesicht zu machen, während sie hastig erzählt. Aber als Anne beim nassen Handtuch angekommen ist, unterbreche ich sie zum ersten Mal: „Du hast recht. Es hört sich komisch an. Aber bleib ruhig. Sprich ihn erstmal drauf an. Am besten heute noch."

Anne hat rote Flecken im Gesicht, ihre Augen sind müde: „Heute Abend hat Piet Band-Probe und das wird ja immer ziemlich spät. Ich hab an morgen gedacht. Da haben wir 10-jährigen Kennenlerntag."

„Was macht ihr? Geht ihr essen?"

„Keine Ahnung. Aber ich glaube, ich möchte lieber zu Hause bleiben und reden. Blöd, dass wir hier jetzt auch noch den Superstress haben. Wir müssen eigentlich heute noch das Kultur-Extra abgeben. Ich fange gleich mal an zu telefonieren und höre mich um, welche Bands im nächsten Halbjahr auf Deutschland-Tournee gehen und welche Musiker wir vielleicht zum Interview bekommen können."

Ich bin froh, dass Anne auf andere Gedanken kommt.

Während meine Partnerin fast hyperaktiv mit Plattenfirmen, Konzertmanagern und Event-Agenturen telefoniert, kann ich mich überhaupt nicht konzentrieren. Piet auf Abwegen, das ist für mich unvorstellbar. Ich habe ihn ja erlebt vor acht Jahren. Wie er mich anrief, in den Hörer weinte: „Glaubst du, dass Anne mir noch eine Chance gibt?" Ich hatte Piet damals Mut gemacht, weil ich ihn für die bessere Wahl hielt. In Annes Beziehung mit Max sah ich nicht mehr als eine natürliche Trotzreaktion. Ich erzählte ihr von Piets vorsichtiger Anfrage und sah das Leuchten in ihren Augen, das nicht zu ihren Worten passte: „Ich bin mit Max richtig glücklich. Wenn er mich zurück haben will, muss er sich schon was anderes einfallen lassen, als dich anzurufen. Der Mistkerl."

Der Mistkerl setzte sich in der Nacht noch ins Auto und fuhr von Hamburg nach Köln. Stand eine halbe Stunde vor Annes Haustür, drückte auf die kaputte Klingel und schmiss Kieselsteinchen an ihr Wohnzimmerfenster im ersten Stock. Anne verschlief diese Rückholaktion und fand am nächsten Morgen eine Tankquittung unter ihrem Scheibenwischer. Auf der Rückseite stand: „Ich liebe dich. Ich liebe dich. Ich liebe dich." Es dauerte zwar noch eine Weile, aber irgendwann erhörte Anne ihren geläuterten Minnesänger. Max war so traurig und gekränkt, dass er keine Schwierigkeiten machte – und wenig später zog Anne zum Rheingold an die Elbe. Seitdem erschien Piet mir treu wie Gold. Wenn einer von den beiden sich mal aus der Beziehung verabschiedet, dann Anne, dachte ich immer.

Aber je länger ich dieses nasse Handtuch in meinem Kopf auswringe, desto lauter schrillt der Alarm. Piet ist absolut verlässlich. Auch in seinen Ritualen. Der würde auch noch nach zwei Flaschen „Wild Turkey" seine Schuhe bündig an die Wand stellen, die Zähne putzen, die Alka Seltzer-Folie ökologisch korrekt entsorgen und auf jeden Fall seine Klamotten in Reih und Glied über die Leine hängen, wenn er verschwitzt vom Sport kommt... Bitte nicht! Ich mit meiner Scheidung, der komplizierten Dirk-Geschichte und wenn jetzt Anne auch noch ins Chaos sinkt – das würde Mars & Overmaas an die Kapazitätsgrenze bringen. Wir haben so viele Aufträge angenommen, dass wir die nächsten Wochenenden eigentlich durcharbeiten müssten und uns eines ganz bestimmt nicht leisten können: schlaflose Nächte.

Als wir abends zusammen das Büro verlassen, sehen wir, dass im Nachbarbüro noch Licht brennt.

„Komm, wir schauen noch mal eben bei Marlene vorbei", sagen wir lippensynchron.

Marlene telefoniert noch, offensichtlich mit einem ihrer Make-up-Artists, winkt uns aber freudig herein, deutet auf die bereits geöffnete Rotweinflasche und die weiße Sitzecke.

„Hallo, Ihr Süßen. Das war Marcel, der sich beschwert hat, dass ich ihn morgen auf die 6 Uhr-Maschine nach Paris gebucht habe, obwohl das Briefing für die Schauen erst nachmittags beginnt. Aber der Kunde wollte Geld sparen und das Ticket für die Mittagsmaschine hätte doppelt so viel gekostet", begrüßt uns Marlene atemlos, nachdem sie ihr Handy mit Schwung in ihre Tasche gefeuert hat.

„Und was ist bei dir sonst so los?", frage ich.

„Frag lieber nicht. Wolfgang ist seit zwei Wochen in Südostasien. Ich bin mit Tim allein und habe das volle Programm. Das vergangene Wochenende war der reinste Horror. Tim hatte über

Nacht einen Freund da und sie haben das ganze Kinderzimmer zerlegt...", stöhnt Marlene. „Durch den ganzen Stress des letzten Jahres habe ich irrsinnig zugenommen, mir passt nichts mehr. Wolfgang macht sich schon lustig über mich. Ich fühle mich total hässlich und bin ihm gegenüber total gereizt. Ich weiß ja, dass er dicke Frauen unattraktiv findet."

Ich werde sofort wütend. „Wie bitte?"

„Wolfgang steht auf diese ganz Mageren", erklärt Marlene. „Als er mich kennengelernt hat, war ich ja auch echt dünn. Aber das war nach einer Diät und das Gewicht hab ich nicht lange gehalten. Und dann wurde ich schwanger...", umreißt sie ihr Dilemma.

„Wolfgang soll bitte mal einen Selbstcheck machen. Als er dich neulich abgeholt hat, habe ich ihn kaum wiedererkannt. Der verliert seine Haare ja in einem taifunartigen Tempo. Und wenn ich mich nicht irre, spannte sein Hemd um den Bauch herum."

„Du hast vollkommen recht", pflichtet Anne mir bei. „Der soll seine Klappe halten und froh sein, so eine erfolgreiche und tolle Frau zu haben."

„Danke", Marlene lächelt wieder. „Ihr seid die Besten."

Aber Anne ist noch nicht fertig mit Wolfgang. Ihr Blick wandert auf die Stahlplatte über Marlenes Schreibtisch, die mit ewig lächelnden Schnappschüssen von Wolfgang, Marlene und Tim zugepflastert ist. Sie setzt ihr Weinglas ab und zieht ein Portrait von Wolfgang aus dem letzten Thailand-Urlaub unter einem Magnetknopf heraus. „Schön, die superkurzen Khaki-Shorts zum überlangen Muscle-Shirt. Fehlen nur noch die Muskeln. Und was steht da auf dem T-Shirt? Marlene, hilf mir mal. Ich kann die Schrift nicht entziffern, ist zu verwaschen..."

„Ach, das Shirt liebt er. Hat er im Supermarkt während einer Aktionswoche umsonst gekriegt. Hengstenberg steht da drauf", sagt Marlene mit bierernster Miene. Wir prusten los.

„Während Marlene und ich weiter gut gelaunt Wolfgangs Ferienoutfit zerpflücken, schweift Annes Blick ins Nichts.

Auch Marlene spürt den Stimmungswechsel bei unserer Freundin: „Alles klar, Anne?“

„Ich glaube, mein Kerl ist auf Abwegen.“

„Piet? Wenn der dich betrügt, ist für mich alle Hoffnung auf die Ewigkeit verloren. Ihr seid doch das absolute Vorzeigepaar. Wie lange seid ihr zusammen?“

„Morgen genau zehn Jahre“, sagt Anne und fährt emotionslos fort: „Irgendwann tut es doch jeder, oder? Und dass Piet untreu sein kann, hat er ja schon vor acht Jahren bewiesen.“ Sie reibt ihre müden Augen und entschuldigt sich: „Ich weiß zwar nicht, was ich da soll, aber ich muss jetzt nach Hause.“

Als ich am nächsten Morgen mit leichtem Rotwein-Kater ins Büro komme, sitzt Anne vor ausgelegten Tarot-Karten am Tisch – obwohl heute erst Donnerstag ist. Ich bin schlagartig wach und frage, ob gestern noch etwas passiert ist.

„Nee, Piet hat seelenruhig geschlafen als ich kam“, antwortet Anne. Sie ist blass. „Er hat heute Morgen sogar gefragt, ob er irgendwo einen Tisch bestellen soll für unser Zehnjähriges.“ Sie schiebt die Karten kraftlos zusammen. „Ich weiß gar nicht, was ich die Karten fragen soll. Ich hab richtig Angst vor heute Abend.“

Ich versuche gar nicht erst, sie zu beruhigen. „Was hast du denn geplant?“

„Ich werde Spaghetti mit Scampi machen. Das hab ich gekocht, als Piet zum ersten Mal zu mir nach Hause gekommen ist. Und dann gibt es zehn Schokoherzen, die leg ich um seinen Teller. Und ich werde den teuren Champagner öffnen, den ich für eine besondere Gelegenheit aufgespart habe.“

Anne

Mit den Scampi auf dem Beifahrersitz, die ich schnell im Hafen besorgt habe, und einer ordentlichen Portion Adrenalin in den Adern, heize ich durch die Stadt nach Hause. Ich bin so unruhig wie vor einem ersten Date. Was ziehe ich an? Wie wird der Abend? Was wird er sagen? Wie formuliere ich meinen Verdacht? Jetzt habe ich sie, die Aufregung in meiner Beziehung. Leider nicht die, die ich mir so lange gewünscht habe, sondern eher eine Art negative Euphorie. Was ist, wenn ich recht habe? Was mache ich dann – allein? Okay, nicht dran denken.

Zwischen Parkplatz und Wohnung organisiere ich mir noch ein Lächeln. Der Obsthändler an der Ecke gibt mir – und wahrscheinlich jeder anderen Frau im gebärfähigen Alter – das Gefühl, seine absolute Lieblingskundin zu sein. Mit überschwänglicher Geste reißt er eine Papiertüte vom Haken und schaut mich mit erwartungsvoller Begeisterung an. „Zehn Bananen", höre ich mich sagen. Die sollen ja gute Laune machen.

Zu Hause gehe ich gleich in die Küche. Knoblauch hacken, Petersilie waschen, Zitrone auspressen, Wasser aufsetzen. Im Badezimmer sehe ich, dass ich nichts an mir machen muss. „Der Tod steht ihr gut", so hieß doch dieser Film mit Goldie Hawn und Meryl Streep – und Bruce Willis, damals noch glücklich verheiratet mit Demi Moore. War auch mal so ein Vorzeige-Paar. Nun gut. Ich ziehe ein weißes Hemd an. Das passt schön zu meinen naiv-rosigen Bäckchen, in denen sich die Hitze meines gesamten Körpers zu stauen scheint. Um das absolute Maximum an äußerer Schönheit herauszukehren, zünde ich Kerzen auf dem Tisch an und knipse nur eine kleine Lampe im Nebenraum an. Dann verteile ich die zehn Schokoherzen um Peters Teller.

Er kommt zu spät. Um 19 Uhr waren wir verabredet, jetzt ist es Viertel nach. Heute bin ich darüber mal nicht sauer. Denke sogar, dass er meinetwegen überhaupt nicht kommen bräuchte. Als sich dann der Schlüssel ins Schloss schiebt und ich die

Abputzgeräusche auf der Fußmatte höre, kriege ich Herzklopfen und noch mehr Blut schießt in meine Wangen.

„Kochst du?", fragt er verwundert zur Begrüßung. „Ich dachte, wir wollten Essen gehen."

„Ich finde es gemütlicher hier", sage ich und beobachte jede seiner Bewegungen aus dem Augenwinkel. Tasche abstellen, Mantel aufhängen, Schuhe ausziehen, Krawatte lockern, ein Kuss, der nach Pappe schmeckt.

„Das riecht echt lecker. Nach Knoblauch. Ich kann ja schon mal einen Wein aufmachen..."

„Es gibt Champagner zur Feier des Tages. Liegt im Kühlschrank, steht Louise drauf", sage ich, als gäbe es Verwechslungsmöglichkeiten.

„Echt? Das ist doch diese teure Flasche, die du geschenkt bekommen hast..."

„Wenn nicht heute, wann dann?", sage ich leicht gereizt und frage mich, warum er so wenig begeistert ist.

Als er im Wohnzimmer nach der passenden Musik sucht, linse ich um die Ecke. Keine Blumen. Über die mögliche Bedeutung will ich gar nicht nachdenken. Deshalb befolge ich konzentriert, was das Pasta-Rezept verlangt. Zehn Minuten später stehen wir am Tisch, die gefüllten Gläser in der Hand und Toni Benett begleitet zusammen mit K.D. Lang unser „Auf uns!". So unbeschwert wie möglich erzähle ich ihm, was ihn an meinem Job interessieren könnte. Welche Musiker in diesem Jahr auf Tour kommen, wer ein neues Album herausbringt, dass es noch einen neuen Film von Tarantino geben wird ... Dabei merke ich, dass mein mentaler Motor zweispurig läuft: Ich rede und im Hintergrund flüstert meine innere Stimme Dinge wie „er wirkt betont interessiert", „er hält mich mit Freundlichkeit auf Abstand", „er ist mir so fremd".

Nachdem wir das Geschirr in die Küche getragen haben, sitzen wir wieder da, schauen uns an, schenken Champagner nach. Ich traue mich nicht, unsere Small Talk-Ebene zu verlassen, halte aber die Spannung nicht mehr aus. Und frage endlich laut in den leisen Raum hinein: „Wie stellst du dir eigentlich unsere Zukunft vor?"

Er schweigt. Bestimmt eine Minute lang. Er holt Luft: „Ich weiß nicht."

Ich werde sofort aggressiv. „Wieso nicht?", leite ich unser altes, ermüdendes Frage-und-Antwort-Spiel ein. „Du musst doch wissen, was du vom Leben erwartest, was du an unserer Beziehung magst, womit du unzufrieden bist..."

Zwei Stunden lang probiere ich jede mir bekannte Interview-Technik aus und wie immer sage nur ich ihm, was mir nicht passt: zu wenig Interesse an meinem Leben, zu wenig Sex, zu viel Routine, zu viel Schweigen, zu viel Vernunft.

„Das will ich gar nicht abstreiten", sagt er zu fast allem. Und dann bin ich endlich wütend genug für den großen Schlag. „Wo warst du eigentlich Dienstagabend?"

Stille. Piet zwingt sich, mir fest in die Augen zu sehen, aber ein leises Schlucken verrät ihn. „Wieso? Beim Tennis."

Ich beginne mein Kreuzverhör, das er nur verlieren kann. Staatsanwältin Anne Overmaas stützt die Ellenbogen auf den Tisch und beugt sich vor: „Dann hast du wohl in deinem Anzug Tennis gespielt."

„Wieso?", fragt der Angeklagte.

„Weil deine Tennisklamotten aprilfrisch in deiner Tasche liegen. Und das Handtuch nur in der Mitte auf pitschnass getrimmt war."

Er versucht, sich Raum zu schaffen: „Ich weiß nicht, was du meinst."

„Jetzt hör auf, Piet. Ich lass mich doch nicht von dir verarschen." Zur Unterstützung zieht er sich den Nebenstuhl heran, legt lässig seinen rechten Arm auf die Lehne, schaut trotzig, fast herausfordernd. Er ziert und windet sich noch gefühlte zehn Stunden und gibt dann endlich zu: „Okay, ich war nicht beim Tennis."

„Sondern? Wie heißt sie?“

Piet guckt wie ein geprügeltes Lamm: „Ja, ich war bei einer Frau.“

„Wusste ich es doch“, sage ich und bin im ersten Moment erleichtert, dass es raus ist.

Dann besitzt Peter Rheingold die Unverfrorenheit, seine dumme Lüge zu verteidigen: „Aber genau so hätte es sein können.“

„Nein, genauso hätte es nicht sein können. Du musst dir mal eins merken. Männer denken nur, dass sie es unglaublich clever anstellen. In Wirklichkeit sind die meisten zum Fremdgehen zu blöd. Ich kann dir auch auf den Kopf zusagen, wer es ist. Diese kleine Blonde aus der Schadensbearbeitung, die auf dem Foto von eurem Betriebsausflug neben dir steht. Wie die dich damals schon angeschmachtet hat, ist mir sofort aufgefallen. Die ist dann doch wenig später am Schreibtisch zusammen gebrochen und mit Verdacht auf Hirntumor ins Krankenhaus eingeliefert worden. Auch nicht mehr ganz gesund, die Kleine. Wie lange geht das? Seit der Weihnachtsfeier, nicht?“

„Viel später. Und die ist das auch gar nicht“, lügt er sich weiter durch.

„Mir auch egal. Das ist ja toll für mich. Fast 40 und allein. Super. Wie alt ist sie? 25 einhalb?“

„Nein. Lass das doch jetzt mal. Das bringt doch nichts“, sagt er sanft. „Das wollte ich nicht. Wirklich.“

Ich habe das Gefühl, dass meine Zunge immer dicker wird und ich kurz vor dem Ersticken bin. Nach jedem zweiten Satz trocknet meine Stimme ein. Ich muss trinken. Ein Glas Wasser nach dem anderen. Irgendwann scheint es durch meinen Kopf zu rauschen. Ich höre Piet aus weiter Ferne – und traue meinen Ohren nicht.

„Du willst ja auch gar keine Kinder“, sagt er in eines unserer schweigenden Löcher hinein.

„Ach, ja? Woher willst du das wissen? Woher willst du eigentlich überhaupt irgendetwas wissen. Wenn du mich nie was fragst?" – meine Stimme ist schneidend und er starrt wieder die Maserung der Tischplatte an. Ich habe keine Ahnung wie spät es ist, als ich aufstehe und durch den Flur in ein anderes Leben trete.

Im Bad tue ich das, was ich immer tue. Ich gehe ins Schlafzimmer, ziehe mich aus, hänge meine Sachen über den Stuhl, lege mich ins Bett, schnappe mir eine Zeitschrift vom Stapel und schlage sie zufällig auf der Horoskop-Seite auf. „Toll, ich bin das Glückskind der Woche", teile ich Piet mit, als er sich neben mich legt. Äußerlich ist alles wie immer. Ich hätte nicht gedacht, dass mein Drama sich so spurlos abspielt – und überlege kurz, ob ich nicht wenigstens seine Tennistasche anzünden und brennend vom Balkon werfen soll.

Mein Körper ist so müde und mein Kopf überwach. Nachdem ich 33 Arten ersonnen habe, wie ich Peter am geschicktesten umbringen kann, meldet sich sein Wecker. Ich stelle mich schlafend – und er flüchtet dorthin, wo er genau weiß, was er zu tun hat. In sein Büro. Ich bin mir sicher, dass es die Schadensbearbeitungstusse ist. Kann er der ja gleich erzählen, dass alles rausgekommen ist.

Ich stehe auf, mache mir einen starken Kaffee, kriege keinen Bissen von meinem Brot herunter, das ich mir aus reiner Gewohnheit schmiere – und versorge mein Gesicht mit einer Feuchtigkeitsmaske. So banal es ist, diese Kleinigkeit fühlt sich an wie eine Überlebenschance. Ich will zumindest mit heiler Haut davonkommen. Weinen kann ich erst, als ich Ellen im Büro sehe.

Ellen

Anne kommt langsam herein und setzt sich an unseren großen Tisch, den sie gestern noch auf Hochglanz gebracht hat. Dann sagt sie nur einen Satz: „Ich hatte recht." Ich nehme sie stumm in den Arm, drücke sie ein paar Minuten. Dann reiche ich ihr ein

Taschentuch nach dem anderen. Und weil sie nach einer Stunde noch immer nicht ruhiger wird, fällt mir nichts Tröstlicheres ein, als erst mal in die Apotheke zu fahren. Auf dem Weg nach draußen schaue ich bei Marlene rein, die in ihrem Büro sitzt, mit Ohren so spitz wie der Bleistift eines Konkursverwalters. „Was ist mit Anne? Ihre Stimme klingt nicht gut", interpretiert sie, was durch die Wand zu ihr gedrungen ist.

Ich erzählte ihr in 30 Sekunden, was passiert ist und bitte sie: „Pass auf Anne auf. Ich bin in zehn Minuten wieder da."

Als ich der Apothekerin die Lage schildere, sieht sie mich mit echter Betroffenheit an: „Mir ist vor einem halben Jahr genau dasselbe passiert", sagt sie leise. „Wir wollten sogar heiraten." Dann verschwindet sie hinter den Ausziehschränken und bringt eine Flasche Bachblüten-Tropfen „Rescue Remedy" gegen den Schock und eine Packung pflanzlicher Beruhigungspillen mit nach vorn.

Die zierliche Frau seufzt. „Davon kann sie nehmen, soviel sie will. Die tun nichts Böses, federn die Gedanken nur ganz gut ab."

Sie steckt noch zwei Päckchen Taschentücher und eine Handvoll Traubenzuckerbonbons in die Tüte. Ihr trauriger Blick begleitet mich zur Tür und ich beginne zu ahnen, was Anne bevorsteht, wenn zwischen Piet und ihr wirklich Schluss ist.

Als ich zurück ins Büro komme, sitzt Anne immer noch genauso da – vor sich die warme Teetasse. Marlene nimmt mir die Tüte ab, froh, endlich etwas tun zu können, zählt Anne vier von den blauen Pillen in die Handfläche und träufelt ihr eine Pipette Notfalltropfen unter die Zunge.

„Zehn Jahre", sagt Anne mit erstickter Stimme. „Das ist ein Drittel meines bewussten Lebens. Was macht man mit diesen ganzen Erinnerungen? Wie soll ich denn über Piet hinwegkommen, wenn ich bei allem, was ich tue, an ihn denken muss? Und ich hab immer herumgetönt." Keine Frage. Anne hatte immer eine große Klappe, wenn es um ihre Beziehung ging. Erst neulich meinte sie gut gelaunt: „Männer sind Jäger. Die wollen kämpfen. Wenn du die nicht so verwöhnst, laufen die viel besser auf Spur."

Wenn ich daran denke, tut es umso mehr weh, sie jetzt so dasitzen zu sehen. Ich weiß immer noch nicht, was ich sagen soll. Alles klingt so gewöhnlich, was mir durch den Kopf geht. Wahrscheinlich weil die Situation auch ziemlich gewöhnlich ist. Die immer gleiche alte Geschichte: Typ frisst über Jahre alles in sich hinein – und lässt sich dann irgendwann von einer anderen bekochen. Mit der beginnt das Spiel dann von vorn. Ein trostloser Kreislauf. „Jetzt warte doch erst mal ab", ist alles, was ich herausbringe. Und als Anne nicht reagiert: „Komm, ich fahr dich nach Hause."

Sie zögert, sagt: „Nee, was soll ich da", setzt sich an ihren Schreibtisch und löst unser Erste Hilfe-Meeting auf. Marlene geht zurück in ihr Büro, ich räume unschlüssig ein paar Unterlagen auf meinem Schreibtisch von rechts nach links. Am liebsten würde ich Piet eine Mail schreiben, die ihn an seiner empfindlichsten Stelle trifft: „Ich hätte nie gedacht, dass du dich an eine kleine Untergebene heran machen würdest. Unprofessioneller geht es ja wohl nicht. Dir hätte ich echt mehr Stil zugetraut..."

Die Mail bleibt als Entwurf in meinem Kopf stecken. Aber ich muss dringend mit jemandem sprechen, der Piet und Anne gut kennt. Dirk wäre ideal. Aber in Chicago ist es jetzt halb fünf morgens. Eindeutig zu früh. Da kommt nichts bei raus. Ich verfluche die sieben Stunden Zeitunterschied nicht zum ersten Mal. Wenn ich abends im Bett liege und in Kuschelstimmung bin, sitzt Dirk noch am Schreibtisch. Dann erzählt er mir höchstens, was es zum Mittagessen gab (fast jeden Tag Sushi to go, das er am Arbeitsplatz herunter schlingt). Wenn er dann, gegen 21 Uhr, privater werden will, holt er mich aus dem Tiefschlaf – auch nicht gerade die beste Voraussetzung für beziehungsreiche Gespräche oder sexy Moves. Bleiben die Wochenenden. Aber solange kann ich nicht warten. Ich brauche seine Einschätzung der Lage. Heute noch. Ich starte meinen Outlook Express. Es wird die 34. E-Mail, die ich seit Dirks Umzug vor sechs Wochen über den Atlantik schicke und die erste, in der ich mir keinen abbreche, um so klug, witzig, liebevoll und geistreich wie möglich bei ihm anzukommen.

Die Antwort kommt um 7.17 Uhr Ortszeit. So schnell hat Dirk noch nie auf eine Mail reagiert.

Liebe Ellen,
das glaube ich einfach nicht. Eine Mitarbeiterin – ist Piet nicht ganz dicht? Ich habe immer gedacht, dass er sich mit Anne irgendwann eine schicke Wohnung in einem dieser Altenwohnparks in Florida kauft und Hand in Hand mit ihr am Strand spazieren geht. Ich weiß jetzt gar nicht, was ich dir sagen soll. Natürlich hat sich Piet nichts anmerken lassen. Über Privates haben wir nicht oft geredet. Ich weiß nur, dass es mit der Wohnung nicht geklappt hat und er im Job total im Stress ist.

In seinen seltenen E-Mails hält er mich auf dem Laufenden, was in der Band los ist. Er hat mich neulich gebeten, ihm eine CD von Cole Porter zu schicken, die es in Deutschland nicht gibt.

Ich tippe mal auf Midlife-Crisis. Piet ist absolut nicht der Typ, der sich mal eben zum Vergnügen das Nächstbeste schnappt. Ich glaube, der kriegt sich wieder ein. Grüß Anne ganz lieb von mir. Dir schicke ich 1000 sehnsüchtige Morgenküsse. Es ist verdammt kalt hier ohne dich.
So, jetzt muss ich los. Dein Dirk

Am liebsten würde ich sofort im Internet einen Flug nach Chicago buchen. Einfach übers Wochenende zu Dirk fliegen. Ihn überraschen, in den Arm nehmen – und festhalten. Aber das ist jetzt undenkbar.

Anne hackt wie eine Maschine auf ihr Keyboard ein, versucht zu funktionieren. Und ich hätte gern eine Gebrauchsanweisung. Was tut ihr gut? Soll ich sie ansprechen oder in Ruhe lassen? Soll ich darauf bestehen, dass sie etwas isst oder ihre Appetitlosigkeit ignorieren? Soll ich sie einfach nach Hause fahren oder sie wie eine Irre arbeiten lassen?

Anne

Eine Stimme in mir diktiert einen Text über das Problem neuer Bands, sich im Radio Gehör zu verschaffen, eine andere meldet sich mit Visionen, die immer weiter Salzwasser über meine Wangen rollen lassen. Zum Glück verstellt das große Regal zwischen unseren Schreibtischen die Sicht auf mein verquollenes, ungesund gerötetes Gesicht. Vor mir liegt im Moment nichts, auf das ich mich freue. Da ist einfach nur Angst. Vor der Veränderung, vor der Leere, vor dem Leben. Und vor heute Abend.

Vielleicht ist er ja inzwischen kuriert und hat gemerkt, dass er einen furchtbaren Fehler gemacht hat. Vielleicht denkt Peter auch gerade, was für eine schöne Zeit wir zusammen hatten und dass zehn Jahre mehr wert sind als neuer Sex. Vielleicht steht er nachher mit einem Blumenstrauß im Flur und erneuert seinen Heiratsantrag. Absurder Gedanke. Bin ich Pandora, die alles aus der Büchse lässt, nur die Hoffnung nicht?

Peter meldet sich den ganzen Tag nicht. Sonst ruft er immer an. Selbst im größten Stress ist er so pünktlich wie es die Deutsche Bahn nie sein wird. Um 18 Uhr schnappe ich mir das SOS-Paket von Ellen, nehme mir noch eine stärkende Umarmung mit auf den Weg, schlucke drei von den blauen Egal-Pillen (sind ja rein pflanzlich) und fahre los. Ich schalte das Radio an und es spricht mit mir. „I Still Haven't Found What I'm Looking For" soll ich mir anhören. Auf keinen Fall. Bei dem Song sehe ich uns beide in Kalifornien, in der Corvette. Piet hielt an, rutschte zu mir auf den Beifahrersitz, küsste mich lange und sagte: „Das gilt ja für uns nicht mehr." Weg mit U2. Fand ich schon immer blöd. Delta

Radio trifft meine Stimmung mit dem Klassiker von Radiohead schon eher: „I'm A Creep".

Ein Mensch produziert etwa siebzig Liter Tränenflüssigkeit in seinem Leben. Das habe ich irgendwann mal in einem Artikel geschrieben. Die traurigste Zeit liegt zwischen 19 und 22 Uhr. Dabei habe ich heute bestimmt schon einen Liter zur fröhlichsten Zeit vergossen. Und als ich nach Hause komme, den vertrauten Geruch einatme und die zehn Schokoherzen unangetastet auf dem Tisch liegen sehe, geht es sofort weiter.

Ich muss mich dringend entspannen. Und gehe dorthin, wo ich immer hingehe, wenn etwas in meinem Leben nicht okay oder etwas so schön ist, dass ich mich belohnen will: in die Badewanne. Heute bringt mir das warme duftende Wasser nicht die erhoffte Ruhe. Aber schließlich ging es mir auch noch nie so schlecht. Eigentlich müsste das Wasser Wellen schlagen, weil mein Herz so laut klopft. Als Peter kommt, überlege ich kurz, ob ich Schaum über meine Nacktheit schiebe. Schließlich sieht er mich jetzt mit Augen, die eine andere verliebt ansehen.

Auch Peter tut heute etwas für die 70-Liter-Statistik. „Es tut mir so leid, Anne", sagt er. Einige Tränen hängen am Brillenrand fest. Ich konzentriere mich auf die Tropfen und warte, dass sie in mein Badewasser fallen. Und dann sagt er: „Aber ich kann das nicht zurücknehmen."

Und wieder fällt mir etwas über das Weinen ein. Es soll eine schmerzlindernde Wirkung haben, ähnlich wie Morphium. Sagte zumindest der Professor, den ich damals für meinen Artikel befragt habe. Durch Tränen verflüssigen sich Leiden, körperliche und seelische Anspannungen. Weinen lockert angeblich die Muskulatur. Und wer seine Tränen unterdrückt, verkrampft. Ich bin nicht verkrampft. Einfach nur kaputt. Müde. Total am Ende. Ich sage Peter, dass ich mir einen Tee kochen werde und fernsehen möchte. Anderen Leuten beim Leben zuzugucken lenkt mich ab.

Schlapp sitzt er irgendwann neben mir. So fremd, dass ich ihn nicht berühren mag. Während Olaf Henkel der Bundesregierung tolle Überlebenstipps in der N3-Talkshow gibt, beobachte ich Peter heimlich aus den Augenwinkeln. Ich möchte ihm 1000 Fragen stellen. Stimmt nicht. Ich möchte ihm 1000-mal dieselbe Frage stellen: „Was wird aus uns?“ Ich tue es nicht. Wir schaffen es tatsächlich, uns gegenseitig ein bisschen Normalität vorzugaukeln. „Möchtest du noch Tee?“ – „Die Birne im Bad ist durchgebrannt“ – „Ich bin echt müde, ich gehe schon mal ins Bett.“

Müdigkeit und Schlafen scheinen in dieser Nacht wieder nichts miteinander zu tun zu haben. Schwer drückt mein Körper auf die Matratze, mein Gesicht will eigentlich nach rechts gewandt liegen. Das erlaube ich ihm aber nicht. Da liegt der Feind. Aber in der ungewohnten Linkshaltung kommt die Ruhe nicht, bilde ich mir ein. Das Kopfkissen fühlt sich auch anders an als sonst. So klumpig. Haltlos. Gegen fünf Uhr, mein Nacken ist zum S-Rohr erstarrt, werde ich wütend auf den gleichmäßig Atmenden neben mir. Wie kann das Schwein einfach so schlafen? Und wie kann das Leben nur so gemein sein, mir in meiner Situation die Bewusstlosigkeit zu verweigern? Als wäre es nicht genug, 16 Stunden am Tag zu leiden. Nein, es müssen 22 sein, in denen ich die Angst in jeder Facette ausleuchten kann. Lautlos weine ich mein Kissen nass. Drehe es um, meinen Kopf schließlich doch nach rechts und schlafe ein.

Früher, also noch vor sieben Tagen, hat er mich samstags immer gegen neun wach geküsst und mich an den gedeckten Tisch gelockt. Das ging mir auf die Nerven. Heute lässt er mich in Ruhe und das geht mir auf die Nerven. Ich befehle meinen Tränendrüsen, mich heute nicht zu verraten und horche in die Wohnung hinein. Als ich sicher bin, dass er am Tisch sitzt und Zeitung liest, schleiche ich mich ungesehen ins Badezimmer. Ich wasche mein Gesicht minutenlang mit Wasser, das immer kälter wird, wie flüssiges Eis. Was meine Hände fast nicht ertragen können, empfindet mein Gesicht als angenehm. Meine Augen sehen jetzt klar. Ich gehe unter die Dusche und creme mich danach mit der nach Grapefruit duftenden Bodylotion ein, die Piet so toll findet. Im Bademantel gehe ich in die Küche und das ist der Beginn eines absolut skurrilen Wochenendes.

Nach dem Frühstück (Piet zweieinhalb Brötchen, ich seine abgelegte Hälfte) beeilen wir uns, die Wohnung zu verlassen. Wir müssen nach Heidelberg, ein Schulfreund von Piet hat zur fröhlichen Einzugsparty eingeladen. Übernachten werden wir bei Peters Eltern. Das ist seit Wochen abgemacht und da wir beide nicht denken können, bleibt es eben dabei. Während Peter den Wagen aus der Garage holt, wende ich mich vertrauensvoll an den süßen, jungen Apotheker, den ich bisher nur durch die Scheibe gesehen habe. Ich erkläre ihm, dass ich im Moment beruflich viel Stress habe und deshalb wohl diese Wadenkrämpfe und Schwindelgefühle. Er gibt mir Magnesium, Zink (Anstaltspackung), Vitamin C, Fitmacher in kleinen Fläschchen und knöpft mir lächelnd knapp 50 Euro ab. Es ist ganz schön teuer, unglücklich zu sein. Andererseits spare ich ja. An dem, was man so Lebensmittel nennt.

Auf der Autobahn fällt Piet in eine Art Hypnose, ich kümmere mich um die Musik – und vergesse dabei streckenweise, dass dies unsere letzte gemeinsame Fahrt sein könnte. Als das Original von „Everybody's Talkin'" im Radio läuft, suche ich The Beautiful South auf meinem ipod und spiele ihm diese Version vor. Wir diskutieren, welches Stück wir besser finden (beide das Neuere). Die restliche Zeit lese ich in Zeitschriften, döse vor mich hin und trinke Wasser, ungefähr drei Liter mit aufgelösten Vitamin C- und Magnesium-Tabletten. Piet muss mich an jeder zweiten Raststätte mit einem 50-Cent-Stück rauslassen – mein Portemonnaie habe ich in der Apotheke vergessen.

Ellen

Samstagmorgen locken mich die Sonnenstrahlen aus dem Bett. Kurz überlege ich, ob ich eine Runde Joggen gehe. Aber mein Magen möchte nicht nüchtern durch die Gegend gehetzt werden. Ich setze die Kaffeemaschine statt meiner Knochen in Bewegung, räume alles Leckere aus dem Kühlschrank auf den Tisch. Sogar einen Rest Thunfisch-Salat habe ich noch. Das Brot von gestern duftet schon durch die Tüte. Ich hole mir im Bademantel die Zeitung aus dem Briefkasten und höre im Flur, dass das Telefon klingelt. Dirk?

Erwartungsvoll hebe ich ab, melde mich mit Säuselstimme – und dann dauert es nicht einmal eine Minute und mein schöner Start in den Tag ist verdorben: Georg.

„Hallo, ich bin's. Es geht um unsere gemeinsame Steuererklärung. Da ist jetzt die Rechnung gekommen und ich will, dass du die Hälfte bezahlst", blökt er ins Telefon.

„Aber in dem Jahr habe ich doch viel weniger verdient..."

Er kennt keine Gnade: „Also, ich habe keine Lust, das zu diskutieren. Ich habe mehr als genug bezahlt für dich. Entweder du überweist mir die 2498 Euro oder ich übergebe die Angelegenheit meinem Anwalt. Tschüss." Aufgelegt.

Georg hat einen ganz speziellen Sensor. Immer, wenn mir meine Zukunft mehr rosa als grau erscheint, kippt er einen Eimer schwarzer Farbe über mein Gemüt.

Nach dem ungesunden Georg-Gespräch habe ich Lust auf Gesundes, ziehe los und kaufe mir frisches Gemüse für eine Minestrone, die mich das ganze Wochenende ernähren soll. Dazu hole ich einen Rotwein für die Gemütlichkeit und drei DVD's aus der Videothek. Es ist nicht gerade einfach, Filme zu finden, die ich noch nicht gesehen habe. Deshalb gucke ich mich meist in den Oldie-Regalen um. Diesmal ist mir nach Wiederholungen – „The Big Lebowski", „Midnight in Paris" und „After Sunset".

Samstagabend bedecke ich mein Gesicht großzügig mit einer Hyaluronsäure-Maske – gegen die austrocknende Wirkung des Barolos, der schon seit einer Weile im Wohnzimmer atmet. Als ich mich bis zum Etikett vorgetrunken habe, verschwimmt Georg in meinen Gedanken – und macht Platz für die Sehnsucht nach Dirk. Ich weiß schon gar nicht mehr, wie er aussieht. Die Fotos sind schlechte Helfer. Die Erinnerung wird einfach blasser – seine Bewegungen, wie er lacht, küsst, mich berührt, wie sein Gesicht im Schlaf aussieht und sein Körper sich anfühlt. Ich widerstehe dem dringenden Bedürfnis nach Nähe, rufe ihn nicht an. Weil meine Vorstellung und die Realität am Telefon meist nicht zusammen passen. Säuseln ist anscheinend nicht sein Ding. Und ich verrate ihm natürlich auch nicht, wovon ich träume, passe mich seiner Sachlichkeit an, lache über seine stimmungstötenden Scherze. Wir schaffen es nicht, die Distanz zu überbrücken. Und ich sehe eins immer klarer: Ich muss vor dem Sommer nach Chicago.

Um mir meinen hübschen Abend nicht mit ermüdenden Realitätsgedanken zu verderben, schiebe ich den Woody-Allen-Film in den Player und lasse mich von der herzerweichenden Romanzen-Stimmung im Paris der 20-er Jahre einlullen. Mir ist ganz schummrig und angenehm weltfern zumute. Ich genieße den Abend mit mir und meinen höchst kitschigen Fantasien. Und vor der Leere eines einsamen Sonntags fürchte ich mich auch nicht. Im Gegenteil: Ich bin so ruhig und zufrieden mit mir wie lange nicht und stelle wieder mal fest, wie gut es ist, dass bestimmte Gedanken für keinen anderen zugänglich sind.

Anne

Kaum in Heidelberg angekommen, fühle ich schon wieder ein wenig Energie zurückkehren. Ich ziehe im Beifahrer-Spiegel meine Lippen nach und betrete mit einer gewissen Neugier Bernds Haus.

„Mensch, siehst du schlecht aus“, begrüßt Bernd seinen alten Freund Peter. „Du arbeitest zu viel.“ Meine Laune steigt in den Himmel.

Auf der Party bin ich – zusammen mit Bernds Frau – die Tanzkönigin. Mir ist alles egal, ich fühle mich eigenartig frei, flirte mit unbekannten, uninteressanten Männern und ärgere mich kaum darüber, dass Piet das gar nicht wahrnimmt. Von einer geschützten Ecke des Wohnzimmers beobachte ich meinen vielleicht Bald-Ex. Er fühlt sich wohl zwischen seinen alten Freunden. Ich weiß genau, was er denen erzählt. Der Job, die Band – die nicht gekaufte Wohnung spart er sich heute wohl, wäre sonst aber Gesprächsthema Nummer eins gewesen. Lässig hält er sein „Weldebräu“ in der Hand, lacht und ist eindeutig der bestangezogene Mann im ganzen Haus. Ich gehe auf ihn zu, ziehe ihn auf die Tanzfläche und wir haben erstaunlich viel Spaß. Als Bernds Frau später in der Küche zu mir sagt „ihr seid ein richtig gutes Paar. Wie lange seid ihr jetzt zusammen?“, bin ich voller Zuversicht. Wir schaffen das schon.

Gegen drei Uhr schleichen wir uns bei Peters Eltern die Treppe hoch. Mutter Rheingold hat extra das kleine Licht über dem Bett für uns angeknipst. Im voll gestellten Dachzimmer der Rheingolds umnebelt der jahrzehntealte Familienmuff mein Gehirn wie Valium. Ohne einen schweren Gedanken schlafe ich neben Peter ein und wache erst auf, als Peters Mutter laut pfeifend mit dem Kaffeegeschirr klappert. Die 80 Zentimeter neben mir sind schon leer. Ich strecke den Arm aus und fühle Peters Wärme auf dem Laken. Er muss gerade aufgestanden sein. Leise. Ich fixiere das Hochzeitsfoto von Peters Großeltern mütterlicherseits, das über der ausgemusterten Weichholz-Kommode hängt. Und bringe es zum ersten Mal in Verbindung mit meinem Leben. Heiraten werde ich ihn bestimmt nicht und diesen lieblos zusammen gewürfelten Raum wahrscheinlich nie wieder sehen. Bevor mir noch mehr einfällt, was alles nicht sein wird, stehe ich auf und schleiche ins Badezimmer.

Unten sitzt die Familie fröhlich am Küchentisch. „Da ist ja die Langschläferin“, begrüßt mich Peters Vater gutmütig. Ich drängle mich an Peter vorbei – auf die Eckbank, meinen Platz. Der Sohn des Hauses schenkt mir ein schüchternes Lächeln, als hätte er mich zum ersten Mal zu seinen Eltern mitgenommen. Witzig, dass sich das Gefühl vom Anfang und das vom Ende in einigen Momenten so ähnlich ist. Leicht befangen, extrem aufmerksam, freundlich – so alert. Plötzlich interessiere ich mich wieder brennend für die Menschen, die in den vergangenen neun Jahren oft unter „Muss sein“-Besuch liefen. Die beiden merken nichts.

Nach zwei Fragen zum Party-Abend redet Peters Mutter wie immer über ihre Wetterfühligkeit, die absonderlichen Nachbarn, chaotische Verwandte und die neuesten Errungenschaften aus dem Schnäppchenmarkt. Ich bringe sie dazu, ihr Spiegelei kalt werden zu lassen und die Sonderangebote vorzuführen (einen golden glänzenden Pulli, eine Steppjacke, einen Zimmerspringbrunnen für gutes Feng Shui...). Die wenigen Gesprächspausen, die sie einlegt, nutzt ihr Mann: „Was ist denn jetzt mit dieser Wohnung, die ihr kaufen wolltet?“ – „Ach so. Na ja, ich fand, die war sowieso viel zu teuer. Ihr findet bestimmt was Passenderes.“ – „Wohin fahrt ihr denn dieses Jahr in Urlaub? Deine Mutter und ich wissen jedenfalls noch nicht, wohin die Reise geht.“

Tja, ich auch nicht. Da haben wir ja etwas gemeinsam. Nach dem fast anschließenden Mittagessen stellt Mutter Rheingold beim Abräumen fest: „Anne hat ja heute gar keinen Appetit.“ Ich lasse die Bemerkung unkommentiert und Peter und ich packen nach einem gemeinsamen Spaziergang ein. Vater Hermann nimmt mir meine Reisetasche aus der Hand, folgt Peter zum Wagen und stellt sie in den Kofferraum. „Ganz schicke Schuhe hast du an, Anne", sagt er noch vor dem Abschied. Und ich breche fast in Tränen aus.

Arm in Arm winkt das seit 48 Jahren verheiratete Paar hinter uns her. Wir sitzen im Auto. Ich spiele „gut drauf sein." Er sagt: „Es tut mir leid." Ich sage: „Vielleicht ganz gut so, dass es so weit gekommen ist. Das mit der Frau, das geht vorbei."

„Kann sein."

„Bestimmt sogar. Mir ist das auch schon passiert."

Peter konzentriert sich auf seinen Job als Fahrer. Die nächste Stunde beschäftige ich mich scheinbar mit der Rhein-Neckar-Zeitung, ärgere mich aber im Stillen, dass es Peter nicht weiter interessiert, was damals war.

Da Peter hinterm Steuer sitzt und nicht fliehen kann, unterbreche ich die Stille mit der Frage, die er wahrscheinlich am meisten fürchtet: „Wieso gibst du nicht zu, dass es die aus der Schadensabteilung ist? Ich weiß es doch. Es kann nur eine aus der Firma sein. Und die ist die einzige, die in dein Beuteschema passt. Wie alt ist die?"

„Das bringt doch nichts, Anne."

„Ich finde das beschissen. Sie weiß, dass es mich gibt. Und ich will wissen, mit wem ich es zu tun habe."

„Das ist doch Quatsch."

„Auf jeden Fall ist sie jung genug und mehr als bereit, zwei Kinder in zwei Jahren zu produzieren. Du musst dich ja beeilen. Die Spermien sollen ja mit dem Alter immer langsamer werden. Und bei deinem Stress kriegen die noch einen zusätzlichen Dämpfer. Und wie grau deine Haare schon sind..."

Peter starrt auf die Straße und verzichtet auf einen Kommentar. Was mich provoziert, die Grenzen noch ein bisschen weiter zu stecken: „Ah! Da fällt ihm nichts mehr ein, dem feinen Herrn Rheingold. Auf die Triebe angesprochen zu werden, das ist lästig. Da windet man sich. Da tut man dann lieber so, als hätte man der Lady bisher nur das Spitzentaschentuch aufgehoben..."

Immer noch keine Reaktion. Nur eine winzige körperliche Veränderung. Peter stemmt seine Arme gegen das Lenkrad, als würde das Auto so noch schneller fahren. Ich linse auf den Tacho, 193 km/h.

„Könntest du bitte etwas langsamer fahren? Sterben will ich deinetwegen nicht. Obwohl dir das wahrscheinlich im Moment am liebsten wäre. Dein Gewissen möchte ich nicht haben. Eine Frau zurückzulassen, die dir die besten Jahre ihres Lebens geschenkt hat. Eine Frau, die bald zu alt ist, um noch Mutter zu werden. Denn bis ich diese Scheiße hier verarbeitet habe, hat meine biologische Uhr schon zehn Mal Alarm geschlagen. Und im Gegensatz zu dir, werde ICH unsere Beziehung verarbeiten."

„Ich wollte nicht, dass es so kommt."

„Vor allen Dingen, wolltest du nicht, dass es rauskommt. Aber ehrlich gesagt, beneide ich dich auch nicht. Stell dir vor, du bist bei ihren Freunden eingeladen, alle Mitte 20. Und du sitzt mit deinen ziemlich grauen Haaren als Opa dazwischen. Die Gesprächsthemen ... Der erste Job, die neuesten Clubs ... Watergate halten die für ein neues Mineralwasser, Idi Amin für einen coolen DJ ... Verdrängst du das eigentlich alles?"

Ich gönne mir eine kurze Denkpause und nehme einen großen Schluck aus der Wasserflasche.

„Bevor du dich versiehst, hockst du dann in irgendeinem Vorort-Endreihenhaus, kommst von der Arbeit, die Madame, leider etwas aus dem Leim gegangen, drückt dir das jüngste Kind in den Arm, das vor lauter Begeisterung auf deine Paul Smith-Krawatte kotzt. Und im Urlaub geht es schön nach Dänemark. Große Ausflüge in die Weltgeschichte kannst du dir dann ja leider nicht mehr erlauben. Mit einer Frau, deren einziges Lebensziel es ist, sich einen tollen Hecht zu angeln. Wie wohnt die eigentlich aktuell?"

Schweigen. Ich hole kurz Luft und gebe die Antwort natürlich selbst.

„Ach, ich sehe sie förmlich vor mir. Eine kleine Zweizimmerwohnung in einer dieser Backstein-Wüsten in Hamburgs Osten. Bevor du kommst, saugt sie noch mal schnell den taubenblauen Veloursteppich, was du dann leicht an den frischen Staubsauger-Streifen erkennen kannst."

Gegen seinen Willen muss Peter lachen. „Du hast echt eine blühende Fantasie", sagt er mit ehemaligem Besitzerstolz.

Ich bin ihm nicht egal, das ist offensichtlich. Aber ich bin auch immer noch nicht weiter. Da mein Repertoire an Arroganz, Klischees, Pathos und Gemeinheiten für heute erschöpft ist, vergrabe ich mich ins Elend der Reichen und Schönen. Und verbringe den Rest der unglücklichen Autofahrt mit Gala und Bunte.

Ellen

Sonntagnachmittag schickt Anne mir eine SMS: „Der Film, den wir in Heidelberg gezeigt haben, ist oscarreif. Piet und ich sind das perfekte Paar. Meinen andere." Ich weiß, dass sie mit aller Macht versucht, sich Witz und Ironie zu erhalten und sich doch nur hundeelend fühlt. Beim „Tatort" überlege ich mir, wie wir diese Frau geschickt aus dem Weg räumen. Ich beschließe, morgen im Netz mal nach Giften zu fahnden, die im Körper keine Spuren hinterlassen. Dann esse ich den Rest der Minestrone direkt aus dem Topf, bekleckere meine Jogginghose und starte um 21.45 Uhr deswegen noch eine Waschmaschine.

Als ich Montagmorgen ins Büro komme, treffe ich eine beängstigend gut gelaunte Anne. Sie steigt als erstes auf die freundlich geeichte Waage. „Schon drei Kilo abgenommen", vermeldet sie fröhlich. „Wenn das so weitergeht, kann ich mich im Sommer in so einem String-Bikini zeigen. In diesem Jahr geht was. Ich sag's dir." Und als ich darauf nicht reagiere, legt sie noch einen drauf: „Du, mir geht es schon viel besser. Wir hatten ein ganz nettes

Wochenende. Ich glaub, der liebt mich noch. Ich muss jetzt bloß cool bleiben."

„Hat er sich denn mal geäußert, was er jetzt tun will?"

„Nein. Er hat nur wiederholt, dass es ihm leid tut."

Ich traue ihrem neuen Mut nicht. „Klang das wie, ‚ich bringe das wieder in Ordnung'? Oder eher wie, ‚ich kann es nicht ändern'?", hake ich nach.

Anne setzt sich an den großen Tisch. „Freitag meinte er, dass er es nicht zurücknehmen kann", sagt sie nachdenklich. „Ich glaube, damit wollte er mir sagen, dass er sich wirklich verliebt hat. Aber bei seinen Eltern hatte ich das Gefühl, dass wir uns sehr nahe sind."

Kurze Pause. Und schon trübt sich ihr hellblauer Himmel wieder: „Was für eine miese Situation."

Ein paar Tränen verbinden sich mit Annes Mascara, bedrohen das Rouge. Ich reiche ihr eine gestreifte Ikea-Serviette.

„Ich schaff das schon. Aber ich habe einfach erst mal Angst vorm Alleinsein."

Sie tupft vorsichtig ihr Gesicht ab, setzt ein Lächeln auf und geht mit ihrem Make-up Täschchen vor den Spiegel.

„Um elf hab ich doch den Termin mit der Künstleragentur wegen der Interviewtrainings für ihre Musiker", sagt sie. „Danach geh ich zu Douglas und kaufe mir von Sensai den 38 Grad Mascara. Wimperntusche für die trauernde Frau. Weil 37,5 Grad warme Tränen ihr nichts anhaben können."

„Wenigstens kommt in Ansätzen dein Humor schon wieder durch", lobe ich sie und verkneife mir den Hinweis auf die neuen wasserfesten Mascaras und frage mich gleichzeitig, ob das nicht eher Hysterie ist.

Als sie aus der Tür ist, hole ich mein Adressbuch aus der Tasche und ziehe die vanillegelbe Visitenkarte heraus: „Dr. Felicitas Mertens – Paartherapie und Supervision".

Frau Dr. Mertens ist eine Entdeckung von Georg. Sein Strohhalm und meine Entfesslungskünstlerin. Georg hatte mich kurz nach unserer Trennung zu einer Paartherapie überredet. Er wollte verstehen, wie unsere Liebe verunglücken konnte. Für mich war das Thema eigentlich beendet. Ich hatte keine Fragen mehr. Trotzdem bin ich mitgegangen. Weil mein schlechtes Gewissen, wie Dr. Mertens schon beim ersten Treffen messerscharf diagnostizierte, in Bezug auf Georg so schnell anspringt wie ein Ferrari. Nach jeder der zehn Doppelstunden fühlte ich mich leichter und schuldfreier. Georg wurde immer schwermütiger. In seinen Augen war die Therapie so teuer (125 Euro/Stunde) wie erfolglos, weil wir als Paar nicht therapiert waren. Beim Abschied hatte mir Dr. Mertens angeboten, jederzeit anzurufen, wenn ich eine Frage an sie hätte.

Nach dem zweiten Läuten meldet sich ihre ruhige Stimme: „Ach, guten Tag, Frau Mars." Gefolgt von einer psychologisch korrekten Pause, die mir die Chance gibt, ohne Smalltalk sofort auf den Punkt zu kommen. Nachdem ich ihr Annes Geschichte stark verkürzt erzählt habe, erklärt sie mir die vier Stufen der Schmerzverarbeitung und diagnostiziert Anne als typischen Fall in der Schockphase. Sie sagt, es sei völlig normal, dass sie jetzt wie aufgezogen durch die Gegend taumelt, hin und her gerissen ist zwischen Trauer und Mut, und, weil sie es einfach noch nicht glauben kann, noch mal große Hoffnung schöpft. Eben genau wie Georg damals. Bevor das Ganze dann in Wut, Selbstmitleid und Rachegelüste umschlug, offenbar die zweite Etappe. Dass ich mich des Weiteren auf eine dritte sehr tränenreiche Abschiedsphase einstellen müsste, prophezeit mir die Krisen-Kundige dann noch, bevor die letzte und erfreulichste Stufe der Akzeptanz eintritt. Das, meint Frau Mertens wäre dann an der bekannten Typveränderung ersichtlich. Ich bin ein wenig beruhigt und wünsche mir sehnlich, dass meine Partnerin schon bald mit Strähnchen, neuem Fransenschnitt oder von mir aus auch im Country-Look erscheint. Dann danke ich höflich für die Aufklärung. Aber Dr. Mertens will das Gespräch noch nicht beenden. „Sagen Sie mal, wie geht es eigentlich Ihnen?", fragt sie plötzlich.

Ich erzähle, dass Georg immer noch in Phase zwei zu stecken scheint, bockt und droht und einfach immer noch nicht wahrhaben will, dass es vorbei ist.

„Das ist allerdings wirklich schade. Aber Sie haben meine Frage nicht beantwortet. Ich wollte wissen, wie es Ihnen geht. Nicht ihrem Ex-Mann. Ich hoffe nicht, dass Ihre Befindlichkeit immer noch an die von Herrn Wagner gekoppelt ist.“

Ich gebe zu, dass es mir schon nahe geht, zu sehen, wie unglücklich er mit seinem Leben ist. Dass bei ihm momentan rein gar nichts klappt. Die handfeste 56-jährige Frau am anderen Ende der Leitung holt tief Luft. Ich sehe sie förmlich vor mir. In ihrem abgewetzten Lederstuhl, die Stirn über den wachen, grauen Augen angespannt. Die feinen, grau-braunen Haare zum Zopf gebunden.

„Also, eigentlich geht es mir gut“, sage ich dann. „Es gibt da auch einen neuen Mann. Aber er ist gerade für ein halbes Jahr nach Chicago gezogen, bevor es richtig losgehen konnte. Ich kann gar nicht richtig sagen, was das mit uns ist. Er ist irgendwie ganz süß, sagt, dass er mich vermisst und wir das schon schaffen. Neulich hat er aber angedeutet, dass er vielleicht auf ein Jahr verlängern will. Ich glaube nicht, dass wir das auch noch hinkriegen. Er schickt mich mit unachtsamen Bemerkungen und unfertigen Gedanken ständig auf kleine Talfahrten.“ Ich zögere. „Aber ich hab‘ Sie jetzt schon lange genug aufgehalten“, breche ich meine wirren Gedanken ab.

Meine teure Psychologin lächelt durch den Hörer: „Keine Angst“, sagt sie. „Ich schick‘ Ihnen schon keine Rechnung. Ich bin gerade nicht in Eile.“

Ich erzähle. Und merke, dass ich dabei immer trauriger werde. Weil ich die schönen Momente mit Dirk inzwischen so oft aufgewärmt habe, dass sie langsam an Geschmack verlieren.

„Es muss was passieren. Sonst verliere ich Dirk aus den Augen.“

„Sie sind definitiv auf einem guten Weg“, verkündet Dr. Mertens dann und mir ist schleierhaft, wie das gemeint sein könnte.

Bevor ich fragen kann, verabschiedet sie sich freundlich und bittet um einen erneuten Anruf, wenn es Neuigkeiten zu berichten gibt.

Ich lege auf und eine Eingebung von oben, unten oder was weiß ich, lässt mich den Hörer gleich wieder aufnehmen und ich wähle 001... Mir ist es egal, dass es bei Dirk in Chicago erst vier Uhr morgens ist. Nach dem dritten amerikanischen Freizeichen bin ich verbunden. Höre raschelnde Bettwäsche, Schnaufen und ein Gepolter, als würde ein Buch vom Nachttisch fallen. Dann ein heiseres „Hellow?"

„Sag mal, hast du eigentlich einen Nachttisch am Bett?"

„Was? Bist du's Ellen?"

„Wer denn sonst?"

„Hey Süße, ich glaub, ich träume. Was ist los?"

„Ach, gar nichts. Ich hatte plötzlich das unbedingte Bedürfnis, deine Stimme zu hören. Und es war mir egal, wie spät es ist."

„Blöde Zeitverschiebung. Das nervt mich auch." Dirk klingt ganz weich und warm. Wir reden einfach. Völlig unangestrengt.

Und zum Abschied sage ich: „Das war schön. Vielleicht sollte ich dich immer um vier Uhr morgens anrufen."

„Gute Idee. Dann kann ich danach gleich aufstehen und komme endlich wieder zum Joggen. Ich habe hier bestimmt schon drei Kilo zugenommen, weil ich mich kaum bewege..."

„Oh, ob ich dich so noch will..."

„Das kannst du ja vielleicht am Wochenende herausfinden. Da könnten wir uns ab vier Uhr deiner Zeit verabreden. Ich möchte mal wieder hören, wie du klingst, wenn du im Bett liegt. So wie es aussieht, habe ich das Wochenende zum ersten Mal komplett frei."

„Okay, ich werde nur das gestreifte Hemd von dir tragen, das du bei mir vergessen hast..."

Ich sehe Dirk immer noch vor mir, als Anne von ihrem Termin zurückkommt. Von meinem Telefonat mit ihm erzähle ich ihr nichts. Den Rest des Nachmittags verbringen wir mit Marlene am großen Tisch. Überlebensstrategien für Anne basteln. Die beiden scheinen sich Anregungen durch möglichst intensiven Tabak-Genuss zu erhoffen.

„Schlaft ihr eigentlich noch in einem Bett?", fragt Marlene.

„Ja. Und es ist so anders, als ich es mir jemals vorgestellt hätte. Gar nicht schlimm. Solange sich die Gedanken nicht melden. Dann wird es allerdings surreal", erzählt Anne.

„Redet ihr viel?"

„Ja. Aber witzigerweise inzwischen auch wieder mehr über die Dinge des Alltags. Wahrscheinlich brauchen wir beide mal eine Pause", sagt Anne, zieht den Rauch bis in die Zehenspitzen ein.

Marlene: „Hat er inzwischen zugegeben, dass es diese ... äh, Untergebene von ihm ist?"

„Natürlich nicht. Aber ich weiß, dass die es ist. Sie arbeitet unter ihm. Im wahrsten Sinne des Wortes. So erfolgreich wie nie zuvor", zischelt Anne.

„Wie lange willst du dir das angucken? Du musst Piet ein Ultimatum stellen. So wie ich ihn einschätze, wird er die Sache aussitzen. Nach dem Motto: Wer sich als erster bewegt, hat verloren."

Anne lächelt schwach: „Ich fahre von Samstag bis Dienstag erst mal nach Mecklenburg-Vorpommern auf so eine Burg. Dann seh ich weiter."

„Was gibt's da? Ritterspiele?"

„Nein. Das ist ein Fünf-Sterne-Schlosshotel mit einem Spa."

„Finde ich gut, dass du dich dazu durchgerungen hast", sage ich sanft.

„Es fällt mir total schwer, Peter allein zu lassen. Ich habe dann immer das Gefühl, wichtige Zeit mit ihm zu verpassen. Zeit, in der er merkt, dass ich die einzig Wahre bin. Wenn ich weg bin, kann ich ihn nicht davon abhalten, zu dieser Tussi zu fahren."

„Wie teilt Peter sich überhaupt auf zwischen dir und ihr?", will Marlene wissen.

„Keine Ahnung, so oft sieht er die nicht. Er ist eigentlich immer schon vor mir zu Hause. Wahrscheinlich darf sie im Parkhaus noch mal mit ins Auto, bevor sein schlechtes Gewissen ihn nach Hause treibt."

„Na, dann hat er ja am Wochenende sturmfreie Bude", sagt Marlene und erntet einen bösen Blick von mir.

„Am Wochenende will er noch mal nach Heidelberg zu Bernd fahren, seinem besten Freund. Um zu reden und sich zu sortieren."

„Glaubst du das?"

„Peter hat doch sein Handy verloren und immer noch kein neues. Wenn ich dann ganz arglos bei Bernd anrufen würde und er wäre nicht da ... nee, so abgebrüht ist Piet nicht."

Marlene geht zurück in ihr Büro, ihr Rauch bleibt. Ich reiße die Fenster auf, schnappe ein bisschen frische Luft und dann kommt mir der verwegene Gedanke: Anne ist also von Samstag bis Dienstag weg und gut untergebracht. Da könnte ich doch mit gutem Gewissen – auch weg sein...

Chi-ca-go!

Verabredet sind Dirk und ich ja Freitagabend schon.

Ohne weiter zu überlegen, klicke ich auf den Internet Explorer, gebe www.lufthansa.com ein, checke das Angebot und buche den schönsten Flug aller Zeiten. Freitag, 10.05 Uhr ab Hamburg, via Frankfurt nach Chicago. Ankunft um 14.55 Uhr Ortszeit. Und erst am Dienstagnachmittag zurück. Vier volle Tage bei Dirk – und das für 560,90 Euro. Geschenkt. Ein Kribbeln macht sich in meinem Körper breit. Ich überrasche ihn. Was er wohl für Augen macht, wenn ich in seinem Streifenhemd vor seiner Tür stehe? So spontan wollte ich immer schon mal sein. Ohne das ewige Für und Wider. Mal was riskieren. Danach weiß ich auf jeden Fall, woran ich bin. Wenn ich ihn mit einer Anderen erwische, machen Anne und ich die vier Phasen des Leidens eben gemeinsam durch. Und wenn er mich schon auf dem Flur flachlegen will, hören meine Zweifel und diese merkwürdige Traurigkeit vielleicht endlich auf.

Ich lege Anne den Computerausdruck vor die Nase. Sie braucht einen Moment, bis sie registriert, dass ich den Abflug mache. Dann lacht sie mich aus ihren schlaflosen Augen an: „Im Prinzip eine super Idee. Dirk hat bestimmt schon eine ganz müde Hand..."

Ich verstehe nur Bahnhof. „Was hat der?", frage ich schwer von Begriff.

„Naja, ich meine, der freut sich sicher, wenn er mal wieder mehr von dir hat, als dein Bild beim Solo-Sex vor Augen..."

Annes große Klappe ist ein autonomes Körperteil und völlig immun gegenüber jeder Befindlichkeit.

„Also, ich finde die Idee echt gut", fügt sie an. „Wäre bloß blöd, wenn du stundenlang auf der Straße stehen würdest. Ruf Dirk doch lieber vorher an. Wie lange habt ihr euch jetzt eigentlich nicht gesehen?"

„Zweieinhalb Monate", sage ich.

Sie schaut grinsend in ihren Monitor. „Dann hat der zwei müde Hände..."

Anne

Was würde ich nur ohne Ellen und Marlene tun? Ich bin mir sicher, zu dritt tun wir das Richtige für mich. Klare Gedanken sind ja momentan nicht meine Stärke. Auf der Suche nach einer erfreulichen Nachricht rufe ich zum vierten Mal innerhalb einer Viertelstunde meine Mails ab. Vielleicht spürt Max in Zürich ja intuitiv, dass Not am Mann ist. Dann fliege ich zu ihm, frage ihn, ob er mich heiraten will und Piet kann sich gehackt legen. Aber nix da. Max lungert wahrscheinlich im Gaza-Streifen, dem Sudan oder in der Ukraine herum. Dann finde ich aber doch noch was Nettes im Kasten: eine Einladung zum Konzert heute Abend.

Maña aus Mexiko spielen in der Großen Freiheit. Aus alter Gewohnheit frage ich mich, was Piet dazu sagen würde, wenn ich da hingehe. Aber wieso? Ich kann schließlich machen, was ich will. Und ich will dahin. Piet ist heute sowieso zur Bandprobe. Die Info ist gesichert. Der Schlagzeuger war auf dem Anrufbeantworter.

Von Katrin habe ich heute Morgen die SMS des Tages bekommen: „Das hätte ich von Piet nie gedacht. Ich bin sprachlos. Du kannst immer anrufen und ich komme, wohin du willst.“ Fein, das passt mir. Ich verabrede mich mit ihr vor der Großen Freiheit um 20 Uhr.

Beim Abbiegen in die Simon-von-Utrecht-Straße kommt mir schon wieder einer dieser absurden Piet-ist-überall-Gedanken: Als ich hier das letzte Mal, vor knapp zwei Monaten, einen Parkplatz gesucht habe, gehörte er noch zu mir. Saß neben mir, schaute rechts nach einer Lücke, während ich die linke Seite im Blick behielt. Heute sitzt mir nur so ein nervöser Vollidiot mit viel zu grellen Scheinwerfern auf der Stoßstange und treibt mich an der einzigen Lücke weit und breit vorbei. Aber ich brauche sowieso Zigaretten und habe auch noch jede Menge Zeit. Das Konzert beginnt frühestens in einer halben Stunde. Ich fahre weiter, zur Tankstelle, parke vor der Waschanlage und steige aus.

An Säule drei betankt ein nett aussehender Mittdreißiger seinen Golf. Er lächelt mir zu. Vor ein paar Tagen hätte ich mich darüber gefreut. Weil so ein kleiner Flirt mir immer das Gefühl gab, dass ich noch einen theoretischen Marktwert besitze. Jetzt bringt mich dieses harmlose, kleine Lächeln auf den unangenehmen Gedanken, dass ich solche Situationen wahrscheinlich wieder ernsthaft für mich nutzen muss. Das Problem ist aber, dass ich meinen tatsächlichen Marktwert gar nicht austesten will. Ich habe überhaupt keine Lust, mich auf die Suche nach einem neuen Leben zu machen. Man hört ja auch so gar nichts Gutes über die Männer meines Alters. Diejenigen, die nicht in festen Beziehungen stecken, sind entweder zu frisch getrennt und mit einem

Betäubungsmittel wahrscheinlich besser bedient als mit einer neuen Freundin. Oder sie sind bereits so lange allein, dass sie mit Macken behaftet sind, die – außer ihnen – niemandem gut tun. Insofern ist Piet schon ein echter Glücksfall. Der war zuletzt als Teenager Single und hatte vor mir zwei kürzere und eine längere Beziehung. Einen so geschmeidigen Mitbewohner finde ich nie wieder. Überhaupt. Finden ... Was ist, wenn ich nie wieder einen Mann treffe, den ich so richtig gut finde?

Der Golf-Fahrer guckt immer noch zu mir rüber. Aber sein Ausdruck hat sich verschoben, in Richtung neugierig-neutral. Wahrscheinlich steht es mir in fetten Lettern ins Gesicht geschrieben: „Ich bin verlassen worden." Ich beschließe, ihm doch ein kleines Lächeln rüber zu schicken. Aber in dem Moment macht der Tankstutzen klack!, der Typ senkt den Kopf und mein Lächeln landet auf seinem dichten Haar. Pech gehabt – da muss ich wohl schneller werden.

Im Tankstellen-Shop steht die gleiche Bedienung hinter der Kasse wie neulich. Ich weiß nicht, warum ich überall nach Veränderungen suche und dann erstaunt bin, dass alles seinen normalen Gang geht. Nur bei mir nicht. Selbstmitleid kriecht in mir hoch. Bevor es meine Tränendrüsen erreicht, rette ich mich schnell zurück in mein Auto, zünde eine Zigarette an. Und ziehe mir die zauberhaften Drohungen auf der Packung rein. Bis auf den Spruch „Rauchen lässt ihre Haut altern", hat mich noch nie einer über eine Zigarettenlänge hinaus beschäftigt. Der von heute hat sich mir schon zig-mal aufgedrängt, aber ich verstehe ihn plötzlich ganz anders: „Rauchen kann die Spermatozoen schädigen und schränkt die Fruchtbarkeit ein." Eigentlich keine so schlechte Nachricht für mich. Leider raucht Peter viel zu wenig. Das fehlte auch noch, dass der sich in null Komma nichts eine Familie strickt, während ich mich von meiner biologischen Uhr auszählen lassen muss. Das ist echt eine Schweinerei mit den Kerlen. Die könnten bewusstlos die Jahre vertändeln und mit ihrer Zeit aasen. Und wenn ihnen plötzlich mal danach sein sollte, können sie ihr ganzes Leben neu erfinden.

Meine Laune steigt sofort, als ich Katrin sehe: Rotes Frühlingsmäntelchen, Strumpfhose und Lippen in pink, dazu gefährlich hohe Schuhe – und ein sonniges Lächeln. Wir holen unsere Karten an der Kasse ab, gehen direkt an die Bar und stoßen mit einem Beck's auf den Abend an. In diesem Moment ist an mir nichts Leidendes. Mein leerer Magen nimmt das flüssige Brot dankbar auf und schickt es direkt in den Kopf. Meine Jeans sitzt so locker wie seit Jahren nicht mehr, Gleiches gilt für meine Frisur.

„Du siehst richtig toll aus. So erholt. Warst du im Urlaub?“, fragt mich eine Pressefrau von der Plattenfirma. Ich muss lachen und antworte: „So ähnlich.“

Das löst zum Glück keine Nachfrage aus, weil die Band in diesem Moment ins Licht tritt. Katrin und ich stellen uns ganz nach vorn an die Balustrade oberhalb der Bühne. Unten ist Hamburgs gesamte mexikanische Gemeinde angetanzt und schwenkt Fahnen. Mañas Latin-Rock und das zweite Beck‘s bilden die Zauberformel für rhythmische Hemmungslosigkeit. Katrin und ich tanzen, stoßen alle drei Minuten mit den Bierflaschen an und um uns herum steht keiner still. Sogar der coolste An-der-Bar-Lehner wippt wie ein Wackel-Elvis im Stoßverkehr. Plötzlich überwältigt mich die große Freiheit. Meine Zukunft wird eine einzige Party.

Nach den Zugaben will keiner so richtig gehen. Es bilden sich Trauben. Katrin und ich treffen meinen alten Kölner Freund und Kollegen Andreas Feuerbach, der vor kurzem nach Hamburg gezogen ist und bei jetzt beim NDR arbeitet.

„Hey Anne. Melde dich doch gefälligst mal bei mir, du treuloses Ding. Du wolltest mir doch deine ganzen Freundinnen vorstellen.“

„Tut mir echt leid. Ich war in letzter Zeit abgelenkt“, sage ich, weil ich mir die gute Laune nicht verderben möchte.

Andreas nimmt mich in den Arm, wir tanzen ein bisschen und versprechen uns mal wieder, ganz ganz bald zu telefonieren.

„Wir müssen uns unbedingt treffen. Ist viel passiert“, sagt er.

Beschwingt fahre ich gegen ein Uhr nach Hause, lege mich geräuschlos neben Piet – und schlafe endlich mal, bis der Wecker sich einschaltet. Ich stehe auf und begegne Piet im Flur. Und er fragt völlig untypisch: „Na, hattest du einen schönen Abend?“

Immer noch gut drauf, erzähle ich vom Konzert. Und davon, dass ich gefragt worden bin, ob ich im Urlaub war.

Er zieht seine Jacke an, umarmt mich fest und sagt: „Wenn die wüsste, wie bei uns im Moment Urlaub aussieht...“

So viel Humor gibt mir neue Zuversicht. „Sehen wir uns heute Abend?“, frage ich fast schüchtern. „Wir könnten ja mal wieder ins Kino gehen...“

„Ja, mal sehen wie lange ich heute Abend zu tun habe.“

Meine Stimmung ist gleich wieder im Keller. Und als ich allein am Frühstückstisch sitze und mir das Brot zum Wegwerfen schmiere, fallen doch wieder Tränen in den Kaffee.

Die nächsten Tage vergehen wie im Rausch. Meine Disziplin hält mich zusammen: aufstehen, Feuchtigkeitsmaske, Kaffee, Brot zum Wegwerfen schmieren, ins sichere Büro fahren, arbeiten – nach Hause fahren, Peter belauern und auf ein erlösendes Wort von ihm hoffen.

Ellen

Endlich Freitag. Eigentlich wollte ich Dirks Streifenhemd schon auf dem Flug anziehen. Aber nun wird das angekündigte Accessoire für unser Telefon-Date doch erst vor Ort zum Einsatz kommen. Nachdem ich meinen ganzen Kleiderschrank auf den Kopf gestellt habe, verlasse ich in Jeans, einem schwarzen Langarmshirt, meinem hellblauen Trenchcoat, auf Nike-Sneakers und mit einer schlank gepackten Reisetasche meine Wohnung. Auf dem Frankfurter Flughafen bin ich heilfroh, dass ich mich gegen die Mörder-Stiefeletten entschieden habe. Ich laufe bestimmt drei Kilometer im mittleren Jogging-Tempo und lasse mich nach dem unfreiwilligen Sportprogramm in der Boing 737 mit hüpfendem Herzen in meinen Sitz fallen. Ich ziehe meinen Chicago-Reiseführer aus der Tasche und lege ihn auf den frei gebliebenen Platz neben mir. Schön, ich muss mit niemandem reden.

Auf dem O'Hare Flughafen sind mir gute 11 Stunden später meine Nikes wieder die besten Begleiter. Ich muss von Terminal 5 erst mal zu Terminal 3. Von dort aus fährt die S-Bahn in den Loop, die Innenstadt. Auf dem Weg in die City denke ich daran, dass Chicago auch in diesem Jahr wieder den unrühmlichen Titel erworben hat, die Stadt mit den meisten Morden zu sein. Laut Reiseführer erhöhen sich meine Chancen, heil davon zu kommen, wenn ich das Viertel südlich des Loops meide.

Dirk wohnt im Künstlerviertel Bucktown, direkt am Wicker Park. Da will ich jetzt aber noch nicht hin. Es nieselt leicht bei schätzungsweise 17 Grad. Genau die Art von Wetter, die meine Haare nach dem Flug jetzt noch brauchen. Ich rette mich in eine Mall, schlendere an den Shops vorbei und spreche nach 45 Minuten im Café eines Hotels meinen ersten englischen Satz mit einem Kellner. Wie ich erfahre, ist Dirks Büro gar nicht weit von hier. Nach einem Milchkaffee gehe ich in die großzügige Damentoilette, stelle mich vor den Spiegel, fasse meine reisemüden Haare zu einem lockeren Zopf zusammen und verwische auch noch die anderen Spuren meines langen Tages. Inzwischen ist es 17.30 Uhr. Normalerweise arbeitet Dirk freitags mindestens bis 21 Uhr. Mal sehen, was ich bewegen kann. Von einem Sessel in der Lobby rufe ich ihn von meinem Handy aus an.

„Du musst ja Geld haben", kommentiert er meinen Anruf vom Handy.

„Ich bin unterwegs. Und wollte dir nur schnell sagen, dass es heute Abend nichts mit unserem Telefon-Date wird." Ich hoffe, dass mich meine aufgeregte Stimme nicht gleich verrät.

Tut sie nicht. „Du klingst so atemlos. Ist was passiert?", fragt er besorgt.

„Ja. Eine Menge", antworte ich ruhiger: „Ich habe in den letzten Stunden einiges erlebt."

„Was denn?"

„Ich habe zum Beispiel gerade sieben Dollar für einen ganz normalen Milchkaffee bezahlt..."

„...Dollar? Ich verstehe nicht. Wo bist du?" Er ist hörbar irritiert.

„Im Peninsula Hotel an der North Michigan Avenue. Holst du mich ab?"

Schweigen. Dann ein Räuspern: „Du machst Witze."

„Echt mieses Wetter hier. Bindfadenregen. In Hamburg schien die Sonne, als ich ins Flugzeug gestiegen bin."

„Du bist wirklich hier?" Dirk will es nicht glauben.

„Und wie ich hier bin", genieße ich sein Erstaunen.

„Warte auf mich. Ich räume nur schnell meinen Schreibtisch auf, sage hier Bescheid und bin in einer halben Stunde bei dir."

Er schafft es sogar in 28 Minuten. Und für das Lächeln, das er mir in diesem Moment quer durch den Raum schickt, hat sich der ganze Trip schon gelohnt. Wie habe ich es nur so lange ohne diesen Anblick ausgehalten? Er sieht noch besser aus, als ich ihn in Erinnerung hatte. Sein Haar ist länger geworden und er hat sich heute Morgen nicht rasiert. Er umarmt mich, gibt mir einen warmen Kuss auf den Mund, nimmt meine Reisetasche und führt mich zur Tür auf die Straße.

„Du verrücktes Huhn. Was wollen wir zuerst machen? Hast du Hunger? Oder gehen wir erst mal zu mir? Damit du dich frisch machen kannst und dann könnten wir was vom Koreaner oder so bestellen. Oder wir gehen später bei mir in der Gegend noch aus.

Das ist echt nett. Wirst du ja gleich sehen. Sehr international. Viele Studenten, Künstler und so..."

Anscheinend ist das hier wirklich das Land der unbegrenzten Möglichkeiten. Ich habe die Wahl: Gehe ich mit dem fremden Mann nach Hause oder erst mal mit ihm unter Leute, um ihn wieder kennenzulernen? Na ja, mit der Reisetasche vielleicht doch lieber kurz in die Wohnung.

Seine 45 Quadratmeter liegen in einem dreistöckigen Backsteingebäude: Honigfarbener Holzfußboden, türkise Küchenzeile mit einem Tresen davor, am Fester eine Cordcouch. Davor auf einem Rollwagen ein riesiger Fernseher, der sich problemlos zu Dirks Lebensmittelpunkt hinüber schwenken lässt: einer breiten Matratze mit zerwühlter, blau gestreifter Bettdecke – eindeutig die Schlafstätte einer einzelnen Person.

Wir reden und bewegen uns noch ziemlich ungeschmeidig. Ich setze mich aufs Sofa und er macht schnell Ordnung, bildet aus den verstreuten Ausgaben der Chicago Tribune, einigen Architektur- und Szenemagazinen ordentliche Stapel, räumt Geschirr vom Tresen, faltet herumliegende T-Shirts, Hosen und Pullover und lässt sie in einem riesigen Einbauschrank verschwinden. Aus dem oberen Regal zieht er ein großes Handtuch, wirft es aufs Bett. Ich gehe duschen. Im weiß gekachelten Badezimmer hängt ein Duschvorhang mit grinsenden Goldfischen. Gut, dass ich gestern noch unseren Hausmeister angerufen habe, damit er nach den Fischen schaut. Zum ersten Mal sind Anne und ich gleichzeitig unterwegs – und unsere Bürofische vier Tage allein. Wenn das mal gut geht... Hinter verschlossener Tür ziehe ich mich aus – und wieder an.

Als ich rauskomme, hat Dirk „United" von Phoenix aufgelegt und er reicht mir ein eisgekühltes Rolling Rock-Bier. Am Kühlschrank hängen die zwei Fotos von seinem Abflugtag: Dirk mit Mutter Gerda unter einem Magneten mit dem Aufdruck „milk", Dirk und ich unter „Coffee." Meine Verspannungen lösen sich. Ich gehe auf ihn zu, wir stoßen mit einem satten Klong an, er murmelt „schön, dass du da bist“ und wir küssen uns endlich so, wie ich es mir im Flugzeug ausgemalt habe.

Anne

Nachdem Peter sich Freitagabend auf den Weg nach Heidelberg gemacht hat, gehe ich wie ein Eisbär im Zoo in der Wohnung umher. Meine hospitalistischen fünf Minuten enden in der Küche. Der Bär braucht dringend mal Nahrung. Mittags habe ich mir aus einer seltsamen Regung heraus einen halben Aal im Fischladen gekauft. Mit vorsichtigem Heißhunger rutscht er Bissen für Bissen in meinen leeren Magen. Und füllt mich mit ein bisschen Zufriedenheit. Peter ist weg und ich kann essen. Was auch immer das tiefenpsychologisch bedeuten mag. Jedenfalls bin ich irgendwie erleichtert, dass mir heute Abend nichts Schlimmes mehr passieren kann. Vielleicht bringt Bernd unseren gemeinsamen – mehr oder weniger – guten Freund ja auf die richtige Spur zurück. Ich ärgere mich, dass ich mich zur Pressereise angemeldet habe und morgen Mittag meine Burg gegen eine andere eintauschen muss. Ich bin zu kraftlos, um mich am Telefon mit einer Lüge zu entschuldigen. Also fahre ich.

Alles nett auf der Burg in der mecklenburgischen Schweiz. Nette Kolleginnen, nette Hoteldirektoren, elegantes Zimmer, köstliches Essen, verwöhnende Massagen – und ich fühle mich unendlich fehl am Platz. Zum Glück sitze ich am zweiten Abend beim Dinner neben Julia. Sie ist freie Journalistin und offenbart mir ganz unvermutet ihre esoterische Ader. Ich flüstere ihr mein Befinden zu – und als das Dessert serviert wird, weiß sie alles, was in den letzten Tagen vorgefallen ist. „Um den Absacker an der Bar kommen wir nicht rum“, raunt sie mir nach dem Essen zu. „Aber danach treffen wir uns auf meinem Zimmer. Ich hab das Würfel-

Orakel dabei. Und das stimmt immer." Dann legt sie kurz ihre Hand auf meinen Unterarm.

Mit ordentlich Promille im Blut sitzen wir viel später in Julias spärlich beleuchtetem Zimmer. Feierlich legt sie mir drei Würfel in die Hand: „Konzentriere dich auf deine Frage und lass dir Zeit." Mein Wurf zeigt 5, 6 und 6. Julia sucht die Kombination in ihrem Deutungsbuch und liest vor, was ich nicht hören will:

„Das Thema lautet ‚die Vertreibung'. Sie werden mit aller Macht aus ihrer bisherigen Position verdrängt. Es gibt kaum Möglichkeiten, das noch zu verhindern. Da die Kräfte, die Sie vertreiben wollen, übermächtig sind. Hüten Sie sich vor einem sinnlosen Kampf, den Sie ohnehin verlieren werden. Halten Sie nichts fest, was nicht auf Liebe und Vertrauen gebaut ist. Selbst wenn es andere Menschen sein sollten, die am Scheitern Ihrer Beziehung Schuld haben, kann es zu einer Trennung kommen. Bedenken Sie, dass der nächste Schritt ein Neuanfang sein wird, der Sie in ganz ungeahnte Richtungen führt. Trauern Sie nichts nach, es lohnt sich nicht. Schonen Sie sich so weit es geht und ernähren Sie sich gesund. Auch wenn es schmerzvoll ist, trennen Sie sich von allem, was Ihnen feindselig gesonnen ist. Sie werden aus einer für Sie verkehrten Welt geschubst..."

Julias blaue Augen schauen mich ernst an: „Du darfst nicht länger mit ihm zusammen in eurer Wohnung leben. Das macht dich fertig."

Ellen

Dirk und ich hatten Freitagnacht amerikanischen Sex. Licht aus und sehr puritanisch. Das lag wahrscheinlich an mir. Denn nachdem wir in der Bloomingdale Street eine Pizza gegessen und uns danach bei einem Wein tagebuchartig auf den neuesten Stand gebracht haben, war ich todmüde. Gegen 22 Uhr gingen wir zurück in Dirks Wohnung, machten das Licht erst gar nicht an und ließen uns aufs Bett fallen. Keine Kunststücke. Einfach nur schnörkellose, schnelle Gesten. Danach wunderte ich mich noch mit letzter Kraft, wieso Dirk eine Packung Kondome vorrätig hatte, obwohl er doch gar nicht wusste, dass ich komme. Und dann schlief ich ein.

Heute stehen die Höhepunkte Chicagos auf dem Programm. Von Dirk unter architektonischen Gesichtspunkten ausgewählt und stolz präsentiert. Wir steigen bei schönstem Sonnenschein in die berühmte Hochbahn „L", die durch jeden Krimi fährt und in der Sandra Bullock Bill Pullman in „Während du schliefst" geheiratet hat. Dirk bekommt während der Fahrt fast unmerklich feuchte Augen. Er zeigt auf kühne Gebäude-Konstruktionen, schwärmt von Ludwig Mies van der Rohe und Helmut Jahn und ich verstehe langsam, was Chicago für ihn so reizvoll macht. An der Navy Pier lässt er sich nicht lumpen und führt mich ins Restaurant „Riva" mit grandiosem Blick auf die Skyline. „Hier hat Hillary Clinton vor ein paar Jahren ihren Geburtstag gefeiert", erzählt Dirk, als wäre er dabei gewesen. Dann gehen wir auf die „Magnificent Mile" mit Shops, in die ich nicht hineingehen kann – aus Angst, dass ich alles haben will. Bei Saks kauft er mir fürs Büro eine Henkeltasse mit der Skyline. Um mich noch mehr an den Job zu erinnern, schleift er meine müden Füße noch zu einem neogotischen Abstecher, dem Tribune Tower.

„Hier sitzt die ‚Chicago Tribune'. Siehst du die Steine da?", sagt er und zeigt auf die Außenmauer. „Die haben Auslandskorrespondenten aus aller Welt hierher geschafft. Es sind Stücke vom Kölner Dom, von der Berliner Mauer, der chinesischen Mauer und des Taj Mahals dabei." Ich bin beeindruckt. Und kuschle mich eng an meinen eifrigen Stadtführer. „Was du alles weißt", säusele ich. Das spornt ihn an: „Und jetzt feiern wir den Sonnenuntergang und trinken im 95. Stock einen Cocktail", verkündet er.

Der Hochgeschwindigkeitslift im John Hancock Observatory schießt uns auf die Plattform nach ganz oben, die Fenster reichen vom Boden bis zur Decke. Wir stellen uns mit ausgestreckten Armen an die Fensterfront und drücken unsere Nasen an die Scheibe. Ein Gefühl, wie es Bungee-Jumper vor dem Absprung haben müssen. Wir brauchen keinen Drink mehr und schweben im Taxi zu Dirk nach Bucktown, holen uns Sushi zum Mitnehmen, Wein und Sachen fürs Frühstück aus dem Supermarkt. Was wir jetzt noch brauchen, gibt es hier nicht zu kaufen.

Nackt, im Schein einer halb abgebrannten Kerze, liege ich später vor Dirk auf dem Bett und genieße, was er tut. Ich spüre meinen Körper nur dort, wo er mich berührt. Es ist, als würden alle Sinneszellen meiner Haut unter seine Fingerkuppen eilen und eine fast unerträgliche Anzahl von Ampere in die tiefsten Tiefen meines Körpers entsenden. Er achtet genau auf meine Atmung, benutzt sie als Wegweiser. Seine Hände streifen Orte, die mich kalt lassen und verharren dort, wo mein Atem ihm antwortet. Ich verschwende keinen Gedanken daran, ob er jetzt nicht vielleicht auch mal dran wäre. Diese sehr weibliche Art von Pflichtbewusstsein stand schon viel zu oft zwischen mir und wirklich entspanntem Sex. Ich frage mich auch nicht, ob er sich Gedanken macht über meine kleinen körperlichen Schwachstellen. Weil ich mir sicher bin, dass er sie nicht so sieht wie ich. „Du fühlst dich so schön weich an", sagt er und hebt seinen Kopf, um sich in meine Brüste zu vertiefen.

Später stehe ich – endlich in Dirks Streifenhemd – neben ihm zu einem kleinen Mitternachtsimbiss am Küchentresen: Mozzarella-Fingers, italienische Salami und Honigmelone. Ich schaue zum zerstörten Bettenlager. Der Lampenschirm hängt schief und neben der umgestürzten Wasserflasche liegt die leere Kondomhülle. Ich schlucke und wage die Frage: „Wieso hattest du eigentlich Kondome im Haus?"

Dirk lacht, holt die Sechser-Packung und zeigt sie mir. „Die wurden neulich auf der Party eines schwulen Kollegen verteilt. Der ist bei der Aidshilfe. Guck, sind noch vier Stück drin."

Ich und meine albernen Befürchtungen. Ich atme innerlich auf.

„Wenn die mal reichen bis Dienstag“, sage ich. Und ziehe ihn zurück ins Bett.

Gegen sechs Uhr morgens wache ich auf und mir ist übel. Einfach ignorieren, denke ich. Klappt nicht. Das geht gleich vorbei, sage ich mir. Geht es nicht. Ich wälze mich auf die Seite, um eine bessere Position zu finden. Es wird noch schlimmer. Also lege ich mich auf den Rücken, ganz gerade wie ein Brett. Meinen Kopf bette ich erhöht aufs Kissen. Gute Idee, es wird besser. Ich döse wieder ein. Und wache eine gute halbe Stunde später wieder auf. Mir ist hundeelend. Mit ganz langsamen Bewegungen schlage ich die Bettdecke zurück und gehe steif zum Fenster. Frische Luft wird helfen. Ich atme tief ein, drehe mich um und renne ins Bad. Leider gehöre ich nicht zu den Menschen, die sich leise übergeben können. Dirk ist bestimmt aufgewacht. Hoffentlich klopft er nicht an die Tür. Das wäre mir so peinlich. Ich putze mir die Zähne und kehre ermattet ins Bett zurück. Dirk schaut fragend in meine Richtung: „Was ist denn los?“

„Weiß nicht. Mir ist so schlecht. Ich kann gar nicht reden...“

„Soll ich dir einen Tee kochen?“

Statt einer Antwort schüttele ich den Kopf – und renne wieder los. Die Vorstellung von bitterem schwarzem Tee war einfach zu viel.

Die Kurzstrecke zum Klo laufe ich den ganzen Vormittag. Dazwischen hocke ich entweder zusammen gekrümmt auf dem Badewannenvorleger oder auf dem Sofa. Wobei mir die Farbe des bräunlichen Cordstoffes auch schon wieder den kalten Schweiß auf die Stirn treibt. Dazu kommen später Darmkrämpfe und Schüttelfrost.

Dirk verfolgt das üble Geschehen mit aufmerksamer Hilflosigkeit. Und analysiert, was es gewesen sein kann: „Sushi? Der Mozzarella? Obwohl, das habe ich ja auch gegessen. Ich glaube, nur du hattest die Thunfisch-Sashimi...“ Das Gerede über Essen macht mich ein bisschen aggressiv. So aggressiv wie man mit einem geschätzten Blutdruck von 50:80 sein kann. Ich gebe ihm mit dem Thunfisch recht, damit er aufhört, mir die Mahlzeiten der letzten Tage noch einmal zu servieren. Gegen 13 Uhr kann Dirk nicht länger untätig herum sitzen. „Ich hole dir was aus der Apotheke“, sagt er, streicht mir über den Kopf und ist aus der Tür. Mir ist alles egal. Hauptsache ich bin endlich allein und kann mich gehen lassen.

Ich lege mich ins Bett und versuche die Krämpfe wegzuatmen. Doch das scheinen nur Yogis zu können. Nach einer Stunde kommt Dirk mit einer gefüllten Plastiktüte zurück. Er erklärt mir jedes Medikament so genau, als würde ein einziger Einnahmefehler meinen sofortigen Tod bedeuten. Dann sagt er zu meiner großen Erleichterung: „Möchtest du lieber allein sein? Ich müsste sowieso noch was im Büro erledigen...“

Ich nicke traurig. „Tut mir so leid. Heute Abend geht‘s mir bestimmt wieder gut.“

Gegen 17 Uhr muss ich eingeschlafen sein. Kurz vor Mitternacht wache ich auf. Dirk sitzt mit einem Rolling Rock auf dem Sofa, seine Haut schimmert bläulich in den Lichtreflexen des Fernsehers. Er guckt sich ein Basketball-Spiel an. „Na du Schlafmütze. Geht's dir wieder besser?“

„Ich glaube schon“, flüstere ich. „Muss erst mal duschen.“

Den Duft des Duschgels kann ich schon wieder ertragen. Ein gutes Zeichen. Ich lasse mir das heiße Wasser ewig über den Rücken laufen. Dirk gibt mir ein frisches T-Shirt, bezieht das Bett frisch und ich stopfe alle Handtücher in die Waschmaschine.

Am Tresen bestelle ich bei Dirk noch einen extra großen Mineraliendrink und gehe wieder unter die Decke. Toller Sonntag. Dabei wollten wir heute mit einem Mietwagen am Lake Michigan entlang fahren und ein Picknick machen (oder „Ficknick“, wie Dirk sagte). Rücksichtsvoll haucht mein verhinderter Sexgott mir einen Kuss auf den Hinterkopf.

Als ich das nächste Mal aufwache, sitzt er mit einer Kaffeetasse auf dem Sofa, gekämmt, rasiert, nach „Gentlemen Only“ von Givenchy duftend – bürofein. „Leider kann ich mir heute nicht frei nehmen", erklärt er. „Haben ein total wichtiges Projekt. Ich melde mich zwischendurch und versuche, so früh wie möglich Schluss zu machen."

Ich fühle mich viel besser. Und trotzdem irgendwie richtig schlecht. Meine Mutter, die jede noch so verfahrene Situation nach einer Sinn gebenden Lektion abklopft, würde sich jetzt fragen: „Was will das Leben mir damit sagen?"

Also was soll das? Warum passiert mir das? Vier unbeschwerte Tage – ist das zuviel verlangt? Gönnt dieses verdammte Leben mir denn gar nichts?

„Sag nicht verdammtes Leben", sagt meine Mutter beschwörend, die ich von meinem Handy aus anrufe – ich würde lieber noch einen Tag länger überm Klo hängen, als dass Dirk die Telefonnummer meiner Eltern auf seiner aufgeschlüsselten Telefonrechnung findet.

„Ist doch wahr", gebe ich trotzig zurück.

„Sieh es doch mal so. Dadurch hast du Dirk doch ein gutes Stück näher kennengelernt. Also, ich finde es ja nicht in Ordnung, dass er sich heute nicht frei genommen hat. Schließlich hast du so viel auf dich genommen, um diese Reise zu machen. Mach bloß nicht wieder dieselben Fehler wie bei Georg. Immer reinbuttern und nichts zurückkriegen..."

Bingo. Da hat sie voll ins Schwarze getroffen. Natürlich kann ich meine Enttäuschung nicht zugeben: „Dirk steht in seinem Job total unter Druck", höre ich mich zur Verteidigung ansetzen. „Der kann nicht einfach in der Firma anrufen und kurzfristig den Tag frei nehmen."

„Aber er kann sich krank melden. Meine Güte! Einen Tag wird er ja wohl mal opfern können. Macht er halt morgen eine Nachtschicht, wenn du wieder weg bist. Ist er verliebt in dich oder nicht?"

Als ich daraufhin gar nichts sage, weil ich damit beschäftigt bin, die Wasseransammlung in meinen Augen unter Kontrolle zu bekommen, lenkt meine Mutter sofort ein: „Na ja. Ich habe gut reden. Nimm es nicht so schwer. Ihr seht euch doch im Sommer wieder. Wenn ihr wollt, dann schafft ihr das. Ruhe dich jetzt noch schön aus. Und dann machst du dich heute Abend schick und genießt die letzten Stunden..." Ich fühle mich jetzt schon besser.

Anne

Nach meiner Rückkehr steht mein Entschluss so fest wie die 200 Jahre alte Grundmauer der Burg Schlitz: Peter fliegt raus. Heute. Ich brauche dringend Luft, die ich in seiner Nähe nicht mehr habe. Das hat jetzt nichts mit dem Orakel-Spruch zu tun, der mir zugegebenermaßen ganz schön zugesetzt hat. Es hat mir gut getan, Peter nicht zu sehen. Ich bin traurig, spüre aber, dass das Alleinsein mir Kräfte zurückgegeben hat. Ich will diese stressige Ungewissheit beenden. Wann kommt er? Kommt er überhaupt? In welcher Stimmung ist er? Ist er zur Begrüßung kühl oder nimmt er mich in den Arm? Die Fragen stellen sich nicht, wenn er woanders wohnt. In den vergangenen zwei Tagen ist mir klar geworden, dass es nichts bringt, wie ein Wachhund zu Hause zu lauern. Wenn er die Andere sehen will, wird es ihm auf Umwegen gelingen. Und die Lügen tun mir weh. Nicht ihm.

Wir treffen uns Dienstag gegen acht Uhr abends in der Küche. Er scheint schon länger zu Hause zu sein. Wie Fremde stehen wir uns im Flur gegenüber. Verlegen grinst er mich an. Ganz ruhig sage ich ihm die Worte, die ich den ganzen Tag geübt und immer wieder neu zusammengesetzt habe: „Ich möchte, dass du deine Sachen packst und ausziehst. Heute noch."

Peter guckt so ungläubig, dass ich fast grinsen muss. Es arbeitet in ihm. Das Ergebnis seines Nachdenkens erfahre ich erst nach Minuten.

„Wo soll ich denn hin?"

„Das fragst du mich? Du weißt doch, wo du hin kannst. Wo du so gern bist in letzter Zeit."

Er scheint die übersichtliche Liste seiner Möglichkeiten durchzugehen. Ungeduldig helfe ich ihm auf die Sprünge.

„Frag doch deinen Kollegen Sven. Seine Freundin arbeitet doch bei der Mitwohnzentrale."

„Okay. Aber heute Nacht schlafe ich noch hier."

Halbwegs anständig bringen wir den Abend ohne viele Worte und mit literweise Tee hinter uns. Irgendwann macht sich in meinem Körper die totale Erschöpfung breit, ich kann keine Minute länger auf diesem Küchenstuhl sitzen – und gehe ins Schlafzimmer.

Erst nach eisenharter Aufforderung schlägt Peter sein Lager im Gästezimmer auf. Er wollte sich, als wäre nichts geschehen, neben mich legen. Wie stumpf kann ein Mensch sein? Ich liege allein im großen Bett, als mein Handy in die Tagesthemen hinein piepst. Eine SMS von Bernd. „Hoffe, ihr findet wieder zueinander. Das habe ich auch Piet gesagt."

Ich antworte ihm: „Dein Freund liegt im Gästezimmer – und muss morgen ausziehen. Danke für deinen Zuspruch."

Wieder mal wache ich nach 568 rastlosen Umdrehungen wie gerädert auf. Auf dem Kopfkissen liegt es dann, mein Glücksbändchen. Es hing schon seit einigen Wochen nur noch an wenigen baumwollenen Fäden. Aber die schienen mir recht stabil. So stellen sich die himmlischen Kräfte also das Glück für mich vor. Oder bedeutet es, dass mein Rundum-Sorglos-Paket, das ich mir in Indien bestellt habe, jetzt erst auf den Weg gebracht wird? Mit Peter kann das ja nichts mehr zu tun haben. Oder doch? Keine Ahnung, ich bin so müde.

Peter ist schon aus dem Haus. Und langsam können die abschwellend wirkenden Inhaltsstoffe meiner Augencreme gegen „puffy eyes and dark circles" auch nichts mehr ausrichten. Ich werde wütend. Etwas später im Auto vergehe ich wieder vor

Selbstmitleid. Und ich kann mich noch nicht mal auf Ellen freuen. Sie kommt erst nachmittags aus Chicago.

Im Büro ist Frieden. Die Fische ziehen ihre Runden, ich habe einen guten Drive beim Schreiben über mein Burg-Wochenende. Dann funkt Murphy dazwischen. Die Texte, die wir für eine PR-Agentur geschrieben haben, sind in jeder Hinsicht gut angekommen. Die mitgelieferte Rechnung nicht. Die Agentur-Chefin scheint von plötzlichem Gedächtnisschwund befallen zu sein: „Das Honorar hatten wir so nicht ausgemacht. Es ist viel zu hoch", brüllt sie in mein Ohr. Ich habe keinerlei Lust, auch noch im Job Verluste davonzutragen und mache mir meinerseits Luft.

„Wir hatten drei Tagessätze abgesprochen. Und später haben Sie zwei zusätzliche Texte geordert. Dass Sie die bezahlen müssen, ist doch wohl klar. Oder denken Sie, wir sind die barmherzigen Samariter?", hole ich unnötig weit aus.

„Sie haben viel zu viel recherchiert. Diese Infos über die verschiedenen Anbaumethoden der Pflanzen müssen wir sowieso rausstreichen."

„Genau diese Details haben Sie aber im Briefing verlangt", verteidige ich mich. „Das habe ich schriftlich. Und das kann ich Ihnen gern mailen." Natürlich riskiere ich, von dieser Agentur nie mehr einen Auftrag zu bekommen.

„Überlegen Sie doch mal, ob Sie uns nicht entgegen kommen können", sucht die Frau, die am liebsten Prada trägt und dafür andere gern im Büßerhemd rumlaufen lässt, den Kompromiss.

Ich gebe meine Position als harter Brocken auf: „Okay. Einen Tagessatz können Sie runterrechnen. Brauchen Sie eine neue Rechnung?"

„Nein, ich ändere das dann", flötet die Edelsandalette, die den Gewinn in ihrer Mittagspause wahrscheinlich in neues exklusives Schuhwerk umsetzt.

Ellen

Durch ein Wolkenloch schimmert ein Stück irische Küste. Gutes Gefühl. Ich habe nicht gern unendliches Wasser unter den Flügeln. Wenn die Stewardessen ihre Notausgangs-Gymnastik zeigen, verhalte ich mich genau so arrogant-wegschauend wie schätzungsweise 95 Prozent aller Fluggäste; ich gucke aber immer nach, ob unter meinem Sitz auch wirklich eine Schwimmweste steckt. Statistisch gesehen passieren die schlimmsten Abstürze beim Start und bei der Landung. Dabei denke ich aber eigentlich nie ans Sterben. Mein schlimmster Moment kommt, wenn die Masse 10 000 Meter unter mir den Aggregatszustand wechselt – von fest zu flüssig. Heute war mir das allerdings egal. Der Gedanke, nirgendwo anzukommen, schien mir in der Nacht richtig reizvoll. Soll der dunkle Atlantik mich doch schlucken. Dann ist nur noch Ruhe in mir.

Beim Abschied gestern Morgen habe ich einen Überseecontainer voller Tränen an Dirks van Laak-Hemd abgeladen. Er hat dazu sanft gelächelt und etwas Tröstliches gesagt, das mich nicht getröstet hat: „Wir sehen uns doch bald wieder." Klar. Aber in dem Moment konnte ich nur an die vielen tausend Stunden denken, in denen ich ihn nicht sehen kann.

Liebe ich ihn zu sehr?

Oder will ich zu sehr von ihm geliebt werden?

Oder will ich einfach nur, dass etwas Liebe ist, was als verlängerter One-night-Stand eine sehr passable Sache sein könnte?

Vielleicht sollte ich endlich mal kapieren, dass es auch kleine Lieben gibt. Und nicht immer alles zu einer Größe aufblasen, die sich nur unter größtem Einsatz meiner Kraft erhalten lässt.

Als die Stewardess mir über Irland mein Frühstück serviert, habe ich richtig Hunger. Ich will doch noch nicht sterben.

Anne

Im Büro kocht gerade der Espresso auf der Herdplatte hoch, als Peter anruft und mir mitteilt, dass er heute seine Sachen abholen wird. Ich frage nicht, wohin es ihn zieht. Und er erzählt es mir natürlich auch nicht. Die nächsten Stunden verbringe ich damit, das Aquarium zu reinigen, Pressemappen zu archivieren, einen Ausstieg für meine Reportage zu formulieren – und wieder zu löschen. Es hat keinen Zweck heute. Ich vertage das Geldverdienen auf morgen und hole Ellen um 16 Uhr vom Flughafen ab.

„Und was hast du Montag noch gemacht?", frage ich sie auf dem Weg zum Auto, nachdem Ellen bei einer Tasse Flughafen-Kaffee ihr gemischtes Wochenende für mich hat aufleben lassen.

„Ich bin durch die Gegend gelaufen. In Bucktown gibt es total nette Galerien, Cafés und witzige Klamottenläden. Erst wollte ich ins ‚Dynamic Hair Studio', die hatten aber kurzfristig keinen Termin frei. Ich bin dann zu ‚Kiss N Tell' gegangen und habe mir für 100 Dollar einen BH mit passendem Slip gekauft. Für unsere letzte Nacht..."

„Und wie war die?"

„Ganz vertraut und zärtlich. Aber es war eben auch unsere vorerst letzte Nacht. Deshalb fehlte mir die Leichtigkeit."

„Hat Dirk dich zum Flughafen gebracht?", erkundige ich mich.

„Du, der kann nicht mal eben so zwischendurch drei Stunden seinen Schreibtisch verlassen. Der steht im Job unter Beobachtung, weil demnächst die Entscheidung fällt, ob er einen Jahresvertrag bekommt."

„Das wäre ja blöd für euch. Habt ihr darüber geredet?"

„Natürlich nicht. Das haben wir immer galant umschifft... Aber der Job ist ihm auf jeden Fall wichtiger als unsere Beziehung. Ich bin zu alt, um mir da was vorzumachen..."

Ich will mir auch nichts mehr vormachen. Deshalb nehme ich Ellens Angebot, den Abend mit ihr zu verbringen, nicht an. Ich muss Peter dabei zusehen, wie er es schafft, nach zehn Jahren die Tür so einfach hinter sich zuzuziehen. Als ich um 19 Uhr in unsere Straße einbiege, brennt hinter unseren Fenstern kein Licht. Peter ist noch nicht zu Hause. Ich gehe hoch und weil mich die Stille verrückt macht, rufe ich Katrin an: „Du ziehst deine Jacke wieder an und verlässt sofort die Wohnung“, sagt sie und springt fast durch den Hörer. „Peter soll nicht glauben, dass du nichts Besseres zu tun hast, als auf ihn zu warten“, redet sie auf mich ein. Und ich gehorche, ziehe meinen Mantel wieder an und verlasse die Wohnung.

Verloren stehe ich auf dem Bürgersteig und entscheide mich dann für eine Richtung. Im Supermarkt an der Ecke ist es wenigstens warm. Ich kaufe zwei Bananen und einen Liter Milch. Wieder den ganzen Tag nichts runtergekriegt, langsam geht das Liebesfasten auf meinen Kreislauf. Dann gehe ich weiter, als hätte ich noch etwas vor und wäre spät dran. Bestimmt klackere ich drei Kilometer auf meinen ziemlich hohen Stiefeln sinnlos durch die Gegend. Nach einer dreiviertel Stunde stehe ich wieder vor meiner Haustür. Immer noch kein Licht. Es ist schon fast halb neun. Ich gehe zur nächsten Querstraße – und sehe Peter aus dem Augenwinkel auf der anderen Straßenseite. Er hat sein neues Handy am Ohr und der Person am anderen Ende viel zu erzählen. Ich höre ihn lachen. Mein Herz klopft. Ich verstecke mich hinter einer Litfaßsäule bis er die Straße hinunter gelaufen ist. Nachdem ich die Auslagen beim Juwelier an der Ecke genauestens unter die Lupe genommen habe, gehe ich langsam nach Hause.

„Du kommst spät. Habt ihr so viel zu tun?“, begrüßt Peter mich hektisch und erwartet nicht wirklich eine Antwort. Er bestückt seine große Reisetasche gerade mit seinen Klamotten. Die Anzüge hängt er in Kleidersäcke. Ich verfolge das Geschehen nicht weiter, gehe in die Küche und setze einen Tee auf. Beim Aufgießen des Wassers muss ich mich voll auf meinen zittrigen rechten Arm konzentrieren, um die Kanne zu treffen. Mir ist kalt. Peter läuft immer wieder über den Flur. Ich höre Reißverschlüsse auf- und zugehen, unbestimmtes Geraschel, Bügel auf den Boden fallen, Schranktüren zuklappen. Irgendwann halte ich es nicht mehr allein in der Küche aus und rufe ihn zu mir.

„Wo geht denn die Reise hin?", bemühe ich mich um Lockerheit.

„Erst mal zu einem Kollegen in die Wohnung. Der fährt morgen für eine Woche in den Urlaub und heute schläft er bei seiner Freundin", geht Peter ungewohnt verschwenderisch mit Worten um. Normalerweise hätte ich drei Fragen für diese Information gebraucht.

„Und danach..."

„...ziehe ich in eine 160 Quadratmeter große Wohnung. Der Typ, dem sie gehört, vermietet zwei Zimmer unter..."

„Du ziehst also in eine Männer-WG?" Meine Laune steigt bei dem Gedanken an verkrustete Geschirrberge, die seit 14 Tagen in der Spüle vor sich hin rotten. An abgelaufene Milch im Kühlschrank und an ein Klo mit integrierter Schleifspur.

„WG würde ich das nicht nennen. Wir haben eine Putzfrau. Der Typ ist supernett und arbeitet als Anwalt in einer Kanzlei in der Innenstadt."

„Das klingt doch gut", sage ich nur.

Zehn Minuten später steht er mit Sack und Pack vor der Wohnungstür, nimmt mich unbeholfen in den Arm, sagt locker „tschüss" und lässt mich allein mit zwei leeren Teetassen. Ich widerstehe der Versuchung, ihm vom Balkon aus nachzuschauen. Seine dynamischen Schritte würden mich jetzt aus der Bahn werfen. Ich gehe ins Bad, schaue mich im Spiegel an und übe zu lächeln. Das soll sich ja positiv aufs Gehirn auswirken und die Produktion von Glückhormonen fördern. Ich heule noch zwei Taschentücher nass – und bin seltsam erleichtert.

Meine Wohnung. Ich kann machen, was ich will. Und ich will laut meine Musik hören, enthemmt durchs Wohnzimmer tanzen, morgens nackt meine Haare föhnen und wenn mir danach sein sollte, sogar im Bett rauchen.

Ellen

Meine Wohnung sieht nach Aufbruchsstimmung aus. Nach einer aufgeregten Bewohnerin, die es nicht erwarten konnte, wegzufahren. Blöd, dass ich nicht an das Nachhausekommen gedacht habe.

Statt Ordnung zu schaffen, setze ich mich auf meine Couch und wähle Dirks Nummer. Logisch, der Anrufbeantworter. „Hallo Süßer. Ich bin's. Wollte nur schnell sagen, dass ich gut angekommen bin. Na ja, so gut es eben sein kann ohne dich. Ich fühle mich gerade ziemlich neu in meiner Wohnung. Mag meine Klamotten gar nicht auspacken. Es ist gleich 19 Uhr, genauso mieses Wetter wie bei dir. Ich gehe jetzt heiß duschen und dann ins Bett. In deinem Kühlschrank findest du frisches Rolling Rock Bier. Cheers und Küsschen."

Anne

Im Büro stehen Ellen und ich morgens vor dem Aquarium und schauen den beruhigenden Bewegungen unserer neun Fische zu. Ich erzähle von Peterchens Mondfahrt und versuche den Moment nicht zu intensiv zu erinnern. „Wir haben uns noch einmal in den Arm genommen. Und jetzt ist er weg. Und ab nächster Woche in einer Männer-WG. Mehr kann ich dir dazu grad nicht sagen. Meine Augen sind gerade abgeschwollen. Ich will da jetzt nichts riskieren und einfach nach vorn schauen." Wir verteilen die Arbeit und finden in unseren vertrauten Rhythmus.

Nachmittags drückt ein fahriger Wind dicke Regentropfen gegen die Fenster vor unseren Schreibtischen. Ich merke gerade, dass ich schon seit einer Weile die Wasserstraßen auf der Scheibe hypnotisiere: „Ich will wissen, wie es weitergeht mit mir“, sage ich in die arbeitsame Stille hinein.

„Ich auch“, stöhnt Ellen auf der anderen Seite und nimmt drei dicke Reiseführer aus der mittleren Reihe unseres Regals. „Weißt du, das mit Dirk kann irgendwie nichts werden. Er ist echt süß. Aber nicht so verliebt wie ich. Und das ist ein armseliges Gefühl. Dabei kann ich ihm noch nicht mal einen Vorwurf machen, weil er aus seiner Sicht alles gibt. Im Grunde braucht er mich gar nicht. Wenn der Jahn ihm seinen Jahresvertrag auf den Schreibtisch legt – und das wird er – geht für ihn der größte Traum in Erfüllung. Ich muss mir echt überlegen, wie lange ich die zweite Geige spielen will...“

„...also den Sommer würde ich noch mitnehmen. Die Reise mit ihm machen, guten Sex haben, du verpasst hier ja nichts...“

„...du weißt doch, dass ich nicht so lässig bin. Leider. Obwohl es mir bestimmt gut täte. Ständig diese Erwartungen, die dann enttäuscht werden ... So was ist ja mal ganz prickelnd, aber auf Dauer eine ziemlich ungesunde Form von Verliebtheit. Eine, die mich auslaugt.“

„Habt ihr gestern Abend eigentlich noch telefoniert?“

„Ich habe ihm aufs Band gesprochen, kurz bevor ich ins Bett gegangen bin. Er hat nicht mehr zurückgerufen. Ich könnte mir jetzt einreden, dass er mich nicht wecken wollte. Aber, ehrlich gesagt, war er wahrscheinlich zu müde und ganz froh, dass ich ihm einen Grund geliefert habe, sich nicht melden zu müssen.“

Irgendwie ist mir nicht mehr nach Widerworten. „Dafür kannst du dich bei Gerda Meyer bedanken. Muttis Junge kann machen, was er will. Und wird trotzdem geliebt. Mit 36 müsste er eigentlich kapiert haben, dass er nicht alle Frauen wie seine Mutter behandeln kann. Und kein Dauergast in der Show ‚Verzeih mir‘ ist.“

„Du hast vollkommen recht“, ruft Ellen. „Ich melde mich nicht mehr bei ihm“, verkündet sie und hämmert auf ihre Tastatur ein – und wechselt noch mal das Thema.

„Auch, wenn du es jetzt nicht hören willst. Aber ich weiß einfach, dass du irgendwann wieder glücklich sein wirst. Meine Mutter hat auch gesagt, ‚Anne braucht sich doch bloß einmal umzudrehen, schon hat die einen Neuen'. Ich glaube, dass Piet sich noch ganz schön wundern wird..."

Der Gedanke gefällt mir. Und bevor ich dazu komme, weitere Überlegungen zu potentiellen Exemplaren zu machen, meldet sich mein Postfach. Wieder der Inder. Er kommt zur Reisemesse nach Berlin und möchte mich treffen. Ich informiere umgehend Ellen.

„Ich möchte ihn auch kennenlernen! Es wird sowieso allerhöchste Zeit, dass wir die Einladungen durchgehen und mit den Presseagenturen Termine machen."

Ich habe in diesem Jahr alles andere als Lust auf der ITB-Messe von Stand zu Stand zu pilgern, höfliche Gespräche zu führen und abends auf den Partys der Hotelgruppen und Ländervertretungen herumzuhüpfen.

Nichtsdestotrotz haben Ellen und ich um kurz vor sechs Uhr 35 Termine innerhalb von drei Tagen koordiniert und sorgfältig in einen ausgeklügelten Stundenplan eingetragen. Mein Flirt-Direktor wird am Samstag beim Champagnerempfang um 16 Uhr von Ellen begutachtet. „Vielleicht verzaubert er dich ja doch wieder. Auch wenn du jetzt vor lauter Peter an keine anderen Männer denken magst. Ich richte mich auf jeden Fall drauf ein, die Nacht auf Sonntag allein zu verbringen..."

Ich kopiere den Stundenplan, reiche Ellen ihr Exemplar und spüre plötzlich doch eine leise Vorfreude, auf die Möglichkeiten, die vor mir liegen. Dieser Gedanke wird durch Schritte auf dem Flur angespornt. Es sind männliche Schritte.

„Besuch? So spät noch?", wundere ich mich und trage hastig Lipgloss auf.

Ellen

Ich erkenne Georgs Schritte sofort. Sie klingen wie die eines Cowboys in College-Schuhen. Die Hauptlast wird über den äußeren Hacken abgeschlurft, entsprechend schief sind die Absätze. Die Sohlen haben dagegen so gut wie nie Bodenkontakt. Lange habe ich dieses nachlässige Latschen nicht mehr gehört. Mein letztes Treffen mit Georg liegt ewig zurück. Er hat es – wie immer – mit dem unheilschwangeren Satz beendet: „Ich halte das alles noch mal schriftlich fest."

Kurz darauf erhielt ich über meinen Anwalt einen Brief, der noch ein bisschen mehr beinhaltete, als das, was wir besprochen hatten. Ich solle mich doch, bitteschön, an den Reparaturkosten für den Wäschetrockner beteiligen, der drei Monate nach meinem Auszug kaputtging und er fordert die Rückgabe diverser Bücher ein, die er mir geschenkt hat. Ich habe den Brief ignoriert.

Als ich draußen im Büroflur seine herannahenden Schritte höre, hätte ich schwören können, dass Georg wutschnaubend durch die Wand kommt. Er ist noch nie unangemeldet bei uns im Büro aufgetaucht. Ich spüre, dass meine Nackenhaare einen Kamm bilden wie bei einem genervten Kojoten. Die Schritte stoppen, es klopft kurz und heftig, die Tür öffnet sich und Georg nimmt den Raum ein.

„Puh, ist das warm bei euch", sagt er statt einer Begrüßung und dreht direkt mal den Heizkörper neben der Tür auf seine gewünschte Temperatur. Er trägt den petrolfarbenen Mantel, in dem ich ihn kennengelernt habe und stellt mit viel Gestöhne ein mittelgroßes Postpaket auf den Tisch. „Also Ellen, ich habe bei uns zu Hause mal aufgeräumt", sagt er, als hätte er einen Tag auf der Mülldeponie hinter sich, „und hier noch ein paar Dinge gefunden, die dir gehören müssten."

„Aha. Und die passten alle in das Paket? Ist ja toll." Eigentlich hätte er hier mit einem Überseecontainer anreisen müssen. Doch bevor ich ausfallend werde, wende ich mich den ITB-Unterlagen zu. Schließlich ist alles gesagt.

Um Zeit zu schinden, wendet Georg sich an Anne, mit der er noch nie etwas anfangen konnte, und erzählt ihr von seinen beruflichen Plänen. Sie geht tatsächlich auch noch auf ihn ein. „Ach, das ist ja interessant. Wo hast du denn ein Büro angemietet?", will sie wissen.

„Gleich in der Nähe vom Flughafen."

„Ist das nicht ein bisschen laut?", fragt Anne rhetorisch.

„Überhaupt nicht. Es ist so nah dran, dass ich genau in der Schallschutzzone liege. Total praktisch, wenn man viel unterwegs ist."

Oh Gott, jetzt macht er auf rasender Reporter. Ich kann nicht anders und frage: „Wer schickt dich denn um die Welt?"

Georg gibt sich geheimnisvoll: „Das kann ich noch nicht sagen. Ich bin gerade in Gesprächen. Ist noch nicht spruchreif."

Gute Frage von mir. Jetzt fühlt er sich unbehaglich und will auf keinen Fall, dass noch mehr gebohrt wird – er treibt sich zur Eile: „So, ich muss wieder los. Hab noch einen Termin in der Stadt."

„Redaktionsbesuch?", fragt Anne, der das Gespräch richtig Spaß zu machen scheint.

„So was Ähnliches", meint Mister Geheimnisvoll und verabschiedet sich mit einem coolen „Ciao". Nach ein paar Anstandssekunden stürze ich mich auf das Paket und packe aus: ein Römertopf-Kochbuch (gehört ganz klar zu seinem Römertopf), eine Schöpfkelle aus Plastik (noch nie gesehen), ein Weinkühler aus Terrakotta (vielen Dank), ein Handschuh (das Gegenstück habe ich vor ein paar Wochen weggeworfen, weil ich dachte, dass ich den anderen verloren habe), die Strass-Pumps aus London (an deren Existenz Anne bis jetzt gezweifelt hat). Während ich meine Schuhe ausziehe, zum ersten Mal freiwillig in die Pumps steige und vor meiner Kollegin auf- und abstolziere, zieht Anne noch ein paar rostige Haarklammern aus dem Paket, eine angebrochene Schachtel mit Tampons, zwei Kerzen (schon angebrannt) und einen zerknitterten Umschlag.

Gespannt reiße ich ihn auf, schütte ein paar Münzen auf die Tischplatte und einen Zettel, auf dem in Georgs Schönschrift steht: „Hier noch etwas Geld." Während ich ernsthaft (ich habe schließlich nichts zu verschenken) nachzähle und auf 3 Euro 64 komme, schüttet sich Anne aus vor Lachen. Ihr laufen Tränen übers Gesicht, die ausnahmsweise nichts Tragisches an sich haben. Ich weiß nicht, wann ich Anne das letzte Mal so lachen gesehen habe. Bei mir dauert es immer eine Weile, bis ich in Georgs Aktionen die Komik erkennen kann. Irgendwann lache ich auch. Über Anne. Ihr nahrungsentwöhnter Körper krümmt sich, während sie immer wieder den Satz wiederholt: „HIER NOCH ETWAS GELD."

„Komm, das hauen wir jetzt großzügig auf den Kopf. Dafür kriegen wir jede ein halbes Glas Wein", schlage ich vor.

Als wir um 19 Uhr im Buddha ankommen, sind die Vorbereitungen für den Abend noch in vollem Gange. Der Barmann wischt den Tresen ab, Karl füllt Nüsse in kleine Schalen und ein neuer Kollege (auch gar nicht schlecht...) legt Champagnerflaschen in den Weinschrank. Anne und ich machen es uns am Fenstertisch gemütlich. Während Karl seine Weinempfehlung ausspricht, klingelt erst mein Handy (Dirk), dann Annes.

Mir gelingt ein fröhliches, sehr amerikanisches „hellow."

Dirk hat ein schlechtes Gewissen: „Du, ich hatte heute keine ruhige Minute", erklärt er kleinlaut. Er ist kaputt. Todmüde. Fix und foxi. Und da ich das Gespräch nicht mit interessierten Job-Fragen am Leben erhalte und meine körperliche Verfassung nach dem Flug schnell zusammen gefasst ist, verabschieden wir uns nach fünf Minuten mit einem betont fröhlichen – „bis bald."

Anne ist schon länger fertig mit ihrem Telefonat – und starrt Löcher in die Luft. Ich schätze, Piet war am Telefon.

Anne

Peter ist in unserer Wohnung, um noch einen Pullover und ein paar andere Dinge zu holen, die er vergessen hat. Das wollte er mir nur eben sagen, damit ich mich nicht erschrecke, wenn ich nach Hause komme und er da ist. Wie fürsorglich. Am liebsten würde ich aufspringen, um ihn noch zu erwischen. Aber ich kann Ellen ja schlecht allein mit zwei Gläsern Syrah sitzen lassen. Ich reiße mich irrsinnig zusammen. Ellen merkt natürlich trotzdem, dass ich den Wein schneller trinke, als es unserem Gespräch gut tut. Die entspannte Stimmung ist dahin.

Und im Gegensatz zu mir findet Ellen Piet gar nicht rücksichtsvoll: „Pullover? Deswegen macht er so ein Gewese?“, fragt sie genervt. „Und bringt dich wieder in den Ausnahmezustand!“

Zu Hause mache ich mich sofort auf die Suche nach den Dingen, die nicht mehr da sind. Mir fehlt nichts. Außer Piet. Im Aschenbecher auf dem Küchentisch hat er ein kleines Souvenir hinterlassen – eine Kippe. Bis zum Anschlag herunter geraucht und hektisch ausgedrückt. Ich streiche über den Filter. Den haben vor kurzem seine Lippen berührt. In unserer Anfangszeit haben wir uns einmal mittags zum Essen getroffen und danach in einem Hauseingang geknutscht. Abends erzählte Piet mir mit einem Grinsen, dass er zwei Stunden nach unserem Abschied eine Zigarette geraucht hatte und das Rosarot meiner Lippen an seinem Filter war. Wie verliebt wir mal waren...

Als könnte ich damit die Erinnerung wegpusten, zünde ich mir eine Zigarette an – und aus der Single-Kippe im Aschenbecher wird ein Paar. Mein Blick ist im Moment geschärft für solche Sentimentalitäten. Zwei Orchideen auf der Fensterbank, zwei Leuchter auf dem Esstisch, zwei Stühle am Küchentisch – eine große Wohnung und eine Frau, die trotz der Leere keine Luft bekommt.

Von niederen Instinkten gepackt, wähle ich die Nummer von Andreas Feuerbach, dem Neu-Hamburger, den ich längst schon mal anrufen wollte. Ihm ist es vor einem Jahr wohl noch viel schlechter ergangen als mir. Ein gemeinsamer Freund hatte mir damals verraten, dass er nach der Trennung von seiner Freundin wochenlang gelitten hat wie ein Hund. Seine Energie reichte gerade mal für eine mittelmäßige Bewältigung seines Jobs in der RTL-Sportredaktion. Die Zeit davor und danach verbrachte er depressiv in seiner 1. FC Köln-Bettwäsche, die er nicht imstande war zu wechseln. Ich will von ihm hören, dass das Glück bald zurück kommt zu mir. Zum Glück geht er an sein Handy.

„Hallo Andreas, hier ist Anne", sage ich so neutral wie möglich.

„Hey, du hast es geschafft. Wann sehen wir uns?", ruft er gegen nervöse Hintergrundgeräusche an.

„Wo bist du denn gerade? Störe ich dich?"

„Ist gerade ein bisschen ungünstig. Ich bin in der Redaktion, gucke Champions-League und muss den Beitrag noch schneiden..."

„...du, dann rufe ich dich ein andermal an. Wann hast du denn Zeit?" Meine Stimme verrät mich anscheinend doch.

„Nee, sag mal. Ist was passiert?"

Ich zögere noch ein wenig und sage dann doch: „Peter hat mich verlassen."

„Nein!!!", schreit Andreas, als würde er von der Seitenlinie aus ein Eigentor kommentieren. „Nein! Scheiße. Das hätte ich nie gedacht. Ich hätte schwören können, dass du mir irgendwann verkündest, dass ich Patenonkel werde. Wie geht's dir denn?"

„Beschissen. Es ist genau wie bei dir. Peter hat eine andere..."

„Oh Mann. Ich weiß genau, wie du dich fühlst."

„Ich habe gehört, dass du wochenlang nur im Bett gelegen hast..."

„Wochen? Das waren Monate."

„Und danach war alles wieder gut?"

„Fast gut."

„Wie? Nach über einem Jahr hängst du deiner Ex immer noch nach? Wie lange wart ihr eigentlich zusammen?"

„Drei Jahre. Diese Ratgeberbücher behaupten ja, der Schmerz dauert halb so lange wie die Beziehung gedauert hat."

„Oh Gott. Dann sind das bei mir FÜNF JAHRE!!!"

„Anne, bleib ruhig. Beweg dich nicht von der Stelle. Ich komme gleich vorbei...", sagt Andreas mit der Stimme eines Schlangenbeschwörers. Als ich gerade Einspruch erheben will, dass es so schlimm ja auch nicht sei, führt er seine Idee zu Ende aus, „...und dann erschieße ich erst dich und dann mich."

Ich hätte nicht gedacht, dass mich heute noch jemand so zum Lachen bringen kann. Weil die Champions League keine Rücksicht auf persönliche Schicksale nimmt und Andreas dringend das Spiel gucken muss, verabreden wir uns für ein ausführliches Telefongespräch in den nächsten Tagen.

Das Telefon liegt knapp eine Sekunde auf der Ladestation, als sich das nächste Gespräch ankündigt. Ich bin sicher, noch mal Andreas am anderen Ende zu haben und melde mich mit: „Knarre schon durchgeladen?"

„Klar", antwortet eine Stimme, die ich nicht sofort erkenne. „Wen soll ich denn erledigen? Hier ist Christoph."

„Christoph? Ich bin... Ich dachte, du wärst jemand anders", stottere ich dem netten Fotografen ins Ohr, der oft die Fotos zu den Künstler-Interviews macht, die Ellen und ich führen und den wir auch häufiger auf Konzerten treffen. „Wir haben uns ja ewig nicht gesehen", drehe ich das Gespräch auf einen neuen Anfang zurück.

„Stimmt", sagt er.

„Ich war in letzter Zeit nicht so viel unter Leuten", versuche ich es mit einer einfachen Begründung. Und dann verrate ich ihm doch noch ein bisschen mehr, als ich eigentlich will: „Ich bin abends im Moment einfach zu müde. Bei mir ist privat die Hölle los."

„Was ist denn passiert?", fragt er prompt.

„Sag du erst mal, weshalb du anrufst", beharre ich.

„Ich brauche mal deine Hilfe", erklärt er. „Mein bester Freund hat sich mit seiner Freundin so gestritten, dass sie erst mal ausgezogen ist. Und jetzt soll ich mit ihm eine Rückgewinnungs-CD brennen. Und da wollte ich fragen, ob du „Ain't nobody" von Chaka Khan hast? Das fehlt ihm noch. Ich hab deswegen schon fast meinen ganzen Bekanntenkreis abtelefoniert."

„Habe ich, den Song. Kann ihn dir gleich per Mail schicken."

„Super", ruft Christoph und drängt dann auf meine Geschichte. Und ich schütte wieder mal mein Herz aus. Christoph hört zu. Die wenigen Bemerkungen, die er macht, treffen ins Schwarze: „Ich glaube, du hast deinen Freund zu einem Zeitpunkt überführt, an dem der sich die Entscheidungsfrage noch gar nicht gestellt hat. An dem er sich wahrscheinlich noch gar keine Gedanken gemacht hat, wie es weiter gehen soll. So viel ist sicher. Der ist im Moment vollkommen orientierungslos. Spaß hat der bestimmt nicht."

Ich hätte nicht gedacht, dass ich mich heute noch so gut fühlen würde. „Sag mal, Ellen und ich fahren morgen für ein paar Tage nach Berlin, auf die ITB. Wenn wir wieder da sind, können wir uns dann nicht mal auf einen Wein verabreden und noch ein bisschen weiter reden, was so..." Ich verliere den Faden. Christoph nicht: „...was Männer so denken, wenn sie etwas tun, was Frauen nicht verstehen? Können wir gern machen."

Nach einer kurzen Pause sagt er noch: „Grüß Ellen mal von mir." Ich habe es ja immer schon geahnt. Jetzt bin ich mir sicher: Christoph mag Ellen. Sehr. Es liegt mir auf der Zunge, ihm zu erzählen, dass ihr ein Gespräch mit ihm bestimmt auch gut tun würde. Im letzten Moment entscheide ich mich aber doch dagegen. Ich bin nicht in Form, um erfolgreich Schicksal zu spielen. Christoph und ich verabreden uns für nächsten Mittwoch.

Nicht schlecht. Zwei Telefonate mit zwei richtig guten Typen. Die Single-Frau in der großen Wohnung kann wieder entspannter atmen. Fast beschwingt starte ich mein Notebook und schicke

Christoph den Song. Wenn ich für Piet eine CD zusammen stellen würde, wäre „I will survive“ von Cake drauf. Den habe ich auch schon gebrannt auf der Festplatte: „I should have changed that fucking lock...“ Ich liebe es, wie Cake diese Textzeile wem auch immer vor die Füße spucken. Den Rest des Abends verbringe ich mit etwas äußerst Nützlichem: eine Überlebens-CD für mich zu basteln – und die Tasche für die Reisemesse zu packen. Morgen geht es nach Berlin.

Ellen

„Wir fahren nach Berlin, nicht nach Wladiwostok“, kommentiert Anne den Zeitschriften-Stapel, den ich im ICE-Abteil aus meiner Reisetasche ziehe und vor mir auf dem Tisch ablade. Spiegel, Stern, Mare, Merian, Gala und Bunte. Ich verschanze mich morgenmuffelig hinter der königlich-bunten Titelseite der Gala. Und Anne geht ins Bistro – „einen Kaffee trinken.“

„Bring mir was Schönes mit“, murmele ich.

Fünfzehn Minuten später steht ein dampfender Latte Macchiato vor mir. Und ich werde langsam ansprechbar. Anne quäkt über den Rand meiner Zeitschrift: „Rate mal, wer mich gestern Abend angerufen hat?“, lockt sie, schickt die Antwort aber ohne abzuwarten hinterher – „Christoph.“

„Welcher Christoph?“, frage ich, obwohl ich natürlich genau weiß, welcher Christoph das war.

„Na, Christoph Kamphus. Wir hatten ein richtig gutes Gespräch über Beziehungen.“

Meine Neugier ist geweckt: „Und weswegen hat er dich angerufen?“

Sie erzählt mir die Chaka Khan-Geschichte, dass sie zu einem „Männer-Gespräch“ mit ihm verabredet sei und mich ausdrücklich von ihm grüßen soll. „Aber du triffst dich mit ihm. Vielleicht ist er was für dich?“, frage ich unschuldig.

Statt eine Antwort zu geben, schnappt Anne sich den Stern, schlägt ihn im hinteren Drittel auf und vertieft sich in den Kulturteil. Ich strecke meine Beine soweit es geht unter den Tisch, verschränke meine Arme und schaue aus dem Fenster. Draußen rauschen mecklenburgische Wiesen und Kühe vorbei. Und ungeladene Gedanken durch meinen Kopf. Sie lassen sich nicht aufhalten, verabschieden sich aber auch schnell wieder. Ähnlich wie früher bei Rudi Carell die Preise auf dem laufenden Band. Nur, dass ich keine Geschenke zu sehen bekomme.

Auf dieser Bahn-Strecke habe ich Georg kennengelernt. An diesen Bauernhöfen, Flüssen und Bäumen sind wir zusammen vorbeigekommen. Okay, die Kühe sind nicht mehr dieselben. Obwohl: Wie alt werden Kühe eigentlich?

Der frühe Georg – wie er morgens auf meiner Bettkante sitzt und mich mit einem Ständchen auf der Gitarre weckt.

Georg lacht. Schenkt mir sein Auto, weil er nicht will, dass ich nachts noch mit der U-Bahn fahre. Das Auto fahre ich schnellstens zu Schrott. Und er ist kein bisschen sauer, nur froh, dass mir nichts passiert ist.

Es regnet. Wir sind auf dem Weg zum Standesamt. Georg setzt mich 100 Meter vor dem Blumenladen ab, in dem ich meinen Strauß bestellt habe. Ich fluche, weil ich finde, dass auf eine Braut kein Regentropfen fallen sollte. Er findet: „Dann heiraten wir eben ohne Blumen." Also laufe ich durch den Regen. Ich will keinen Streit. Und werde mich erst viel später fragen, warum er mir den Weg nicht abgenommen hat.

Mein Geburtstag. Georg schenkt mir eine grüne Boxershorts aus Seide, mit lustigen Comic-Figuren drauf. Dazu verkündet er, dass er nicht mit mir feiern kann, weil er ganz dringend seine Steuererklärung ausfüllen müsse. Ich sitze abends allein mit sechs Freunden am vorbestellten Tisch und lache laut und etwas ratlos. Und finde natürlich wieder mal die richtigen Worte, um Georgs Verhalten zu entschuldigen – und sein Image zu retten.

Der ICE hält kurz, um eine Regionalbahn aus Richtung Berlin vorbei zu lassen. Stillstand. Wie zwischen Dirk und mir. Meine Gedanken wechseln die Spur zu meinem neuen Problem-Mann.

Ich glaube, Dirk ist irritiert. Schreibt mir fast täglich Mails. Ich beantworte höchstens jede zweite. Und ziehe nachts auch manchmal das Telefonkabel aus der Dose. Ich habe ihm im Moment nicht so viel zu sagen. Außer, dass ich wütend bin. Aber das würde er nicht verstehen. Ich könnte ihm auch gar nicht erklären, was genau mich stört. Nur, dass er mich nicht richtig liebt. Aber wie sagt man das jemandem, der am Ende jeder Mail schreibt: „Ich hab dich lieb." Überhaupt. Dieser Satz. Er klingt derart nach Schulhof-Liebe, nach „da kommt noch was Besseres", jemand, zu dem man dann sagt „ich liebe dich".

Ich bin 34 und sicher, dass ich von keinem meiner Männer richtig geliebt worden bin. Und ich rede mir jetzt nicht ein, dass ich mir das nur einrede.

Der Richtige war bisher immer der Falsche.

Anne

In Berlin haben wir keine Zeit mehr, ins Hotel zu fahren. Wir ziehen die Reisekoffer hinter uns her, kreuz und quer durch Halle 9. „Ist ja schließlich eine Reisemesse", scherzt ein Direktor der Kempinski-Gruppe, der unsere Koffer freundlicherweise in Verwahrung nimmt. In einer Luft, die gerade noch genug Sauerstoff-Moleküle enthält, um die lebenswichtigen Funktionen aufrechtzuerhalten, hangeln wir uns von Stand zu Stand, lassen uns virtuell durch die schönsten Hotels der Welt führen, nehmen an Pressekonferenzen teil und sammeln Unterlagen wie Fußballfans Autogramme.

Später im Hotel schnappen wir uns ein Beck's aus der Minibar, legen uns aufs Bett, massieren unsere Füße mit Pfefferminz-Fußlotion und beschließen einstimmig, die Kuba-Party sausen zu lassen. Lieber gönnen wir uns ein Hotel-Video und sehen uns „Tatsächlich Liebe“ mit Hugh Grant und Emma Thompson an. Unter Tränen nimmt sich Ellen vor, die nächste Interview-Gelegenheit mit Colin Firth zu nutzen und ihm auf Portugiesisch einen Heiratsantrag zu machen. Ich entscheide mich für den abgerockten Popstar und Hugh Grant. Und bekomme, während ich mir die Begegnungen gerade ausmale, eine SMS. Von meinem Inder. Ich übersetzte laut: *Bin gerade in Berlin gelandet und freue mich, dich morgen zu sehen. Liebste Grüße, Vikram.*

Wenn der wüsste, was innerhalb der vergangenen vier Monate alles so passiert ist mit mir und meinem significant other... Ich fühle mich gerade sehr frei – und mit diesem Gefühl machen Ellen und ich ein neues Bier auf und stoßen mit einem lauten Klong an.

Am nächsten Tag trägt mich die Vorfreude spielend durch acht Termine und gefühlte acht Messekilometer. Nachmittags kommt mir und Ellen dann beim Champagner-Empfang ein strahlender Inder entgegen, gestylt bis in die glänzenden Schuhspitzen und mit schneeweißem Lächeln. „Leckerer Typ. Zum Küssen“, raunt Ellen und stupst mich aufmunternd an.

„Halte dich bedeckt, leg jetzt bloß keine Show hin“, flüstere ich zurück, da Ellen sehr zur Überschwänglichkeit neigt, wenn sie Englisch spricht.

„Ladies“, begrüßt Vikram erst Ellen und hält dann meine Hand einen Tick zu lange fest umschlossen. Er winkt mit einer kaum wahrnehmbaren Geste den Kellner mit dem Champagner-Tablett heran. Mit dem Glas in der Hand und Ellen im Schlepptau, lasse ich mir von Vikram Fotos vom neuen Wellness-Bereich seines Hotels zeigen.

„You must visit us again“, meint er und erzählt, was sich sonst noch verändert hat. Ich lächele wie eine Sphinx. Und seine schwarzen Augen blitzen mir entgegen.

„You must come, too“, bezieht Vikram Ellen in die Einladung ein. Bevor das Gespräch auf der Smalltalkebene verkümmert, kommen neue Gäste zur Tür herein, die Vikram begrüßen muss. Mit einer kleinen Verbeugung entfernt sich der schöne Inder und taucht erst eine halbe Stunde später wieder auf.

Ellen und ich haben uns in der Zwischenzeit noch ein Glas Champagner gegönnt und sind von zwei anderen Direktoren der Hotelgruppe mit Informationen zu Hotels versorgt worden. Als wir gerade gehen wollen, ruft Vikram uns halblaut hinterher, wir sollen auf ihn warten.

„Where can I see you tonight?“, fragt er dann zum Glück deutlich leiser. Ich flüstere ihm zu, wo wir den Abend verbringen werden. Auf einer Party des Swiss Hotels. Logisch, dass Vikram den Direktor kennt – die beiden haben zusammen im Ritz Carlton in Chicago gearbeitet – und zwei Minuten später steht er auch auf der Gästeliste.

Wir haben genau sechs Minuten Zeit, um vom Taxi aufs Hotelzimmer zum Umziehen zu springen und wieder zurück ins wartende Taxi. Während der Fahrt zum Swiss Hotel plant Ellen meinen Abend: „Komm, Vikram ist echt ein guter Typ. Höflich, kultiviert, weltgewandt... und spitz wie Lumpi. Der will dich. Genieß das. Du schminkst dir jetzt noch mal die Lippen... und wenn du ihn willst ... dann kann ich woanders schlafen...“

„Jetzt hör mal auf. Wenn, dann gehe ich mit zu ihm aufs Zimmer. Aber dazu wird's, glaube ich, sowieso nicht kommen“, sage ich, hole aber brav meinen Lippenstift aus der Tasche – und denke an Peter. Vorhin rief er an, um sich mit mir zu verabreden.

„Wozu?“, habe ich gefragt. „Einfach so“, hat er gesagt und klang zum ersten Mal seit dem Rauswurf lieb, sanft und fast ein bisschen sehnsüchtig. Er schien enttäuscht, dass ich in Berlin bin. In mir regte sich still das Gefühl, am falschen Ort zu sein. Was, wenn er genau heute zu mir zurückkommen wollte? Und jetzt aus Einsamkeit zu der anderen fährt und sich von ihr verwöhnen und trösten lässt? Bei dem Gedanken werde ich wütend. Weil ich es mir zu gut vorstellen kann, dass er es sich so einfach macht. Für ihn ist alles besser als allein sein und alles besser als mal nachzudenken und ehrlich zu sich selbst zu sein.

Vor lauter negativer Energie breche ich fast den Lippenstift ab. Klar, gehe ich mit Vikram mit. Auf jeden Fall. Das wird mir gut tun. Das Blöde ist nur, dass das flaue Gefühl in meiner Magengegend Hunger ist und nicht Aufregung. In seiner Welt hatte Vikram mehr Charme. Höflich und harmlos wie heute steht ihm nicht. Mal sehen, vielleicht hat er sein offizielles Messe-Gesicht ja für den Abend abgelegt.

Hat er nicht. Vikram hat in den letzten Stunden Deutschunterricht genommen. Deutsch fürs Hotelfach: „Guten Abend, verehrte Damen. Ich freue mich sehr, Sie wieder zu sehen." Er strahlt übers ganze Gesicht und ist glücklich, dass ich ihn lobe. Sehr süß. Ellen macht die typische ITB-Handbewegung: Sie schnappt sich einen garantiert nicht alkoholfreien Drink vom Tablett, stößt mit uns an und verschwindet im Gewusel.

„You look sexy as hell", flüstert Vikram und berührt mit seinen warmen, dunklen Lippen mein Ohr. Elektrisiert rücke ich von ihm ab und spüre wie die Hitze in mein Gesicht steigt. Vikram scannt meinen Körper Zentimeter für Zentimeter ab. Und ich bin froh. Um jedes verlorene Kummer-Kilo. Amüsiert beobachtet Vikram, wie ich jedes vorbeieilende Tablett um ein bis zwei Schnittchen erleichtere. Er scheint nicht so viele Frauen zu kennen, die beherzt zugreifen. Ich erzähle ihm, dass sein Buchtipp eines meiner Lieblingsbücher geworden ist. Mit den Figuren aus „Das Gleichgewicht der Welt" von Rohinton Mistry habe ich fast einen Monat lang gelebt. Unser Gespräch über indische Schriftsteller könnte angenehm dahin plätschern, wenn nicht ständig irgendein bekanntes Gesicht entweder mich oder ihn stören würde.

Um mehr Zweisamkeit zu haben, lenkt er mich in Richtung Tanzfläche. Und ich tauche mit ihm ab in ein Meer aus Bewegung und Duft. Ich will ihn. Für einen Moment. Dann setzt die Musik aus, jemand hält eine Rede und der Zauber ist verflogen. Später sitzen wir bei einem unerotischen Eisenkraut-Tee in der Zigarren-Lounge und unterhalten uns. Viel zu ernsthaft für einen angepeilten One-night-Stand. Er erzählt mir von seiner Frau, mit der er zwei Katzen teilt. Davon, dass er viel lieber wieder in Amerika leben würde. Natürlich fragt er mich auch nach meinem „significant other". Ich muss grinsen, weil ich dieses Wort so mag und erzähle ihm dann die ganze schlimme Wahrheit von meiner „besseren Hälfte".

Er küsst meine Hand und schlägt vor, zusammen nach Hawaii zu gehen. Da könne ich auch schreiben. Wir bestellen uns einen Wodka Sour und spielen das Ganze durch. Er richtet mir einen Arbeitsplatz auf einer schattigen Terrasse mit Blick aufs Meer ein. Und verbietet mir, den durchtrainierten Surfern hinterher zu gucken. Vikram bekommt von mir eine Kuckucks-Uhr über den Schreibtisch gehängt, damit er sich den Trip in den Schwarzwald sparen kann (diese „Black Forrest"-Sehnsucht ist so typisch amerikanisch an ihm und ich bin ganz hingerissen...). Am Wochenende werden wir in heißen Lavaquellen baden, nachts nackt im Meer schwimmen und unglaublichen Sex haben.

Während wir so reden, als würde unsere gemeinsame Zukunft in wenigen Minuten beginnen, sitzen wir recht gesittet auf einem dunkelgrünen Samtsofa. Um uns herum rauchen wichtige Herren dicke Zigarren. Ich frage mich, ob sie wohl denken, dass zwischen Vikram und mir was läuft. Bestimmt. Weil Vikram das klassische „Ich strenge mich an, weil ich dich flachlegen will"-Lächeln aufsetzt und ich mir Sammy-Malchow-schulbuchmäßig durch die Haare streiche und aufmerksam an seinen Lippen hänge. Er ist fast zehn Jahre älter als ich, was mich unglaublich jung macht für den Moment. Seine natürliche Autorität imponiert mir. Nie dauert es länger als zehn Sekunden, bis ein Kellner auf ihn aufmerksam wird. Sein Humor ist leise, ironisch und irrwitzig unverschämt. Wir sind uns körperlich so nah wie es offiziell möglich ist.

Gegen vier Uhr holen wir unsere Mäntel aus der Garderobe. Vikram zieht mich hinter einen Paravent und drückt mich an seinen Körper. Er riecht zu fantastisch, als dass ich jetzt kalt bleiben könnte. Und seine Kohle-Augen sind magisch, ich kann meinen Blick nicht von ihm abwenden. Die Versuchung ist groß, in sein Hotelzimmer zu fahren. Aber mein Wunsch, ihr zu widerstehen, noch größer. Sex würde unseren Träumen jetzt ein Ende bereiten. Ein inniger Abschiedskuss macht uns dagegen auf ewig begehrenswert für den anderen. Wir verstehen uns wortlos. Was mich erstaunt. So viel Zartgefühl hätte ich ihm nicht zugetraut. Vielleicht liegt seine Zurückhaltung auch nur am Zeitproblem. Vikram muss mit der 7.30 Uhr-Maschine nach Frankfurt fliegen, in der Europa-Zentrale etwas regeln und von dort aus startet er abends nach Neu Delhi. Er bringt mich zum Taxi. Eng umschlungen stehen wir da. Er streicht über mein Haar, küsst meine Stirn, meine Wangen und haucht mir einen weichen Kuss auf den Mund. Ich muss ihm versprechen, noch in diesem Jahr nach Indien zu kommen. „Um mir Delhi zu zeigen oder das Kamasutra?", frage ich ihn. Und er antwortet mit rauer, vibrierender Stimme, dass ich Delhi doch schon gesehen hätte.

Um 4.55 Uhr lege ich mich neben die schlafende Ellen und bin ganz glücklich. Zum ersten Mal seit Wochen sehe ich nach vorn und freue mich auf das, was passiert. Mein Leben muss ohne Peter nicht zu Ende sein. Ich werde wild und gefährlich leben.

Ellen

Als ich aufwache, weiß ich erstmal nicht, wo ich bin. Bis ich beruhigt Annes Gesicht auf dem Kissen neben mir entdecke. Sie öffnet ein Auge, richtet sich langsam auf, räkelt sich kurz und erzählt sofort vom Abend in der Zigarrenlounge.

„Du kommst mit nach Indien. Da finden wir dann auch für dich einen Vikram, Raj oder wie die Jungs sonst so heißen. Das dürfte bei einer Milliarde Indern kein Problem sein."

„Super. Wann fahren wir?" Dann fallen mir siedendheiß meine Anwaltskosten ein. „Ich hoffe bloß, dass ich mir das leisten kann..."

„Wieso? Wir brauchen doch nur den Flug... Den Rest zahlen wir in Naturalien", sagt sie aufgekratzt. Und als sie meinen strafenden Blick bemerkt, schiebt sie nach: „In Kartoffeln, Tomaten, Mais..."

„Mann, bist du gut drauf", sage ich, während ich mich für den Messetag rüste, meine Turnschuhe zubinde und Anne unnötigerweise darauf hinweise, dass wir bis 18 Uhr neun Termine zu überstehen haben.

Unser Zug nach Hamburg fährt gegen 20 Uhr, die Fahrt wird lang und schweigsam, weil wir beide nichts mehr reden können nach dem Gesprächs-Marathon.

Als ich nach Hause komme, blinken auf meinem Anrufbeantworter sechs Nachrichten. Zweimal Mami („Ellen, wo bist du denn? Ich hab's schon im Büro versucht..."). Einmal Marlene („Wollt mit dir nen Wein trinken gehn und mal hören, was so los ist. Bin irgendwie genervt von der Kleinfamilie, vermisse dich..."). Zweimal aufgelegt. Und einmal Dirk („Ich weiß, du bist nicht da, aber ich wollte deine Stimme hören. Melde dich doch unbedingt, egal wie spät es ist. Ist eigentlich dein Handy kaputt?"). Ich freue mich über seine Worte und kriege sofort ein schlechtes Gewissen.

Mit meinem Handy ist natürlich alles in Ordnung. Ich habe Dirk in Berlin nur ein paar Mal wegdrücken müssen, weil es überhaupt nicht passte und war dann später einfach zu müde, ihn anzurufen. Und auch nicht in der Stimmung. Das bin ich jetzt eigentlich auch nicht. Nachdem ich in den vergangenen Tagen so viel geredet habe, wie der Durchschnittsdeutsche in einem halben Jahr, tut es gut, allein in der Stille meiner Wohnung zu sein.

Ich mixe mir eine Apfelschorle und setze mich mit dem Telefon aufs Sofa. Ich schalte den Fernseher ein. Tagesthemen gucken. Ich weiß gar nicht, was in der Welt so passiert. Nur, wo gerade neue Luxus-Hotels entstehen. Außerdem ist es egal, ob ich Dirk jetzt oder erst in einer halben Stunde anrufe. Ich werde ihn so oder so nur im Büro erreichen. Es sei denn, ich stelle mir nachts um drei den Wecker. Vor zwei Monaten wäre das keine Frage für mich gewesen. Da wäre ich nachts um vier auch in eine Telefonzelle am Hauptbahnhof gefahren, wenn all meine Kommunikations-Mittel ausgefallen wären. Heute wäre das eine willkommene Entschuldigung. Ich merke, dass mir über die Distanz langsam die Energie ausgeht. Dirk muss bald zurückkommen. Dann haben wir eine Chance.

Ich bleibe noch an einer billigen Fernsehromanze hängen und lasse mich mal wieder von Klischee-Schicksalsschlägen einfangen. Danach wähle ich Dirks Nummer. Er freut sich. Ist aber hörbar verunsichert.

„Was ist los mit dir?"

„Nichts. Bin einfach müde. Die Messe war total anstrengend. Und ich möchte auch gleich ins Bett. Ich brauche mal richtig Schlaf. Gestern Abend ist es richtig spät geworden und verhängnisvoll weinselig..."

„Mit wem warst du denn unterwegs?" Dirk fragt mit der Stimme des Misstrauens.

„Ach, wir haben jede Menge Kollegen getroffen."

„Ah. Hhm."

Ich versuche Dirks Einsilbigkeit zu brechen.

„Und was ist bei dir so los?"

„Nichts Besonderes. Ich hab viel gearbeitet und meine Zeichnungen, an denen ich saß, als du hier warst, sind total gut angekommen. Und stell dir vor, was sie mir gestern gesagt haben: Mein Vertrag wird um ein halbes Jahr verlängert."

Die Einsilbigkeit hat die Atlantikseite gewechselt. „Ah. Hhm." Und weil es gemein wäre, es nicht zu sagen, sage ich: „Das freut mich für dich."

Dirk bemerkt meine Enttäuschung. „Ellen, im Januar bin ich doch wieder bei dir. Mit diesem Job hier stehen mir viel mehr Türen offen. Du weißt doch, wie schwer es gerade ist, als Architekt Fuß zu fassen. Du kommst doch bald. Und vielleicht kann ich ja im Herbst für ein paar Tage nach Hamburg kommen."

Er gibt sich alle Mühe. Auf seine Art.

Ich merke, dass ich keine Kraft mehr habe, meinen Frust hinter fröhlichen „Alles kein Problem"-Sätzen zu verbergen. „Als du nach Chicago gegangen bist, hatten wir noch gar keine richtige Basis. Mir kommt das mit uns oft so unwirklich vor. Ich weiß gar nicht, ob du mich wirklich magst. So richtig."

„Aber natürlich tue ich das, Ellen", antwortet er wie ein braver Schuljunge.

Und natürlich will ich das so nicht hören. So nachgesprochen. Aber ich kann ihm ja schließlich nicht soufflieren: „Du bist das Beste, Größte, Schönste, was mir je in meinem Leben passiert ist. Ich liebe dich unendlich. Komm nach Chicago. Du kannst doch auch von hier aus arbeiten. Aber, wenn du willst, komm ich auch zurück" – oder was weiß ich. Jedenfalls irgendwas Großartiges. Irgendwas, das ernst gemeint ist, aber nicht ernst genommen wird. Ich würde niemals von Dirk erwarten, dass er seinen Job in Chicago hinwirft. Aber ich würde es so gern ein einziges Mal hören.

Bevor das Schweigen zwischen uns noch mehr Geld kostet, zwinge ich mich doch zu etwas Aufmunterung. „Wir müssen es einfach auf uns zukommen lassen", höre ich die Harmoniesucht aus mir sprechen. „Ich will ja, dass du glücklich bist. Und dazu gehört nun mal dein Job..."

„Du bist so süß, Ellen. Ich weiß gar nicht, womit ich dich verdient habe."

„Ach, komm..."

„Nee, ehrlich, ich weiß, dass es nicht leicht ist für dich."

Wieder die falsche Antwort. Wieso nicht leicht für mich? Und für ihn? Ihm macht das Getrenntsein gar nichts aus. Mir fällt für heute nichts mehr ein.

„Du, ich muss jetzt wirklich ins Bett."

Dirk seufzt. „Ich würde jetzt gern bei dir sein. Du fehlst mir."

Ich lege auf und weiß gar nicht, ob ich wirklich müde bin oder einfach nur – entzaubert.

Anne

Ellen und ich treffen uns morgens am überquellenden Büro-Briefkasten wieder. Wir laufen den langen Flur hinunter und rufen uns die Aufgaben zu, die wir heute erledigen müssen. „Als allererstes schreibe ich das Konzept für unser 34-seitiges Wellness-Extra. Die Ressortleiterin hat mir gestern zweimal auf die Mailbox gesprochen, als wir im Zug saßen. Sie braucht die ersten Texte nächste Woche...", sagt Ellen, während sie die Bürotür aufschließt.

Ich bin voller Tatendrang und wie immer glücklich, wie gut Ellen und ich uns ergänzen: „Dann rufe ich schon mal die Entschleunigungs-Expertin an, um mit ihr einen Interview-Termin zu verabreden", verspreche ich. Doch erst mal gehen wir zum Aquarium und schauen, was unsere Glücksfische so treiben. „Der Guppy da sieht schwanger aus."

Ellen ist entrüstet: „Das kann doch gar nicht sein, sind doch alles Männchen."

Wirklich? Unser letzter Trauerfall ist jetzt etwa zwei Wochen her. Wir sind mittags gleich in die Zoohandlung und haben uns ein neues Männchen aus dem Becken fischen lassen. Wir achten penibel darauf, dass es hier keinen unkontrollierten Nachwuchs gibt. Und nun hat uns der Fachverkäufer wohl eine schwangere Guppy-Dame angedreht...

Ellen wirft sofort ihren Computer an und googelt Guppy.
„Hat sie schon einen dunklen Trächtigkeitsfleck am Hintern?“, ruft sie mir zu.
„Kann ich gerade nicht erkennen, sie versteckt sich hinter einer Pflanze.“
„Oh Gott. Dann kann es jeden Moment losgehen, steht hier. Die ziehen sich zurück zum Gebären.“
„Das ist ja spannend...“, sage ich und verbringe noch ein paar Minuten in heller Vorfreude vor dem Becken. Als nichts passiert, greife ich zum Telefon – und lege erst nach einer Stunde wieder auf. Das Interview mit der Qi Gong-Meisterin hat mir so viel Energie gegeben, dass ich es gleich druckreif herunter schreibe und sogar noch eine CD-Kritik schaffe. Ich komme in einen Arbeitsrausch und könnte die Nacht im Büro verbringen. Ich überlege kurz, ob ich Christoph für heute Abend absage – und entscheide mich dann doch dagegen. Ich muss unbedingt mit Männern ausgehen. Das ist eine gute Übung für den Ernstfall, der ja hoffentlich irgendwann kommt. Als ich das Büro verlasse, schwimmen immer noch neun Fische durch unseren Büro-Ozean.

Vollkommen beschwingt fahre ich nach Altona und finde direkt vor dem kleinen italienischen Restaurant, das Christoph für uns ausgesucht hat, einen Parkplatz. Ich war vorher noch nie dort, fühle mich aber sofort wohl: rot-weiß karierte Tischdecken, kleine hölzerne Gondeln mit bunten Lichtern auf einem Wandregal, Gipswände mit Grottencharakter und aus den Boxen schallt schnulzige Italo-Mucke von Claudio Baglioni. Christoph sitzt schon an unserem Tisch und schickt mir ein Lächeln entgegen, das auch irgendwie italienisch ist. Er hat Rotwein bestellt und schenkt mir ein Glas ein.
„Tut mir leid, ich war im Schreibrausch“, entschuldige ich die 13 Minuten Verspätung.
Christoph winkt ab: „Wie war‘s in Berlin?“

„Anstrengend. Aber für uns ergeben sich daraus ja immer neue Themen. Und eigentlich mag ich dieses internationale Gewusel gern."

Wir reden über unsere derzeitigen Jobs und Pläne, lästern über gemeinsame Branchen-Bekannte. Dann will Christoph wissen, was sich seit unserem Telefonat in meinen Herzensangelegenheiten so getan hat.

„Tja, Berlin war auch in diesem Punkt ganz nett", verrate ich. „Es gibt da so eine Spielerei, die mir ganz gut tut. Er ist ein Hoteldirektor aus Indien."

Ich berichte von meiner Indien-Reise, dem vorsichtigen Mail-Kontakt und unserem Flirt in der Zigarren-Lounge. Während ich rede, schaut Christoph mich die ganze Zeit an, irritiert mich weder mit überflüssigem Zuprosten noch mit nach dem Kellner suchenden Seitenblicken. Eine beinah weibliche Aufmerksamkeit.

„Und hast du seit der Messe von ihm gehört?"

„Ja, er schreibt mir fast täglich."

„Na, dann fahr da im Herbst bloß hin. Das klingt nach Abenteuer."

„Ich weiß nicht. Vielleicht kommt das mit Peter und mir ja auch wieder in Ordnung. In so einer langen Beziehung gibt es eben Krisen. Und in unserem Alter gibt man doch eine gute Sache nicht so schnell auf. Für mich ist nicht mehr alles und jeder austauschbar. Mit Peter klappte der Alltag fantastisch. So jemanden zu finden ist schwierig."

Ich rede mich gekonnt um meine gute Laune.

„Ehrlich gesagt, geht es mir richtig schlecht", gestehe ich ihm. „Seitdem ich wieder in der leeren Wohnung bin. Es kommt mir manchmal so vor, als wäre das gar nicht ich, der das gerade alles passiert."

Christoph schaut mich mit ganz offenem Blick an. „Ich glaube, dass es Peter genauso geht. Zehn Jahre. Davon kann man sich nicht einfach so freimachen."

Auch wenn ich ihm diese Überzeugung abnehme, glaube ich doch, sie ist nicht das Resultat eigener Erfahrung. Meines Wissens nach kann Christoph nämlich nicht mit einer eigenen Langzeit-Studie aufwarten.

„Wie lang ging eigentlich deine längste Beziehung?"

Er kneift die Augen fest zusammen und bewegt dabei die Lippen: „Zwei Jahre und drei Monate. Die letzten Zuckungen nicht mitgezählt."

Ich denke das Thema lässt sich noch etwas fortführen. „Und wie sieht es im Moment bei dir aus?"

Christoph macht eine Kleinjungen-Schnute. „Bei mir ist gar nichts los. Seit einem halben Jahr steht das Liebeskarussell still."

Ich streichle ihm übertrieben über den Arm. „Ich denke in letzter Zeit oft, wie gut es ist, dass ich einen Job habe, der so viel Spaß macht", sage ich. „Stell dir mal vor, ich müsste jetzt auch noch irgendwo arbeiten, wo miese Stimmung wäre..."

„Ellen und du, ihr seid aber auch wirklich ein gutes Team. Sag mal, Ellen ist doch auch von ihrem Mann getrennt, oder? War sie nicht mal verheiratet?"

„Sie hofft, dass die Scheidung in diesem Jahr noch über die Bühne geht. Ihr Ex legt ihr haufenweise Steine in den Weg. Aber Ellen kommt im Großen und Ganzen gut klar damit."

Einen Rhetorik-Kurs für geschickte Fragetechniken hat Christoph offenbar nicht besucht. Er bohrt weiter. „Hat sie nicht schon einen neuen Freund?", fragt er und bemüht sich zu spät um einen beiläufigen Ton. Er spricht jetzt in sein Glas hinein, als ginge es um die neusten Wasserwerte der Elbe.

„Ja, Dirk", antworte ich ganz selbstverständlich. „Aber der lebt mittlerweile in Chicago. Die beiden sehen sich also fast nie. Es ist schwierig, eine Beziehung auf so eine Distanz zu halten."

Ich versuche, mich weiter so neutral wie möglich zu verhalten. Weil ich Christoph unbedingt in dem Glauben lassen will, ich hätte nicht den blassesten Schimmer von seinen Absichten. Außerdem würde mir Ellen den Hals umdrehen, wenn ich Christoph genauestens über ihr Liebesleben informieren würde. Obwohl ich es zu gern täte.

Ellen

Ein trüber März-Morgen ohne Frühlingsgefühle. Ich hänge schon seit einer halben Stunde über meiner Tastatur und versuche, eine Mail von Dirk zu beantworten. Von den bisherigen Ansätzen hat nur ein Satz die Löschtaste überlebt. Ich starre die Buchstaben an. Ich weiß nicht, was ich Dirk sagen will, ob ich überhaupt etwas sagen will. Als ich Annes Schritte auf dem Gang höre, drücke ich auf „später senden". Ich drehe mich auf meinem Stuhl zur Tür und beobachte, wie sie herein kommt und sich aus dem Mantel befreit. Als sie ihren Schreibtisch erreicht hat, frage ich: „Na, wie war dein Abend?"

„Richtig nett. Wir haben Rotwein getrunken und die Zeit total vergessen. Ich war erst um zwei Uhr zu Hause."

Ich taste mich vor: „Und? Hat er nun eine Freundin oder nicht?"

„Ist seit einem halben Jahr Single. Dabei ist das wirklich ein so ein gelungenes Exemplar von Mann. Übrigens hat er auch wieder nach dir gefragt..."

Ich stelle irritiert fest, dass diese Auskunft meinen Pulsschlag erhöht: „Wieso? Was wollte er denn wissen?", frage ich.

Anne schaltet ihren Rechner an, erzählt, als berichte sie von einem Zahnarzttermin: „Wie es dir geht und was du so machst. Das kannst du ihm demnächst dann auch mal persönlich erzählen. Mist, abgestürzt..." Jetzt krabbelt meine Partnerin unter ihren Schreibtisch, macht sich an den Steckern zu schaffen. Ich versuche, mir meine Ungeduld auf keinen Fall anmerken zu lassen, zwinge mich zum schweigenden Warten. Anne taucht wieder auf. „Er macht demnächst eine Fotoausstellung und hat uns zur Vernissage eingeladen", spricht ihr knapp über die Tischplatte ragender Kopf. „Und da gehst du dann mal mit. Dann kannst du ihn selber fragen."

Ich spüre, wie sich die kleine Aufregung in Unmut verwandelt. „Klar, geh ich mit. Aber weißt du, ich bin einfach so müde. Ich hab keine Lust, schon wieder einen Mann von vorne kennenzulernen..."

Anne klettert wieder auf ihren Stuhl, sieht mich an. „Wie? Von vorne?"

„Na, du weißt doch, wie das ist. Dann zeigen sie einem wieder, wo sie zur Schule gegangen sind, was sie als Kind am liebsten gegessen haben, in welcher Disko sie als Teenie durchgefeiert haben... Das ganze Murmeltier-Programm eben. Nur, dass ich nicht Andie MacDowell bin und die Typen meistens nicht so witzig sind wie Bill Murray und das Ganze nicht in diesem unaussprechlichen Punxsutawney spielt... Und ich nie die Chance habe, den Fehler vom Vortag wieder gut zu machen. Und es deshalb nie perfekt werden kann..."

„I Got You Babe", singt Anne den täglichen Weck-Song aus dem Film. „Ich verstehe dich, Ellen! Irgendwann frage ich dich, ob du meine Frau werden willst..."

Anne versucht einen Neustart und starrt in ihren wiederbelebten Monitor. „Wie nett!"

Ich sehe durchs Regal zu ihr rüber und rätsele: „Der Inder? Peter? Andreas? Christoph?"

„Nein, eine Frau. Die nette Qi Gong-Meisterin bedankt sich für unser schönes Telefonat und lädt mich spontan mit Begleitperson nach Mallorca zu einem dreitägigen Kurs ein. In zwei Wochen. Ich glaube, das mach ich. Passt auch ganz gut. Ist übers Wochenende, kostet also kaum Bürozeit."

„Und wen nimmst du mit?"

„Christoph", sagt Anne sofort.

Ich halte einen Moment die Luft an, warte auf die Berichtigung der Aussage. Ich schaue auf Annes regloses Gesicht. Ich warte. Anne zuckt nicht mal. Ich warte.

Dann wage ich eine leise Reaktion: „Echt?“

„Warum nicht?“, sagt sie, ohne mich anzusehen. „Quatsch. Du kommst natürlich mit.“

„In zwei Wochen? Da hat doch mein Vater seinen 65. Geburtstag.“

„Schade, dann frage ich Katrin.“

„Sie freut sich bestimmt“, sage ich, obwohl ich ein bisschen neidisch bin, nicht dabei sein zu können.

Anne

Samstag. Ich wache mal wieder mit Gedanken an Peter im Doppelbett auf. Das Kopfkissen bleibt trocken. Meine Versuche, die Tränen herunter zu schlucken, gelingen immer besser. Aber im Bad, als ich in den Spiegel schaue, kullern sie. Wie bei der Puppe, die ich mit fünf hatte: Kullertrinchen. Ganze Nachmittage habe ich damit verbracht, sie mit Wasser zu füllen und Tränen fließen zu lassen. Ein großer Spaß. Ich muss grinsen. Weil ich mich daran erinnere, dass ich meine Puppe zwar oft getröstet habe, sich mein Verständnis aber in Grenzen hielt. Ihre unendliche Weinerlichkeit machte sie ziemlich schnell uninteressant.

Ich will keine Kullertrine sein. Sondern so ein cooler Checker wie mit sechs. Da konnten mir miese Typen wie Peter gar nichts. Weil es Wichtigeres gab. Ich musste Hochzeiten von Barbie und Ken organisieren, Blätter in Pfützenwasser kochen und als Suppe servieren, heimlich in den Garten des Nachbarn schleichen, seine Erbsen am Strauch aus der Schote pulen, geduckt essen und die leeren Schoten baumeln lassen. Wild und gefährlich leben eben. Schluss mit der Heulerei.

Ich ziehe mir einen roten Pulli an – und rufe Andreas an. Er ist ein perfekter Verbündeter für mein neues Leben. Er soll mit mir abends in dunkle Spelunken gehen, auf laute Konzerte und Partys und tagsüber auch mal gesunde Fahrradtouren mit mir machen.

Eine Stunde später treffen wir uns in einem Café, das genau zwischen unseren Wohnungen liegt. Die Sonne scheint durchs Fenster auf den Tisch und mir wird ganz warm. Nach einem anständigen Kaffee bestellen wir übertriebenen Champagner – und stoßen auf uns und die rosige Zukunft an. Angenehm beschwipst landen wir später in einem edlen Klamottenladen. Ich probiere ein besonders teures Kleid an, gefährlich tief ausgeschnitten. „Zu tief", findet Andreas.

Die Verkäuferin bringt mir ein anderes, mit den Worten: „Ihrem Mann war das erste ja zu gewagt. Probieren Sie dieses mal an."

„Mein Mann ist mir abhanden gekommen", hätte ich beinahe gesagt und nehme das Kleid, das ich mir auch noch mit 50 kaufen kann, schweigend entgegen.

Trotzdem verlasse ich den Shop gut gelaunt mit einer Tüte, in der zwei sündhaft teure Blusen in Seidenpapier eingewickelt auf schöne Tage warten. Beide eine Nummer kleiner, beide ziemlich sexy, wie Andreas findet, und beide für stolze 428 Euro.

Im Männershop nebenan wird Andreas fündig. Mit unserer Beute schlendern wir entspannt noch eine Weile durch die Straßen. Später wollen wir bei Andreas zu Hause die Bundesliga im Radio hören und dann zusammen Nudeln kochen.

An der Ecke, ein paar Häuser von seiner Wohnung entfernt, kommen wir an dem Restaurant vorbei, in das ich traditionsgemäß mit Ellen einkehre, wenn wir mal zusammen shoppen gehen. Nur einmal, kurz vor unserem Katastrophentag, war ich mit Piet dort, um mit ihm spontan den Feierabend zu genießen.

„Hier müssen wir öfter mal hin", meinte er, als wir Arm in Arm nach Hause gingen. Ihm war es offensichtlich ernst damit. Nur, dass das „Wir" nun eine andere Zusammensetzung hat.

Andreas und ich überlegen gerade, ob wir alles zum Kochen eingekauft haben, als ich gegen die Sonne Peters Schattenriss erkenne. Er sitzt draußen, direkt am Bürgersteig. Nicht allein. Ich vergesse das Atmen – mein Begleiter spürt meine Anspannung sofort, sagt aber zum Glück kein Wort. Erst als wir sicher um die Ecke gebogen sind, fragt Andreas, der Peter nicht wiedererkannt hat: „War er das?"

Ich nicke stumm. Und höre mich tonlos sagen: „Und neben ihm die Tussi."

Am Montagmorgen erzähle ich Ellen von der Begegnung der dritten Art, ohne dabei eine Träne zu vergießen. „Peter weiß doch, dass ich samstags fast immer dort vorbeikomme. Soviel Anstand sollte er doch gerade noch aufbringen können, sich mit der nicht in meinem Viertel zu treffen."

„Hat er dich eigentlich auch gesehen?"

„Na klar. Er hat mich am Sonntagabend deswegen angerufen. Vorher konnte er ja nicht. Er war ja beschäftigt... und weißt du, was er mir weismachen wollte? Dass er nichts ahnend dort saß und die Else ihn durch Zufall getroffen hat..."

„Hamburg ist echt groß genug. Soll er doch mit der am Stadtrand Kaffee trinken", schürt Ellen meine Wut.

„Oder in ihrem Ghetto. Vielleicht richten dann ja Street Gangs das aus, wozu ich nur gedanklich in der Lage bin..."

Ellen bleibt ernst: „Wie sieht diese Frau eigentlich aus? Hast du sie sehen können?"

„Nur flüchtig. Hat eine schlimme Haar-Coloration... so gelb. Wie ein Kornfeld im September. Und ihre Klamotten sahen so bemüht trendy aus, weißt du..."

„So aus dem Ei gepellter Street-Style?"

„Ja, wie aus dem Katalog geschnippelt und aufgeklebt."

Ich reibe mir die müden Augen und hole einen kleinen Handspiegel aus der Tasche, um die Wimper zu suchen, die mir unters Lid gerutscht ist und meine Bindehaut reizt: „Prima. Jetzt seh ich doch wieder aus, als hätte ich den ganzen Morgen geflennt."

Ausschnittweise betrachte ich den Rest meines Gesichts: „Sag mal, Ellen. Taugen diese Hautverbesserungspillen eigentlich was?"

„Die Frage ist eigentlich schon die Antwort", gibt sie sich philosophisch. „Ich nehm die Dinger jetzt seit einem halben Jahr. Ziemlich regelmäßig. Und niemand hat etwas gemerkt..."

„Und warum schluckst du sie dann immer noch, als hinge dein Leben davon ab?"

„Weil ich in dieser Zeit keine einzige Erkältung hatte. Irgendwas Gutes muss also drin sein."

Ellen

Es wird immer spannender, morgens ins Büro zu kommen. Der Bauch der Guppy-Dame wird von Tag zu Tag dicker.

„Hoffentlich kriege ich das noch mit", sagt Anne, die morgen nach Mallorca fliegt. Sie steht beschwörend vor dem blubbernden Glaskasten: „Mädel, jetzt oder in vier Tagen."

Und die Fischfrau tut ihr den Gefallen. Zwei Stunden später gleiten die fertigen kleinen Fische aus ihr heraus. Schütteln sich kurz und verschwinden dann in der Pflanzenwelt. Wir sind ganz gerührt davon, was sich da in unserem Aquarium tut.

„Wie viele sind es denn?", will Anne wissen.

„Ich glaube, es sind 18", sage ich und rechne nach: 18+9=27, die Quersumme davon ist 9. Damit wäre also unsere Feng-Shui-Zahl nicht in Gefahr.

„Nee, die müssen weg. Und das Weibchen auch. Was meinst du, was hier sonst in vier Wochen los ist. Wir bringen die Großfamilie nachher gleich in die Zoohandlung zurück. War ja der Fehler von dem Fischverkäufer."

Das Telefon unterbricht die kleine Geburtstagsfeier. Anne flötet in den Hörer und ich weiß sofort, wer am anderen Ende ihre Laune hebt. Christoph. Er will bestimmt wissen, ob wir zu seiner Ausstellung kommen.

„Ich kann leider nicht, weil ich morgen früh mit der 6.15 Uhr-Maschine zur Entschleunigung fliege. Diese Frau, von der ich dir erzählt habe, hat mich übers Wochenende eingeladen." Dann blitzt sie mich mit so einem kleinen Lächeln an. „Aber Ellen kommt."

Ich überrede Marlene, mich zu begleiten, und wir finden sofort einen Parkplatz. Aus dem Architektenbüro, das Christophs Fotos ausstellt, dringt Musik. Schwungvoll fallen wir zur Tür herein. Einer von diesen Berufsjugendlichen Marke Musikjournalist, steht, schon leicht angetrunken, im Eingangsbereich und begrüßt mich, als ob nur ich seinem Leben einen Sinn geben könnte.

„Bleib bitte genau hier stehen, rühr dich nicht vom Fleck. Ich hol dir ein Bier", spricht's und verschwindet auf Nimmerwiedersehen im Getümmel.

Marlene und ich lassen uns wie Bojen in den Raum treiben. Dabei schauen wir uns die groß aufgezogenen Schwarz-Weiß-Bilder an. Karge Landschaften mit dramatischen Himmelsmustern, die Christoph größtenteils auf Reisen durch Amerika und Asien geschossen hat. Plötzlich spüre ich eine sehr warme Präsenz hinter mir, drehe mich um und stehe direkt vor Christoph, der Marlene und mir zwei Bier entgegen streckt.

„Finde ich toll, dass ihr gekommen seid."

Und ich finde es toll, dass Marlene bei mir ist. Sie lobt die Fotos und plaudert unbefangen von einer Thailand-Reise. Ich bin wie gelähmt von der Scheu, die mich immer dann befällt, wenn ich weiß, dass jemand Erwartungen an mich hat. Dann sehe ich es förmlich vor mir, wie jedes meiner Worte auf der Goldwaage bemessen wird – und werde unlocker.

Als Christophs Assistent um ein Erinnerungsfoto mit uns dreien bittet, gehen wir automatisch in Pose. Christoph in die Mitte, Marlene und ich hängen rechts und links an seinen Schultern. Er duftet sehr männlich, nach Sandelholz, und ich könnte ewig so neben ihm stehen. Aber jemand zieht ihn zu einer Gruppe schwarz gekleideter Menschen und ich beobachte ihn aus der

Distanz. Gar nicht mal schlecht. Eigentlich sogar richtig gut. Das findet Marlene auch.

Anne

In Palma rollen unsere Koffer als erste aufs Band. Unser Glück hält an: Die Sonne scheint, bei der Wagenvermietung steht niemand vor uns in der Schlange und eine halbe Stunde sind wir auf der M 15 unterwegs in Richtung Manacor. Nach dreimaligem falschen Abbiegen lenke ich den silbernen Polo gegen Mittag auf den Parkplatz der versteckten Finca. Wir steigen aus und ich bin sofort entspannt. Es duftet nach Pinien, von den Wiesen der Umgebung klingeln Schafe und Ziegen mit ihren Glocken, auf einem Liegestuhl räkelt sich eine grau gestreifte Katze.

Wir laufen auf Terrakotta-Fliesen durch das stille Häuschen und finden in unserem Zimmer einen schlichten Holzschrank und eine riesige Flügeltür zu einem winzigen Balkon. Ich trete in die warme Luft, hebe den Kopf Richtung Sonne und atme eine salzige Windböe ein. Wieder im Zimmer bin ich fast blind und sehe nur Katrins Umriss auf dem breiten Bett mit den typischen weißen, um die Matratze geschlungenen Laken. „Guck mal, eine Willkommenskarte“, sagt sie und liest vor: „Qi Gong kombiniert muskelaufbauende und beweglichkeitsfördernde Übungen mit Atemtechniken und Massagen, die zu Stressabbau, Tiefenentspannung und stabiler Gesundheit führen sollen.“ Ich fühle mich, als hätte die Übung schon begonnen.

„Wir treffen uns erst um 17 Uhr am Pool“, sagt Katrin dann, „lass uns noch mal ins nächste Dorf fahren. Ich glaube, hier kriegen wir nichts zu essen und ich habe einen wahnsinnigen Kohldampf.“ Den haben wir beide vier Stunden später immer noch. Weil unser Polo keinen Mucks mehr macht. Nach langem Herumtelefonieren ordern wir dann über den deutschen Autovermieter einen Abschleppwagen – der nie kommt.

Am Pool stürzen wir uns auf die Tapas, die der Wirt dort für uns serviert und finden auch alles andere nett, was da auf uns wartet. Unseren weiblichen Guru Susanne, blond, zierlich und kein bisschen esoterisch entrückt, verkündet quirlig, dass wir uns hier zwar alle duzen, aber unsere Schuhe anbehalten können. Wir sollen uns kurz vorstellen. Esther und Petra aus Zürich sind in unserem Alter – und scheinbar auch sonst auf unserer Wellenlänge. Das Ehepaar aus Köln wiederholt den Anfängerkurs, Nils aus Kiel ist Arzt und tut das hier nur für seine Patienten, seine Frau braucht ganz dringend gaaanz viel Entspannung – als letzter präsentiert sich Heiner aus Essen, Leiter einer 300-Mann-Firma.

Heiner erfüllt das Klischee eines stolzen Selfmade-Mannes. An jedem Kleidungsstück des 53-Jährigen prangt sichtbar das Label, gern Prada. Beim Abendessen erfahren wir innerhalb der ersten zehn Minuten von seiner Mitgliedschaft im Golf- und Kaviarclub, von seinem teuersten Hobby namens Gaby, von seinem 320 SL/Kompressor, den er bald gegen den neuesten 7-er eintauschen wird... Katrin und ich fühlen uns bestens unterhalten und sinken gegen 22 Uhr in tiefsten Schlummer. Bei Sonnenaufgang wird es unter der großen Pinie losgehen. Da beginnt dann die Entspannung für Anfänger: Acht Alltagsübungen heißen die Figuren aus dem Qi Gong, die unser Leben lässiger machen sollen.

Um 6.20 Uhr meldet sich unser Wecker. Während Katrin kurz den Kopf hebt und mit einem gestöhnten „Ähhh" wieder aufs Kissen sinkt, lasse ich frische Meeresluft ins Zimmer, ziehe mir meine Sportklamotten an und rede sie wach. Zehn Minuten später stehen wir gen Osten gerichtet unter der Pinie und schauen in die Dämmerung. Mit angenehm leiser Stimme erzählt uns Susanne, worauf es bei den Übungen ankommt: „Lasst euren Atem im Rhythmus der Bewegungen fließen. Stellt euch vor, dass alles Verbrauchte euren Körper verlässt und die Energie des Morgens euch mit frischer Kraft versorgt."

Susanne zeigt uns die erste Übung. Eine, die unter westlichen Gesichtspunkten als Streck- und Dehnübung für den Oberkörper durchgehen würde. Die Finca liegt noch in morgendlichem Schlummer. Nur ein paar Vögel rascheln in den Bäumen und Büschen. Und hin und wieder knackt ein Gelenk neben oder vor mir. Zuerst sind unsere Bewegungen eckig und unentspannt. Aber nach etlichen Wiederholungen wird die Sache langsam rund. Ich spüre, wie sich mein Körper erwärmt. Und als gegen sieben die Sonne am Horizont in einem dunklen Goldton erscheint, dann langsam zu einem roten Ball aufsteigt, baden wir im schönsten Licht. Ich schließe die Augen, bewege mich ganz intuitiv und bin so glücklich und dankbar, diesen Moment zu erleben. Gegen Mittag haben wir die ersten vier Übungen mehr oder weniger gut drauf.

Heiner ist mit sich zufrieden und holt uns mit seiner kernigen Ruhrpott-Philosophie auf den Boden zurück. Dass wir hier nicht erwarten sollten, dass diese Entschleunigung einfach so über Nacht käme, meint er. Aber er sei trotzdem schon „richtig top drauf". Ich auch. Katrin verdreht zwar nach jeder von Heiners Ausführungen die Augen gen Himmel und geht auf Abstand. Aber ich mag es, wenn nicht alle gleich sind. Nach dem Mittagessen zerstreut sich unsere bunte Gruppe. Einige fahren an den Strand, andere wollen im Straßencafé herumhängen, die Schweizer Mädels gehen auf Shopping-Tour, Katrin und ich an den Pool.

Am späten Nachmittag sieht uns die Pinie wieder. Die Figuren eins bis vier sind schon verinnerlicht – und versetzen die Gruppe in Euphorie. Zum Schluss turnt Susanne uns Nummer fünf bis acht vor, die ab morgen zu unseren Leben gehören werden. Denn es steht außer Frage, dass wir alle zu Hause bis ans Ende unserer Tage kurz vor Sonnenaufgang aufstehen, den Osten aufsuchen und acht Mal die acht Alltagsübungen durchturnen werden.

Am letzten Abend fahren wir fünf Frauen mit Susanne in Esthers und Petras Mietwagen nach Palma. Wir essen in einer Tapas-Bar, schlendern durch die Gassen und stehen irgendwann vor einer Bar, die uns mit schönen rot-orangen Lichtern in ihr Inneres lockt. Wir bestellen farblich abgestimmte Drinks und stellen zufrieden fest, dass wir die einzigen Ausländer sind. Um uns herum wird nur spanisch gesprochen und deshalb unterhalten wir uns schon bald wie zu Hause auf dem Sofa.

Wir stellen uns noch mal persönlicher vor und enden mit einer beunruhigenden Bestandsaufnahme: Fünf Frauen zwischen 32 und 39, drei davon geschieden, eine frisch Getrennte, ein Langzeit-Single. Eine mit zwei Kindern, der Rest mutterseelenallein. Und alle fünf haben an die ewige Liebe geglaubt und wollen nicht glauben, dass neben einigen anderen auch diese Illusion geplatzt ist. Und deshalb hört die Suche auch nie auf.

„Wird es immer so weitergehen? Können wir niemals zur Ruhe kommen?“, fragt Esther, die mit Blick auf den schönsten Spanier im Raum sitzt.

„Wie soll das bloß im Alter werden? Da müssen die Männer ja deutlich jünger werden“, überlegt Petra.

„Darüber habe ich schon lang und breit mit Katrin gesprochen“, verrate ich. „Sollten wir je verheiratet sein, sterben Männer ja meist früher. Dann suchen wir uns ein schönes Haus am Meer und bestellen uns nette Zivildienstleistende, die unsere Rollatoren ölen und uns bekochen.“

„Gute Idee“, sagt Susanne und muss lachen. „Die müssen uns dann auch waschen. Und besonders gründlich untenrum, bitte.“

„Das brauchen wir nicht“, meint Katrin. „Eine Freundin von mir meint, gegen ihren Delfin-Dildo ist jeder Mann eine Riesen-Enttäuschung.“

„Flipper ist eben der beste Freund des Menschen“, resümiert Susanne. Und wir winken lachend den Kellner für eine zweite Cocktail-Runde heran.

Bestens gelaunt treten wir danach zurück in die laue Nacht und singen: „Flipper, Flipper, Flipper, gleich wird er kommen. Jeder kennt ihn, den klugen Delfin...“

Leider springt unser kleiner Silber-Polo am Montag sofort an. Wir hatten schon mit dem Gedanken gespielt, einfach zu bleiben. Und gleich den Fortgeschrittenen-Kurs zu buchen, der im Anschluss läuft. Die Alltagsübungen haben uns dem Alltag entfernt. Ich fühle zum ersten Mal, was andere mir in den vergangenen Monaten immer wieder erzählt haben. Es wird besser und irgendwann kommt ein Moment, der sich vollkommen glücklich anfühlt. Auch ohne Mann.

Ellen

Dirk. Das ist mein erster Gedanke, als am Samstag um Punkt elf mein Telefon klingelt. Ich befinde mich gerade in der Nachfrühstücksphase, mit aufgeschlagener Zeitung im Bett, Milchkaffee trinkend und weiß, dass ich eigentlich nur mit Marlene telefonieren muss, um für morgen Abend einen Treffpunkt zu verabreden. Ich melde mich mit Dirks fröhlich-übertriebenem „Hellow?"

„Hallo. Hier ist Christoph Kamphus. Ich wollte Ellen sprechen."

„Äh, hallo. Ich bin dran", sage ich peinlich berührt.

„Ach so. Ich dachte erst, ich hätte mich verwählt. Ich habe deine Stimme nicht erkannt...", erklärt er den kleinen Irrtum.

„Wir haben ja auch noch nie telefoniert. Und Stimmen klingen über den Hörer ja immer anders..."

„Ich wollte auch nur mal schnell sagen, dass ich gar nicht gesehen habe, wann ihr gegangen seid. Deshalb konnte ich euch nicht verabschieden..."

„Macht nichts. Marlene und ich haben uns gegen 23 Uhr auf den Weg gemacht. Es war ein wirklich schöner Abend."

„Es ging noch bis um vier", berichtet der Anrufer. Wir plaudern noch ein wenig über seine Fotos und dann wünscht Christoph mir brav ein schönes Wochenende und legt auf.

Irgendwie merkwürdig, denke ich mir danach. Ruft an, um sich dafür zu entschuldigen, dass ich ohne Verabschiedung gegangen bin. Witziger Typ. Und extrem höflich. Meine Mutter wäre begeistert. Und ich? Auf jeden Fall hält mich sein Anruf das Wochenende über gedanklich so gefangen, dass später sogar mein

Vater bei seiner Geburtstagsfeier merkt, dass etwas mit mir nicht stimmt. Und dann noch eine Merkwürdigkeit: Erst Sonntag fällt mir auf, dass sich Dirk gar nicht gemeldet hat. Marlene, mit der ich den Abend in der Sauna verbringe, hält Annes Theorie bezüglich Christoph für mehr als wahrscheinlich: „So benimmt sich nur einer, der tierisch verknallt ist."

„Dann muss er sich in meine Aura verliebt haben oder so", entgegne ich. „Wir haben insgesamt höchstens zehn Sätze miteinander geredet."

Marlene grinst. „Dann waren das wohl genau die Richtigen."

Anne

Mein Mallorca-Gefühl verabschiedet sich im frisch-kühlen Hamburg sehr schnell. Zuversicht, Gelassenheit, Stärke – einfach weg. Ich bin gerade erst drei Tage wieder zu Hause und fühle mich schlapp und erkältet. Und jetzt das Treffen mit Peter. Er rief mich an und bat, mich sehen zu können. Seine Stimme klang nach „ich muss dir was sagen, was dir nicht gefallen wird." Heute macht er endgültig Schluss. Da bin ich mir sicher. Während ich auf Mallorca war, wollte er sich – allein, wie er mir versicherte – , in Mecklenburg in einem kleinen Hotel einmieten und sich ein paar Gedanken zur Lage von Overmaas/Rheingold machen.

Ich habe nicht mal Lust, mir Gedanken über mein Outfit zu machen. Also behalte ich meine rosafarbene Sweaterjacke an, tausche die Yogahose gegen Jeans, Jacke drüber und los – bevor er klingelt und ich ihn womöglich in die Wohnung lasse. Als ich die Haustür öffne, überquert er gerade die Straße und kommt auf mich zu. Komisch, kein aufgeregtes Gefühl mehr im Bauch wie in den vergangenen Wochen. Er sieht gar nicht gut aus. Grauer Mantel, graue Cargohose (von mir vor anderthalb Jahren geschenkt bekommen), noch graueres Haar (das aussieht wie ein

Akopaz Topfreiniger), unrasiert. Er baut ab, seit er sich mit dieser Frau beschäftigt.

„Hallo“, begrüße ich ihn und nehme mit unbewegten Lippen seinen obligatorischen Kuss entgegen. „Lass uns bitte doch nicht ins ‚Casa Grande‘ gehen. Lieber in irgendetwas Nahes. Mir ist nicht so gut. Ich sollte eigentlich im Bett liegen.“

Er nickt. „Dann schlage ich das ‚Buddha‘ vor, das ist am nächsten.“

„Auf keinen Fall“, zische ich. „Das ist mein zweites Wohnzimmer. Ich bin für's ‚Fisch‘.“

Dort sind wir mit einem anderen Paar die einzigen Gäste. 18 Uhr, früh genug, um ungestört reden zu können. Der Wirt lebt seine Leidenschaft für Johnny Cash aus – und mir geht es schlagartig besser. Was für eine grandiose Idee, ausgerechnet diese CD zu spielen. Das hebt meine Laune derart, dass ich Peter – natürlich ungefragt – von meinem Mallorca-Trip erzähle.

Er mustert mich. „Was hast du denn für eine komische Jacke an?“

Ich ignoriere die Spitze, plaudere von meiner aufregenden Neuentdeckung, Qi Gong, und biete an, ihm die acht Alltagsübungen beizubringen. „Die würden dir auch gut tun.“

Piet hat mir gar nicht richtig zugehört. Er findet es wichtiger, mir als Modeberater zur Seite zur stehen und reitet weiter auf meiner Jacke herum: „Diese Farbe, die ist ja ... also dieses Rosa...“

Ich versuche, cool zu bleiben und es gelingt mir, fast: „Pass mal auf, Piet. Wenn wir jetzt hier über Stil reden wollen, schlage ich vor, dass wir bei dir anfangen. Dann sitzen wir hier noch um Mitternacht. Guck dir nur mal unauffällig deine verwaschene, schon grün schimmernde Hose an, die mal schwarz war...“

Er schaut tatsächlich am Tischtuch vorbei auf seine ausgestreckten Beine – und grinst. Das findet er witzig. Endlich mal wieder richtig beleidigt zu werden.

Ich komme gut in Fahrt: „Außerdem ist dieses Treffen doch dazu da, um mir das Ergebnis deiner einsamen Strandspaziergänge mitzuteilen, wenn ich das richtig verstanden habe. Du bist doch nicht an die Mecklenburgische Seenplatte oder Ostsee gefahren, um Vögel zu beobachten und die deftige Küche im Wandel der Zeit zu studieren, oder?"

Offensichtlich schon, denn Peter gibt den Reisejournalisten, berichtet von der hügeligen Landschaft, den moderaten Preisen und dem guten Wetter. Ich erfahre, wo er sich ein Rad gemietet hat und dass es leider zu kalt war, abends ohne Jacke am See zu sitzen. Der Kellner unterbricht Peters spannende Reportage. Wir bestellen Weißwein, ich entscheide mich für ein Wiener Schnitzel und Peter wählt nach zehnminütigem inneren Kampf Pasta mit Pute.

Und dann verliert Peter doch noch ein paar karge Worte zu seiner inneren Landschaft: „Wir hatten ja wirklich eine schöne Zeit, du und ich. War doch alles in Ordnung", sagt er.

Ich verschlucke mich fast an meinem Wein und bin mit einem Schlag hellwach. Mein plötzliches Interesse ermutigt ihn zu der leidenschaftlichen Aussage: „Ich habe mich immer wohl gefühlt mit dir. Glaubst du, dass es denn überhaupt noch etwas werden könnte mit uns?"

Ich kann nicht glauben, was ich da höre und antworte leicht verwirrt: „Äh, keine Ahnung... Ich weiß nur, dass wir nicht so tun können, als sei alles wieder in Ordnung. So nach dem Motto, du packst deine Reisetasche in der Männer-WG, legst die schmutzigen Klamotten wieder in unseren Wäschekorb und dich neben mich ins Bett. Dazu ist einfach zu viel passiert."

„Wie stellst du es dir denn vor?"

„Du suchst dir eine kleine Wohnung. Wir verabreden uns wie Menschen, die sich näher kennenlernen möchten und finden heraus, ob wir wieder ein Paar sein wollen. Das dauert sicher. Aber anders ist es für mich nicht denkbar. Ich muss das Gefühl haben, dass du dich wirklich für mich entscheidest."

Während ich das sage, kommt mir ein anderer Gedanke. So halbherzig, wie Peter hier auftritt, verfolgt die andere Hälfte seines Herzens vielleicht einen Alternativ-Plan: „Solltest du mit dem Gedanken spielen, in die Zweizimmerbude der Tussi im Osten der Stadt zu ziehen, weil ich nicht spure, dann zieh getrost in Richtung aufgehende Sonne. Aber es kann ja wohl nicht dein Ernst sein, zu einer Frau zu ziehen, die du nicht mal richtig kennst."

„Ich weiß gar nicht, was so schlimm daran sein soll, wieder zusammenzuziehen", sagt er nach einer – für ihn kurzen – Bedenkpause.

„Ach, tatsächlich? Du musst dich ganz einfach mal in meine Situation versetzen. Während du dein sexuelles Wiedererwachen gefeiert hast, war ich allein. Und es ging mir schlecht. Aber diese Zeit hat mich weiter- und nicht umgebracht. Und jetzt geht es mir schon viel besser. Weil ich gemerkt habe, dass ich mich auf mich verlassen kann. Das kann ich von dir nicht gerade behaupten. Wie soll ich dir denn wieder vertrauen nach den ganzen Lügen? Von wegen mit der Frau läuft nichts mehr."

„Von dir kommt ja kein klares Signal. Du kämpfst nicht um mich...", leitet Peter nicht nur das Ende dieses Abends ein.

Ich platze: „Bist du größenwahnsinnig geworden? ICH soll mich um DICH bemühen? Der Herr schreibt jetzt also einen Wettbewerb aus. Will die eine nicht, wie ich will, gewinnt die andere den tollen Hecht. Ist doch egal. Hauptsache nicht allein. Nein, danke."

Ich kann nicht glauben, dass Piet so schlicht denkt. Das ist mir echt zu leidenschaftslos.

Er will etwas sagen, aber ich bin längst noch nicht fertig: „Weißt du, Piet, vor zwei Monaten dachte ich, dass ich nie mehr glücklich werden kann und hätte dich sofort wieder einziehen lassen. Egal, was passiert ist. Das hat sich geändert. Ich hatte viele schöne Erlebnisse. Und habe wirklich gute Freunde, mit denen ich mich nie einsam fühle. Ich brauche dich nicht als bewegtes Objekt in der Wohnung. Ich will Leidenschaft. Und du bist so schlapp wie ein betäubter Kater..."

„Ich weiß, dass ich es ein bisschen übertrieben habe", versucht Piet dagegen zu halten.

Diese Untertreibung macht mich sprachlos – und stärker zugleich. Was soll ich eigentlich mit so einem unreflektierten Fähnlein im Wind? Da bin ich mit mir allein besser dran.

Von Tränen bin ich so weit entfernt wie lange nicht. Und auch von dem Gedanken, dass ich ohne Peter nicht leben kann. Ich muss an einen faszinierenden Gedanken aus einem Buch denken, den ich jetzt erst richtig verstehe. Josephine Hart sagt in dem Roman „Verhängnis", dass Menschen, denen etwas Schlimmes passiert ist, gefährlich seien. Sie wissen, dass sie überleben können und das macht sie unangreifbarer.

Souverän, wie ich finde, winke ich den Kellner heran und zahle die gesamte Rechnung, um mir den Anblick zu ersparen, den Peter bietet, wenn er umständlich sein Portemonnaie aus der Manteltasche hervorfummelt. „Lass stecken", sage ich, „ich lade dich ein."

Ellen

Es gibt vielleicht keinen richtigen Sommer in Hamburg, aber einen ziemlich ausgeprägten Frühling könnte man das schon langsam nennen. Die Sonne gewinnt jedenfalls an Kraft und schafft es jetzt immer öfter, einen ganzen Tag gegen penetrante Wolken-Ketten anzukommen. Das Licht bringt Anne und mir einiges an Optimismus zurück. Mit der Energie der acht Alltagsübungen, die Anne tatsächlich jeden Morgen turnt, wachst sie den großen Holztisch im Büro.

„Ich glaube, ich bin ein ganzes Stück weiter", erzählt sie der Tischplatte – und erhält Antwort von mir.

„Wie gut, dass du das sagst. Weißt du. Dein Katastrophentag liegt ja jetzt auch schon ein halbes Jahr zurück. Und Peter hat sich in der Zeit selbst disqualifiziert. Dich hängen lassen, dann diese Entscheidungsschwäche... Wenn er dich wirklich mit ganzem Herzen zurück wollte, dann hätte er aktiv werden müssen. Es ist doch gar nicht so schwer, dich zu begeistern."

Ich weiß, dass Anne sich über ein kleines Feuerwerk auf dem Balkon freuen würde. Oder über selbst gebrannte CDs mit allen Songs, die sie mit Peter verbinden. Und dass sie immer schon mal nach Rom oder nach Hawaii wollte, ist auch kein Geheimnis. Da hätte er doch schon längst mal mit ein paar Tickets vorbeikommen können! Denke ich. Leise.

„Stattdessen verlangt der, dass ich ihn bezirze", sagt Anne, als hätte sie mich gehört.

„Der hat echt ein Rad ab", rufe ich ihr zu. „Der ist ja sowas von undicht..."

„Der hat den Schuss nicht gehört", sagt Anne und prustet los.

„Die Lichter im Kopf sind an. Aber keiner ist zu Hause", steigere ich weiter.

Anne krümmt sich vor Lachen.

„Und das gilt übrigens auch für Dirk Meyer, Chicago", ergänze ich.

„Wieso? Was hat der sich wieder geleistet?", fragt meine gackernde Partnerin.

„Heute Nacht am Telefon hat er unseren Urlaub gestrichen. Es tut ihm schrecklich leid, bla, bla, bla. Aber ein wichtiges Projekt, bla, bla..."

„Gut, dass du das Ticket noch nicht gekauft hast. Immerhin sollte es ja schon in drei Wochen losgehen."

„Dafür ist Mutter Meyer seit ein paar Tagen in Chicago. Für zwei Wochen. Und du kannst dir vorstellen, wie erotisch das Telefonat war. Mit Gerda Meyer, garantiert Staub wischend, im Hintergrund..."

„Mensch, Dirk ist aber auch eine Pfeife."

„Fällt mir leider trotzdem schwer, den loszulassen. War echt hervorragendes Ausgangsmaterial..."

„Aber die Schrauben sind bei dem auch nicht festzudrehen."

„Stimmt. Und die Tassen hat er auch nicht alle im Schrank."

„Das gilt übrigens auch für Georg, Hamburg", führe ich die Liste der beinahe verarbeiteten Männer fort.

Draußen auf dem Hof geht gerade der Hausmeister vorbei. Hört unser Lachen durch die geschlossenen Fenster, bleibt stehen, blinzelt gegen die Sonne, versucht die dunklen Scheiben zu durchschauen und winkt ins falsche Fenster hinein.

Als wir uns wieder beruhigt haben, schließen wir die Augen ganz fest, wie kleine Mädchen. Und wünschen uns, dass die nächste Zeit schnell vergehen möge. So wie wir es aus gnädigen Hollywood-Filmen kennen, in denen sich Wochen, Monate oder sogar Jahre in Schönschrift auf schwarzem Grund über eine weniger schöne Szene legen und über vieles hinwegwischen.

3. Teil

Just let go

Anne

Fünf Monate später ... bin ich fünf Mal mit Peter spazieren gegangen und drei Mal essen gewesen. „Warum tust du dir das an?", fragten mich Ellen, Katrin und Marlene. Jedes Mal. „Zur Abhärtung", antwortete ich. Jedes Mal. Und es stimmte. Jedes Mal tat es ein bisschen weniger weh, den vertrauten Geruch seines Jacketts einzuatmen, seine Widersprüche zu enttarnen und gegen die Lügen zu kontern. So versicherte er mir immer wieder, dass er mit der Anderen nichts, aber auch wirklich rein gar nichts mehr zu tun habe. Und servierte mir im nächsten Satz prompt den Gegenbeweis: „Ich war gestern im Kino. Wir ... äh ... ich fand den Film echt super." Hektisch schob er dann noch seinen Jogging-

Kumpel vor – der aber leider zufällig an dem Abend ein paar Tische von mir entfernt im „Buddha" saß. Also kam doch heraus, dass er sie sieht: „Ja, schon. Aber nicht so oft wie dich." Das war jedes Mal wie ein kleiner Dolchstich. Egal wie stark ich mich vorher fühlte.

Und jetzt bin ich trotzdem wieder eingeknickt – und lasse mich auf ein weiteres Dinner ein. Wir sitzen im „Fisch", zwischen uns ein weißes Tischtuch, das bereits ordentlich mit Tomatensauce befleckt ist. Nach zwei Löffeln schiebe ich meine Crème Brulée aus alter Gewohnheit zu ihm rüber.

Dafür serviert er mir seine neueste geschmacklose Lüge – er behauptet, mit seinem Kollegen unterwegs gewesen zu sein ... rein zufällig wurde er aber von Marlene gesehen mit der „Kollegin".

„Das darf doch echt nicht wahr sein", echauffiere ich mich. „Die Tussi ist ja wie Erbsensuppe. Immer leicht aufzuwärmen. Was erzählst du der eigentlich?"

Schweigen.

„Mensch, Piet. Lern doch mal sprechen. Du kannst doch nicht dein ganzes Leben verschweigen. Du musst doch zu einer Entscheidung kommen. Und egal, ob ich dich dann noch will oder sie dich noch will..."

„Die will mich. Die hat gesagt, sie wartet auf mich. Ich kann mir alle Zeit der Welt lassen..."

Unglaublich. Ihre Unterwürfigkeit scheint ihn auch noch stolz zu machen.

„Mann", schimpfe ich ungehemmt. „Die hat ja ein Gemüt wie ein Bergesel."

„Das denke ich auch manchmal", sagt Peter, der Verräter aller Frauen. Der in diesem Moment ganz süß aussieht – und ich muss grinsen. Er lacht und freut sich, weil er glaubt, dass sein Humor diesen Augenblick der Entspannung erzeugt hat. Ich hebe mein Glas, wir stoßen an und lachen laut. Ich über seinen Irrtum und er aus Erleichterung, mal wieder davon gekommen zu sein. Beschwipst fahren wir per Rad durch die Nacht, er begleitet mich noch bis vor die Haustür, küsst mich und fragt – Märchenprinz-like – wann wir uns wieder sehen.

„Erst mal gar nicht", sage ich und verschwinde sogleich im dunklen Hausflur.

Zum Glück bleibt er in den folgenden Wochen stumm. Und ich werde ruhiger. Es gibt Tage, an denen ich abends erst feststelle, dass ich gar nicht an Peter gedacht habe. Plötzlich habe ich den Kopf wieder frei für Spielereien. Ich schreibe eine E-Mail an Max in Zürich.

Salam Aleikum,
schon ewig nichts mehr von dir gehört. Das geht aber irgendwie auch nicht.

Beim Blick in deine Zeitung konnte ich feststellen, dass du weiterhin von den Verbrechen dieser Welt berichtest. By the way: Hier hat sich Anfang des Jahres auch Schlimmes zugetragen. Der Kashmir-Konflikt wurde bei mir in der Wohnung ausgetragen. Zur Deeskalation musste der Feind das gemeinsame Territorium verlassen. Mit einer friedlichen Lösung ist nicht zu rechnen. Auf der verbrannten Erde entsteht zum Wiederfinden der Kräfte gerade ein Wellness-Tempel, in dem erfolgreich an der psychischen und physischen Rehabilitation der Veteranin gearbeitet wird.

Da ich im Moment über ein wenig mehr Zeit verfüge, könnte ich dir bei der Terroristenjagd etwas zur Hand gehen. Ich habe da einen ganz schlimmen Verdacht – hier ist alles voller Schläfer. Falls dir an der Rettung der Welt gelegen ist, könntest du mir also einen Besuch in Hamburg abstatten.
Love, peace and harmony, Anne

Ellen

Mein DSL-Draht nach Chicago verkümmert gefühlt zu einer analogen Verbindung. Meist ruft Dirk mich an – und seine Mails lasse ich manchmal auch eine Woche unbeantwortet. Er tut mir fast leid, wie er sich von seinem Chef versklaven lässt. Ein kleines Stück meines Herzens wird ihm wohl immer gehören. Er kann einfach nicht anders. Und meine Gefühle für ihn werden fast mütterlich. „Geh doch mal ein bisschen mehr an die Luft." – „Iss doch nicht immer diesen Junk." – „Pass schön auf dich auf." Und ich bin erleichtert, dass ich es zum ersten Mal hinkriege, einen Mann rechtzeitig loszulassen. Mit größter Gelassenheit habe ich auf seine Ankündigung reagiert, dass er es leider nicht schafft, wie verabredet nach Hamburg zu kommen. Sollte er irgendwann zurückkommen, werden wir gute Freunde sein, glaube ich. Oder Friends with benefits, also verlässlichen Sex haben, aber keine Beziehung. Vielleicht.

Ich bin entspannt, habe Spaß – und einen im Sinn. Zum ersten Mal hat Anne ihre Hände nicht im Spiel. Ich gehe freiwillig auf eine Filmpremieren-Feier, auf der Christoph ist. Ich bin sogar ein bisschen mit ihm verabredet. Als ich ankomme, entdecke ich ihn gleich am Buffet. Mit einer Frau. Ich begrüße erst mal ein paar bekannte Gesichter, halte ein bisschen Smalltalk und beobachte ihn mit sicherem Abstand aus den Augenwinkeln. Er unterhält sich offenbar angeregt. Das gefällt mir nicht.

Als Christoph mich sieht, löst er sich höflich, aber schnell von der hübschen Brünetten und kommt herüber. Wir bleiben den ganzen Abend zusammen, in verschiedenen Formationen. Tanzen sogar ein paar Mal. Später bringt er mich zum Auto, das 500 Meter weit entfernt steht. Er kniet vor meiner Beifahrertür nieder, streicht mit der flachen Hand über die dicke Delle. „Da müsste zumindest mal etwas Rostschutz drauf", sagt er.

„Ich weiß. Und ich ärgere mich inzwischen täglich darüber. Aber ich will es mir im Moment nicht leisten, das machen zu lassen."

Christoph nimmt das so hin, ohne mich darauf hinzuweisen, dass ein bisschen Schmirgelpapier und ein Dose Rostschutz sogar für jemanden, der sich kurz vor dem finanziellen Ruin wähnt, gerade noch erschwinglich sein dürften. Erschwinglicher als eine neue Tür, die auf jeden Fall fällig wird, wenn das hanseatische Wetter mit ihr fertig ist.

„Weißt du, ich lasse mich doch gerade scheiden. Und lebe dauernd in ängstlicher Erwartung meiner Anwaltsrechnung", versuche ich meine Sparsamkeit zu erklären. Erzähle ich jetzt schon wieder zu viel über mich? Egal.

Christoph lächelt, verabschiedet mich mit einer kleinen Umarmung und schaut meiner kleinen Schrottschüssel lange nach.

Und wieder bestätigt sich meine Theorie: Immer, wenn mir etwas Nettes passiert, tritt Georg auf den Plan und schickt mir einen Hauch von seinem miesen Karma. Drei Monate hatte ich meine Ruhe, weil er bei Freunden auf dem Land rekonvaleszierte (Rückenschmerzen, Hausstaub-Allergie, Laktose-Unverträglichkeit, „die Pumpe spielt auch bald nicht mehr mit" – und Ideenblockade).

Als ich nach Hause komme und schwungvoll die Wiedergabetaste meines alten Anrufbeantworters drücke, leiert seine Stimme in den Raum: „Hallo Ellen. Ich bin wieder da. Und habe gerade den Brief von deinem Anwalt gelesen. Ich muss da leider auf zwei Veränderungen bestehen. Na ja, du hörst in den nächsten Tagen von mir. Ich muss mich erst mal wieder einleben. Über mir sind neue Leute eingezogen und die machen so viel Krach, dass die Erholung schon wieder dahin ist. Außerdem riecht die Wohnung so muffig. Ich glaube, ich halt's keine Sekunde länger hier aus. Ich lasse dich dann wissen, wo du mich erreichen kannst."

Wo schon? Im Marriott, Steigenberger, Radisson oder Madison. Wenn er ganz besonders genervt ist vom Krach dieser Welt, darf es auch schon mal das leisetreterische Atlantic sein. Wollen wir mal hoffen, dass Udo Lindenberg keine Panik macht und Georgs Kreise nicht stört.

Anne

Im Büro frage ich ständig meine Mails ab. Wie ich es seit drei Monaten in allen möglichen Situationen und an allen Orten tue, auf dem Hamburger Flughafen, in München, im Hotel in Istanbul – pausenloses Gechecke. Max schweigt. Und ich weiß, warum. Er hat Angst, wieder Lückenbüßer für Peter zu werden. So wie vor acht Jahren, als ich nicht wirklich ihn meinte, sondern nur seinen tröstenden Körper brauchte. Ich überlege, ob ich ihm diese Angst nehme oder ihm zumute, allein damit klar zu kommen – und damit riskiere, nie mehr etwas von ihm zu hören. Ellen meint, ich müsse sein Schweigen aushalten. Könne frühestens in einem halben Jahr mal anklopfen und die Sache dann ganz langsam angehen. „Er weiß ja nicht, was du weißt", hat sie gesagt. „Deine Mails sind lustig bis geistreich. Und wenn du mal romantisch bist, nimmst du es im nächsten Satz zurück und er weiß wieder nicht, woran er ist." Sie könnte recht haben. Ich glaube nicht, dass Max und ich den Alltag zusammen hinkriegen könnten. Hin und wieder ein paar Kunststücke aus dem Kamasutra würden mir schon reichen. Dazwischen regelmäßige, verschärfte Wortwechsel, poetische Briefe und lebendige Telefongespräche. Und wir können unsere gemeinsame Zukunft auf das Alter von 50 verjüngen. Das wäre mein Wunsch. Mein Plan. Der wird nicht funktionieren. Er wird mein ewiger Traum bleiben. Max.

In den Wochen, die ich mit Warten auf die einzige bedeutsame Mail verbringe, werde ich großzügig vom Subkontinent mit Nachrichten versorgt. Meinem indischen Kontakt fehlt aber leider die Leichtigkeit zum flirt-mailen. Vikram wirft Hiobs-Botschaften aus Neu Delhi in meinen geduldigen Briefkasten: Mutter schwer krank, Ehefrau nervt, Job mega-anstrengend. Und alle enden sie mit: „Anne, come and visit me."

Irgendwann steht Peter wieder vor der Tür. Das Muster seiner Besuche ist so berechenbar wie der Untergang der Malediven. Er klingelt, steckt im selben Moment den Schlüssel ins Schloss, wundert sich, dass die Tür sich nicht wie früher aufschließen lässt (mein Schlüssel steckt seit seinem Auszug grundsätzlich quer) und klopft. Auf die Idee, es könnte mir gerade nicht passen, kommt er nicht. Er rechnet anscheinend nicht damit, mich poppend auf dem Esstisch vorzufinden. Oder splitterfasernackt mit Epiliergerät im Bad. Meine Reaktion hängt von meiner Tagesform ab. Manchmal freue ich mich, ihn zu sehen. Manchmal kriegt er sofort einen Spruch: „Bist du vom Sondereinsatzkommando der Polizei? Oder wieso dringst du unangemeldet hier ein?"

Seine verbissene Antwort folgt sofort: „Ja, wieso wohl? Das ist hier immer noch mein Zuhause, schließlich zahle ich immer noch Miete. Und darüber müssen wir demnächst dringend mal sprechen." Ja klar, Peter, sprechen. Ist ja dein Spezialgebiet. Da kann ich mich ja mal entspannt zurücklehnen... obwohl... es geht mir wahnsinnig auf die Nerven, dass er die Kontrolle über mich behält und mich seine Heimsuchungen immer wieder treffen. Ich werde nicht drum herum kommen, mir schnell eine Wohnung zu suchen, wenn ich nicht weiter in Unruhe und Ungewissheit leben will.

Da Peter ja tatsächlich immer noch die Hälfte der Miete zahlt, kann ich ihm leider den Schlüssel nicht abnehmen. Ich muss mit mehr oder weniger Humor dabei zusehen, wie er zuerst meine Toilette aufsucht, dann zur Küche vordringt, sich ein Stück von meinem teuersten Käse einverleibt. Sich mit einer geschnorrten Zigarette aufs Sofa fallen lässt und auf eine Frage von mir wartet, für die die Antwort auch schon in Stein gemeißelt steht: Erkundige ich mich nach seinem Job, sagt er: „Genug zu tun." Komme ich – weil es zur Routine gehört – auf unseren Schwebezustand zu sprechen, meint er: „Ich weiß nicht. Eigentlich war es doch immer schön mit uns. Nur zwei Sachen müssten sich ändern. Im Bett. Und wir müssten mehr zusammen machen. Und du müsstest dich auch ändern und weniger unterwegs sein."

„Das sind vier Sachen, Piet", hebe ich dann an. Wir steigen ein ins Krisen-Karussell. Und schleudern uns die ewig gleichen Sätze um die Ohren.

Oder wir schweigen und gucken zusammen fern – und irgendwann geht er. Neulich habe ich ihn aus Spaß gefragt, ob er nicht bleiben will. Bei dem Regen würde man ja schließlich nicht mal einen Hund vor die Tür schicken. Da hat er sich ganz fürchterlich erschrocken, wand sich wie ein Aal und murmelte schließlich etwas von „Unterlagen durcharbeiten, die ganze Nacht." Und ging.

Vielleicht ist er direkt zur Gelbhaarigen gefahren. Mir egal. Früher oder später wird er dann in ihrer Zweizimmer-Wohnung in Einsilbigkeit erstarren. Ich finde die Vorstellung fast lustig. Wie sie sich in nicht allzu langer Zeit abmühen wird, ein brauchbares Wort aus ihm herauszupressen.

Was mich allerdings richtig nervt, ist, dass die erntet, was ich in zehn mühevollen Jahren angelegt habe. Ich habe Piet domestiziert. Heute sitzt der Stehpinkler artig auf der Brille. Er entfernt seine Haare nach dem Duschen. Er deckt den Tisch mit Servietten (und benutzt sie sogar), er leckt Messer nicht mehr ab, kann (fast) geräuschlos Suppe essen, legt Wert auf frischen Parmesan (den er vor mir nur aus der Miracoli-Tüte kannte), wirft seine Strümpfe in den Wäschekorb, hat (meinen) Geschmack entwickelt und nervt nicht mehr mit eigenen Gestaltungsideen. Das ist nicht alles, aber viel. Und dank der guten Vorarbeit kann die Neue sich aufs Feintuning stürzen.

Nein. Das gönne ich ihr nicht. Und allein deshalb will ich ihn zurück. Ich habe keine Lust bei einem anderen Typen wieder bei Null anzufangen. Obwohl: In der für mich relevanten Altersgruppe sind die Kerle ja auch schon durch die verschiedensten Schmieden gegangen. Und ich weiß, Trotz und Missgunst sind nicht die richtigen Motive. Ich muss mir ernsthaft überlegen, ob ich ihn noch liebe. Oder ob es rein sportliche Gründe sind, die mir das Schlusswort verbieten.

Ellen

Im Spätherbst bekommt Dirk wohl doch noch Urlaub. Acht Tage will er nehmen, seinen gesamten amerikanischen Jahresurlaub. Er ist ganz aufgeregt. Ich beruhige ihn: „Du, keine Angst. Da kommt bestimmt noch ein Projekt dazwischen. Mach dir bloß noch keine Gedanken, was du mit so viel freier Zeit anfangen wirst.“ Meine Unbetrübtheit irritiert ihn. Er findet mich so cool in den letzten Wochen. Und das bin ich auch. Inzwischen bedeutet die Vorstellung, ihn länger nicht zu sehen, längst nicht mehr unzählige graue Stunden des Wartens. Er steht nicht mehr im Vordergrund meiner Tage und Nächte.

Christoph schleicht sich dagegen immer öfter in meine Gedanken. Hin und wieder telefonieren wir. Er ist weiterhin äußerst diskret. Wir sprechen nur sehr allgemein über das Thema „Beziehung“. Sobald es zu persönlich wird, lenkt er das Gespräch sofort um. Ich glaube, er wartet auf ein Zeichen von mir. Aber das kann ich ihm im Moment nicht geben. Deshalb lasse ich ihn weiter in dem Glauben, dass er an der Verbindung von mir und Dirk nicht rütteln kann. Er weiß nicht, dass er das bereits tut. Und das verschafft mir genügend Luft, um meine Gefühle ein bisschen klar zu kriegen.

Als ich spät abends mit einer großen Dose Rostschutz nach Hause komme, habe ich keine Ahnung, dass irgendetwas heute noch an meinem Lack kratzen würde. Es ist einer von den Tagen, die man mit einem Wein auf dem Sofa ausklingen lässt. Anne und ich hatten Stress mit einem deutschen Musiker. Er hatte sich über Nacht selbst an die mechanische Reiseschreibmaschine gesetzt und unseren Artikel, den wir ihm aus purer Freundlichkeit zum Gegenlesen geschickt hatten, „verbessert“. Das Ergebnis stank wie Eigenlob gepaart mit einer übergroßen Liebe zu klebrigen Floskeln. Wir versuchten, ihn im Guten zu überzeugen und dann ging es den ganzen Tag hin und her – zwischen Management und Plattenfirma, Plattenfirma und uns, Management und uns und wieder zurück. Und die wichtigen Dinge blieben liegen.

Und als ich gerade mit dem wohlverdienten Wein auf meiner Liege fläze, klingelt das Telefon. Dirk. Warum ich mich nicht melde, warum ich so distanziert sei, fragt er. Warum unseren Gesprächen die Offenheit fehlt, frage ich. Ein Wort ergibt das andere und nun habe ich meine letzte Nacht mit ihm verbracht. Und mir dabei die Telefonschnur derart stramm um die Finger gewickelt, dass sie sich nach unserem dreistündigen Gespräch ganz taub anfühlen. Er würde, das habe ich endlich aus ihm heraus gekriegt, am liebsten für immer in Chicago bleiben. Aus beruflichen Gründen, das ist klar. Ich habe ihm ganz ruhig alles Gute gewünscht. Für Vollblut-Architekten ist die Stadt nun mal ein Standort, der schwer zu toppen ist. Das verstehe ich. Er und ich lieben uns einfach nicht so, wie es sich für die Liebe gehört. Ich würde ja auch nicht im Traum daran denken, meinen Job an die zweite Stelle zu rücken, um mit ihm zusammen zu sein. Dirk ist erleichtert, und sein besorgter Büßerton geht sofort in einen kumpelhaften über. Wir beschließen in Kontakt zu bleiben – Sex nicht ausgeschlossen. Denn er findet, ich bin eine Granate im Bett (wie beruhigend).

Ich bin wieder – frei. Der Gedanke bringt mich durcheinander. Und kostet mich ein paar Tränen. Aber im Grunde war diese Aussprache überfällig. Ich habe die Sache nur noch nicht ganz aufgeben wollen. Weil es einfach nicht schön ist, mir einzugestehen, dass es nicht das war, für das ich es hielt. Und weil es mir immer ein bisschen weh tut, mich von einem Gefühl zu verabschieden, so klein es auch ist. Vielleicht gerade dann, wenn ich so langsam spüre, dass es nicht wächst, sondern verkümmert. Aber lieber schon nach ein paar Monaten, als nach Jahrzehnten. Es fühlt sich nur so vernünftig an, dieses Einsehen. Aber weil ich weiß, dass nicht wirklich Dirk der Grund für dieses Unwohlsein ist, sollte ich unserer Liaison nicht nachtrauern. Und mich nicht mit Warum-Fragen quälen. Warum passt jemand nicht zu mir? Das ist ohnehin nicht zu beantworten. Und eigentlich weiß ich ja genau, dass das ohnmächtige Gefühl gerade eine andere Ursache hat. Dass es in mir diese Angst gibt, die Anne jetzt auch kennt. Ich habe eben keine Lust, irgendwann als schräge Schrapnelle zu enden, deren einziger Gesprächspartner ein Zwergpinscher ist.

Nächste Woche bin ich sogar doppelt frei. Auf meinem Küchentisch liegt ein offizieller Brief vom Familiengericht. Nachdem der erste Termin auf Antrag der beklagten Partei (Georg) aufgehoben werden musste, gibt es jetzt einen neuen Scheidungs-Termin. Den letzten Satz des Schreibens muss ich dreimal lesen, um ihn zu kapieren: „Zu diesem Termin werden Sie hiermit unter ausdrücklichem Hinweis auf die in Ihrer letzten Ladung angegebenen Folgen im Falle Ihres Nichterscheinens geladen."

Georg kriegt also richtig Ärger, wenn er da nicht auftaucht.

Anne

Draußen geht die Temperatur in den einstelligen Bereich und Peter wartet immer noch. Wahrscheinlich darauf, dass die Entscheidung mit dem ersten Schnee vom Himmel fällt. Er gibt weiterhin sein berühmtes „ich weiß nicht" zum Besten. Und ich weiß, dass er ein doppeltes Spiel spielt. Immer, wenn er sich ein paar Tage nicht meldet, hat das Gelbhaar ihn gerade in der Mangel. Irgendwann steht er wieder kleinlaut vor der Tür, erwartet mit einem freudigen „Heideeho" begrüßt zu werden und ist erschrocken bis genervt, wenn ich nicht hocherfreut bin, ihn zu sehen.

Der Abend der Wahrheit mit Peter ist jetzt fast ein Jahr her. Inzwischen bekomme ich nur noch alle 28 Tage einen Durchhänger. Zykluskonform. Dann sind die Tage der Trauer wieder da, an denen sich eine verzagte innere Stimme meldet und nichts Gutes verheißt: „Du wirst nie mehr jemanden treffen, mit dem du so gerne zusammen bist, wie du's mit Peter warst."

Ich gehe dagegen an. Ich gehe aus. Und habe Glücksmomente, wie ich sie mit Peter ewig nicht mehr hatte. Vor kurzem war ich wieder mit Katrin auf einem Konzert von ‚Feist'. Als die kanadische Sängerin Leslie Feist einen Song ihrer persönlichen Heldin Katherine Hepburn widmete und an sie erinnerte, war ich so gerührt von ihren Worten, dass ich eine Gänsehaut bekam. Ich war plötzlich so dankbar, am Leben zu sein. Fühlte, wie dieses seltene Glücksprickeln durch meine Adern bizzelte und musste meine Tränen herunter schlucken. Später, im Auto, lief „Jein" von Fettes Brot im Radio. Katrin drehte die Lautstärke bis zum Anschlag auf, wir brüllten „Soll ich's wirklich machen oder lass ich's lieber sein? Jein!" und dann sagten wir „Ja" – zum Weiterfeiern an einem stinknormalen Dienstag. Wir landeten in einer arabischen Spelunke und fühlten uns siegessicher bis zum Morgengrauen.

Peter bleibt beim entschiedenen „Jein". Nur einmal habe ich das Gefühl, er würde sich tatsächlich darum bemühen, den Schwebezustand zu beenden. Er kam mal wieder unangemeldet, um sich etwas aus der Wohnung zu holen. Und stand dann plötzlich ganz gekrümmt vor dem Sofa, auf dem ich gerade mit einem Buch saß: „So schwer ist mir noch nie eine Entscheidung gefallen." Und die Tränen liefen ihm nur so herunter. „Weißt du noch, als du mich zum ersten Mal mit nach Oldenburg zu deinen Eltern genommen hast?" Er musste dauernd schlucken. „Da sind wir spät aus Köln losgekommen und haben den schönsten Sonnenuntergang aller Zeiten auf der leeren Autobahn gesehen." Ihm fielen noch tausend Kleinigkeiten ein, die uns verbinden. Und einen Moment später heulten wir beide. „Irgendwann werden wir wieder zusammen auf dem Sofa sitzen, du legst dein Bein auf meines und alles ist gut", schluchzte er. Und als er weg war und ich mich wieder gefangen hatte, dachte ich: Peter macht sich also doch Gedanken. Das Problem ist nur: Sie torkeln. Ich glaube, Peter will mich. So wie ich vor zehn Jahren war. Geschmeidiger, weniger selbstbewusst, bewundernder, abhängiger und mit dem Luxus ausgestattet, keine existenziellen Entscheidungen treffen zu müssen. Die Frau aus dem Büro verjüngt ihn. Aber nur scheinbar. Und in den Augenblicken, in denen er das kapiert, tendiert er wieder mehr zu mir.

Aber es gibt eben auch diese anderen Augenblicke. Die, in denen er glaubt, dass er sein Leben mit einer jüngeren Frau neu erfinden kann. Und weil er von mir und ihr das Beste für sich will, sitzt er die Sache einfach aus und wartet, dass einer seiner Gespielinnen die Luft ausgeht. Sicher ist, dass ich das nicht sein werde. Ich will ihm die Entscheidung nicht abnehmen. Dass ich beschlossen habe, mein Leben unabhängig von ihm in die Hand zu nehmen, muss er ja nicht wissen. Der Anfang ist gemacht. Ich schaue seit einigen Wochen jeden Samstag in die Immobilienanzeigen und habe rund zwei Mal die Woche eine Besichtigung – und danach eine Krise. Viel Schrott für noch mehr Geld.

Doch irgendwie muss diese Wohnungssuche etwas an meiner Ausstrahlung geändert haben. Einmal, an einem sonnigen Tag, unternehmen Peter und ich einen Ausflug an die Küste. Ich bin feinster Stimmung und erzähle von meinen Nächten in Bars, verrauchten Küchen, auf Konzerten und eben auch, um ihn ein bisschen zu schocken, von meinen Erfahrungen auf dem Hamburger Wohnungsmarkt. Auf der Rückfahrt löst er plötzlich seinen Blick von der Straße, dreht sich halb zu mir und sagt: „Ich habe den Eindruck, es gefällt dir ganz gut, so wie es ist." Er ist tatsächlich beleidigt, dass es mir besser geht. Will er mich in Schwarz gewandet als Schatten meiner selbst durch die Gegend schleichen sehen?

Wieder ein Spaziergang mit Peter. Ich weiß nicht, wie viele Kilometer ich mit ihm schon gelaufen bin. Einmal um die Welt?

Bestimmt. Er ist zugänglich, ganz weich, sein Lächeln nicht hochmütig. Er schaut mich an, wenn er mit mir redet. Er interessiert sich für mich und stellt tatsächlich mal eine Frage, bei der ich kurz schlucken muss: „Du hast mal gesagt, dass du auch mal eine Affäre hattest ... stimmt das?"

„Ja, es gab da mal jemanden."

„Wann war das?"

„Vor fünf, sechs Jahren."

„Und was ist da passiert?"

„Ich hab mich verliebt, es mir aber immer wieder verboten. Und es ging vorbei."

Nach einer kleinen Kunstpause schicke ich noch einen kleinen Seitenhieb hinterher: „So was kommt vor. Hat aber keine Bedeutung und kann etwas wirklich Großes nicht gefährden."

„Ich habe das nicht gemerkt", sagt Peter mehr zu sich als zu mir.

Ich muss schmunzeln, verkneife mir aber die Bemerkung, die mir dazu spontan einfällt und sage stattdessen: „Die Sache ging aber längst nicht so weit wie bei dir. Ich wusste immer, was ich wollte." Wie gut, dass er nie etwas gemerkt hat. Das Letzte, was ich wollte, war, ihm wehzutun. Und es ihm jetzt zu erzählen, wäre eine billige Retourkutsche und würde ihm außerdem Munition in die Hand geben, die vom aktuellen Problem ablenken würde. Meine Weste soll weiß bleiben.

Ein paar Tage später nähert sich die Beziehungs-Temperatur zwischen Peter und mir wieder dem realen Wetter an – acht Grad, wie in meinem Kühlschrank. Das Gute an diesem ewigen Hin und Her: Es härtet mich langsam aber sehr sicher ab.

„Wir müssen uns JETZT überlegen, was wir mit unserer Wohnung machen. Ich kann nicht ewig doppelte Miete zahlen", ruft er ins Telefon.

„Was schlägst du vor?", frage ich betont ruhig.

„Also, entweder ziehen wir wieder zusammen..."

„...das Thema hatten wir ja nun schon mehrfach. Ausgeschlossen, so wie die Dinge zwischen uns laufen..."

„...oder ich fange jetzt auch an, mir eine Wohnung zu suchen. Dann sehe ich aber schwarz für unsere Beziehung."

„Was soll das denn jetzt heißen? Ist das deine Art, mir zu vermitteln, dass du zurück zu mir willst? Und wenn ich das nicht zu deinen Bedingungen will? Redest du dir dann ein, es hätte an mir gelegen, dass es aus ist? Tritt dann Plan B in Kraft und du gehst schulterzuckend zu dieser ewig Wartenden?"

Meine Güte, die Andere scheint nur eine Chance zu haben, wenn ich nicht will.

Ellen

In unserem Aquarium tobt das Leben. Es wimmelt von Guppys. Sie sind unzählbar.

„Die fressen uns noch die Haare vom Kopf", sagt Anne.

„Mir reicht das hier jetzt mit der unendlichen Vervielfältigung. Ich kaufe nachher einen verschließbaren Eimer und morgen gehen wir fischen. Und dann bringen wir sie weg, zu unserem speziellen Fischfreund, der uns das Malheur hier eingebrockt hat", sage ich aggressiver, als ich möchte, „ich will wieder neun Stück. Männchen."

Dann geht die Tür auf.

„Meine Damen, es ist wieder Donnerstag!" ruft Marlene showmaster-like. „Seien Sie heute wieder dabei, wenn Ihnen die Sterne die nächste Woche vermiesen."

Anne schüttelt lachend den Kopf. „Lies mal Peters Horoskop vor."

„Sternzeichen Arschgeige ist, glaub ich, nicht dabei", sagt sie.

Aber Marlene beginnt trotzdem ihre Verkündung: „Eine kritische Venus-Konstellation macht sie ganz nervös. Sie stehen zwischen zwei Liebesfronten und können sich nicht entscheiden..."

Keine von uns kann sich halten vor Lachen. „Moment. Da steht noch mehr“, dämpft uns Marlene, „...weil Sie es eigentlich genießen, so begehrt zu werden.“

„Also Begehren würde ich das nicht nennen“, fühlt sich Anne sofort erwischt. Sie füllt flink unsere Tassen mit dampfendem Kaffee. „Ich würde eher formulieren: Bilden Sie sich nicht zu viel darauf ein, eine hängt nur aus Mangel an geeignetem Männermaterial an Ihnen.“

Ich linse über Marlenes Schulter in die Zeitung. „Der Krebs sollte sich hüten“, lese ich laut vor. „Vor Magnum-Eis, Gummibärchen, Chili-Schokolade, Schaumküssen, Super-size-Menüs...“

„Du bist so gemein, Ellen“, meckert Marlene, klappt die Morgenpost zu und zieht ihren Pullover in die Länge.

Anne

An einem der wenigen Abende, die ich allein zu Hause verbringe, räume ich mein Schuhregal auf. Meine Joggingschuhe stehen bequem neben den Ausgeh-Stiefeln, darüber die violetten Pumps. Drei Fächer sind leer. Hier will Peter sein ausgezogenes Schuhwerk wieder stapeln.

Er will zurück zu mir. Das hat er mir in einem leider ziemlich leidenschaftslos formulierten Brief geschrieben, den ich vorhin im Briefkasten gefunden habe. Mir ist nicht danach, einen Flic Flac zu machen, Champagner zu öffnen und barfuß durch die Kälte in seine Arme zu laufen. Ich bin ganz ruhig. Es ist zu viel passiert seit unserer Trennung. Wir haben uns Dinge gesagt, die wahrscheinlich immer zwischen uns stehen werden. Er hat in der Zeit der Unentschlossenheit und Lügen zu viel zerstört. Ich liege dann immer auf der Lauer, wenn er sich verspätet, werde zu Johnny Controlletti, sobald er Betriebsausflüge hat... Wie soll ich je wieder Vertrauen zu ihm haben?

Mit jedem Tag wird mir klarer, dass es ihm gar nicht um mich oder um die Andere geht. Er will nur nicht allein sein – und braucht irgendeine Frau, die die Räume füllt. Von emotionaler Bindung hat er so viel Ahnung wie Norman Bates vom Hotelwesen.

Im Gegensatz zu Peter stehe ich da, wo ich stehe, ganz gut und könnte eine Weile ein glücklicher Single sein. Aber ich will nicht ewig allein sein. Der Gedanke daran macht mich verrückt. Gehe ich vorsichtshalber doch lieber zurück zu Peter? Aber dann wäre ich ja genauso leidenschaftslos wie er – und feige...

Bei unserem nächsten Treffen werde ich mir ein paar Wochen Bedenkzeit aushandeln. Versprechen, mir zu überlegen, ob ich ihn wieder einziehen lasse. Auf Probe. Mein Verstand sagt mir, dass das keine gute Idee ist. Aber meine Gefühle sind nicht eindeutig. Das muss Peter jetzt einfach mal aushalten. Die Art, wie er mich zurückgewinnen will, überzeugt mich nicht. Als ich mit dem Schuhregal fertig bin, liegt der Brief neben dem Aschenbecher. Ich zünde mir eine American Spirit-Zigarette an (wenn schon ungesund, dann wenigstens Bio-Zigarette), und lese Peters Zeilen zum x-ten Mal.

Keine Entschuldigung (nur sein bekanntes: „Ich habe es wohl ein bisschen übertrieben"), keine Einsicht, dass uns eine Paartherapie auf die Sprünge helfen könnte, kein eindeutiges „Ich liebe dich" – dafür jede Menge Bedingungen. Allen voran, die gemeinsame Wohnung. Und kein Wort von der Anderen. Als hätte es sie nie gegeben.

Ich überlege kurz, ihn anzurufen. Muss ich aber gar nicht. Ich weiß ja genau, wie das Gespräch verlaufen würde:

„Weiß sie das schon?"

„Mit der läuft nichts mehr. Schon seit langem."

„Wie lange?"

„Seit Monaten."

Ich kriege wieder Bauchschmerzen. Und wenn ich noch alle Tassen im Schrank hätte, würde ich ihm sofort die Absage erteilen. Aber wieso eigentlich? Soll er doch jetzt mal ein bisschen zappeln. Er hat sich alle Zeit der Welt genommen, um zu dieser kraftlos präsentierten Entscheidung zu kommen. Da kann er unmöglich erwarten, dass ich in Sekundenschnelle die Energie aufbringe, die für einen Neuanfang nötig wäre.

In den nächsten Tagen halte ich Peter auf Abstand. Er schickt flehende Nachrichten („Überlege es dir bitte. Wir sollten es unbedingt versuchen.“) Herzklopfen bekomme ich aber nur bei einer Mail, auf die ich schon seit Monaten lauere. Und als ich gar nicht damit rechne, schreibt er mir. Max.

Meine Güte, in meinem Hinterkopf ist irgendwo ein kleiner Glockenturm, der mich regelmäßig erinnert, dass ich hier in Zürich sitze und dumpf vor mich hinschweige. Die Luftigkeit zwischen uns hätte ich gern zurück. Was tut man mit einem Menschen wie dir, der so wichtig ist und als einziger Saiten auf meiner Lebensharfe zum Klingen bringt, die ich sonst nie höre, aber mit dem ich nicht sprechen kann? Ich weiß nicht, wie ich anfangen soll, bei mir ist in diesem Jahr auch einiges passiert. Ich habe zum Beispiel zweimal ordnungsgemäß geheiratet, damit kannst du wahrscheinlich nicht aufwarten. Mit der Dame bin ich seit einem Jahr verbandelt, wie man so sagt, aber es war ein schleichender und unheimlicher Prozess und wurde dann auch irgendwie ernst: Sie hatte keine Arbeitsbewilligung, weil nämlich Moldawierin und quatschte von Fake-Heirat mit irgendeinem Schweizer für ein paar tausend Franken. Jedenfalls ging mir das Genöle meiner Freundin über die Visa-Papiere und die Jobsuche irgendwann so auf die Nerven, dass ich sie gefragt habe, hin und her, und ich musste schwören, dass ich es nicht tue, nur, um ihr zu helfen; das war es auch nicht nur, aber trotzdem. Jetzt stecke ich da drin in dieser Verheiratung, einmal standesamtlich im Frühling, einmal kirchlich mit Popen und suche meine gesellschaftliche Rolle als Ehemann. Daneben höre ich heimlich deine CD, trage dein T-Shirt, das du mal bei mir vergessen hast, esse von unseren großen

weißen Tellern aus Köln und linse in das Kochbuch, das du mir mal geschenkt hast. Einfach ist das jetzt nicht, verschwinden will ich nicht aus deinem Leben und du musst auch hübsch in meinem bleiben. Ich weiß nur nicht, wie ich es anpacken soll. Vielleicht hast du eine Idee, hast du ja immer.
Dein Max

Meine Güte. Der, der zu mir gesagt hat, Heiraten passe nicht zu mir, hat geheiratet. Doppelt. Die Art, wie er es getan hat, passt genau zu ihm. Ein bisschen Rittertum ist dabei und viel Verrücktheit. Und was macht diese Heirat aus uns? Ein tragisches, verhindertes Paar? Oder liefern wir den Stoff für eine wahrhaft große Liebesgeschichte, die sogar den schönsten Tag im Leben einer anderen Frau unbeschadet übersteht? Ich frage mich, was für eine großartige Idee dieser nun überaus vergebene Herr jetzt noch von seiner ehemaligen Komplizin erwartet.

Es dauert ein paar Tage, bevor ich eine Antwort für Max formulieren kann.

Ja, Kruzifix. Das wäre meine Chance gewesen, in die Kirche zu kommen und es zu sagen. Dass wir zusammen gehören und ich sehr wohl Einspruch erhebe.

Weshalb kannst du nicht mit mir sprechen? Ich glaube, weil du denkst, dass du weißt, was ich denke und weil unser filigranes Gebilde die Wahrheit nicht ertragen könnte. Meine Wahrheit ist, dass ich zu spät erkannt habe, was du für mich bist. Und wenn ich ganz ehrlich bin, muss ich zugeben, dass ich dir in Sachen Problembewältigung gar nicht so unähnlich bin (unsere Fluchtversuche äußern sich nur anders). Existenzielle Entscheidungen sind nicht meine Stärke. Gleich kommt zwar meine Idee. Aber ich möchte mich zurücknehmen und dich bestimmen lassen, ob wir uns sehen. Denn ich will nicht, dass dein schlechtes Gewissen unser Zusammensein belastet.

Eines weiß ich auf jeden Fall – du bist immer in meinem Herzen und ich in deinem (das klingt vielleicht etwas pathetisch, ist aber wohl so). Anne

Gebrauchsanweisung für ein verbotenes Treffen – mehr oder weniger einzuhalten:

1. Du sagst deiner Gattin, dass du wahrscheinlich demnächst einen Termin in Norddeutschland hast, wegen des Seeräuber-Prozesses („Mist, überhaupt keine Lust drauf, in Hamburg ist das Wetter immer richtig mies").

2. Du checkst dein Meilen-Konto der Swiss – alles schon verballert? Macht nichts, Air Berlin fliegt ab 59 Euro pro Flug.

3. Du packst deinen Laptop ein, ein langweiliges Buch, offizielle Klamotten, Aufnahmegerät, keine Kondome. Dann, wenn sie guckt, steckst du ein Foto von ihr zwischen deine Sachen.

4. Du sagst ihr, dass du dich sehr selten meldest, weil du in Hamburg ständig unterwegs bist. Und die kleine preiswerte Pension in der Nähe vom Gericht keine Telefone im Zimmer hat (das mit der Pension wird aber nur auf Nachfrage geliefert, weil Bullshit in Zeiten des Mobilfunks).

5. Du lässt dich auf keinen Fall von ihr zum Flughafen bringen (schlechtes Gewissen), idealerweise zettelst du vorher noch einen kleinen Streit an (hilft gegen schlechtes Gewissen).

6. In der Flughafen-Apotheke kaufst du einen bunten Strauß Kondome, im Duty-Free eine Flasche Taittinger für uns und das Begrüßungsgeschenk für die Gattin (vorher auf der Badezimmer-Konsole Tiegel oder Parfums checken und gucken, wo kaum noch was drin ist. Sollte ihr der Trip komisch vorkommen, sind ihre Zweifel spätestens beim Auspacken deines Geschenks beseitigt. Außerdem wirst du auf dem Rückweg nicht in der Lage sein, im Duty Free herumzuspazieren, sondern deine müden Knochen auf einem dieser Sitze am Gate parken wollen...).

7. In Hamburg öffnen sich eine gute Stunde später die automatischen Schiebetüren und geben den Blick frei auf das strahlends-

te Lächeln der Stadt.

8. Das ganze Leben ist ein Spiel. Mal verliert man, mal gewinnen die anderen.

Ich weiß, ich werde lange nichts von Max hören. Vielleicht Jahre. Aber diese Frechheit musste ich mir jetzt gönnen.

Ellen

Freitag. Aber kein Freitagsgefühl. Ich bin früh im Büro und starre auf meinen schwarzen Bildschirm. Ich will noch nicht denken, meinem Kopf noch ein bisschen Leerlauf gönnen. Als ich mich ans Aquarium stelle, spekuliert der Schwarm auf eine Extra-Portion Futter und schwimmt sofort an die Oberfläche. Ich fahre mit meinem Zeigefinger an der Scheibe entlang und locke sie kreuz und quer durchs Becken. Wäre toll, wenn ich heute Abend eine ähnlich gute Anziehungskraft hätte. Die Werbeagentur „Basics" feiert ihr fünfjähriges Bestehen in einem dieser schicken Restaurants am Hafen. Und weil Anne und ich vor kurzem ein paar Image-Broschüren geschrieben haben, die beim Kunden gut ankamen, sind wir eingeladen.

Diesmal kommt Anne mit einer Kleiderauswahl. Mit zwei Kleiderbügeln und einer Schuhtüte betritt sie das Büro.

„Ist das alles, was du dabei hast?", frage ich trocken.

„Ich weiß noch nicht genau, ob Rock oder Hose, lässig oder aufgedonnert. Was ziehst du denn an?"

„Schwarze Hose und das lässig fallende Marc-Jacobs-Oberteil, das ich neulich anhatte."

„Ach, ich habe gar keine Lust. Ich würde heute viel lieber auf dem Sofa liegen und ‚Miss Marple' gucken. Ich habe neulich alle vier Teile aufgenommen", träumt Anne.

„Ich habe auch keine Lust auf fremde Menschen. Ich will lieber in die Badewanne. Mit dem ‚Body Creator' von Shiseido. Den

Duft mag ich total. Und er soll auf die Oberschenkel wirken wie einmal Joggen..."

„Das ist doch ein ganz normaler Badezusatz, oder?", nimmt Anne mir die Hoffnung.

„Eben nicht. Der soll Fett abbauen. Aber wenn das mit meinem Leben so weitergeht, werde ich es nie herausfinden. Statt ‚Body Creator' gibt es heute Abend bestimmt wieder fünf Gänge. Zum Glück kann ich nicht bis zum Schluss bleiben." Ich habe mir schon ausgerechnet, dass ich wahrscheinlich kurz vor dem Dessert diskret verschwinden muss.

„Musst du denn unbedingt noch zu dieser Hyatt-Veranstaltung?", fragt Anne. „Ich will nicht allein zwischen diesen fremden Menschen sitzen."

„Dann komm doch mit. Die Pressefrau ist super nett. Und ich habe ihr fest versprochen, vorbeizuschauen."

Um 19 Uhr entscheidet sich Anne für einen mit kleinen Rosen bestickten Rock, eine schwarze Bluse – und rot-roten Lippenstift. In meinem Auto dopen wir uns mit Airwave-Kaugummi und „Leider geil" von Deichkind – und ziehen uns mit „Echt keine Lust"-Sprüchen gleich wieder runter. Vor dem Restaurant parke ich meinen Kaugummi im Buchsbaum und hole mir natürlich gleich einen Rüffel von Anne ab.

„Den hättest du auch gleich in die Serviette spucken können."

„Die haben doch nur welche aus Stoff hier", entschuldige ich mich kleinlaut.

Annes Laune steigt sofort, als einer der drei Kellner, die im Eingangsbereich herumlungern, das Tablett mit dem Champagner anreicht. „Der soll wunderbar mit Kaugummi harmonieren", sagt er und reicht ihr zum frechen Spruch eine Papier-Serviette. Mit ihrem typischen „So macht man das"-Blick beseitigt sie ihr Kaugummi und schreitet vor mir her zur langen Tafel im hinteren Bereich des Restaurants. Drei Stühle sind noch leer. Unter den hungrigen Blicken der pünktlichen Werber, versuchen wir möglichst unsichtbar und geräuschlos zu unseren Plätzen zu gelangen. Anne sitzt neben und ich schräg gegenüber dem Agenturchef, was den Entspannungswert der Einladung endgültig in den Minusbereich rutschen lässt. Bevor irgendeine Lüge über den schlimmen Feierabendverkehr unseren Ruf retten muss, kommt der Aspirant auf den letzten Platz zur Tür herein. Alle Augen sind auf ihn gerichtet.

„Äh, hallo, ich bin Tilmann", stellt er sich atemlos vor, als er gleichzeitig dem Kellner ein Glas vom Tablett reißt, seine Jacke auszieht und dabei gefährlich nah an eine Kerze kommt.

Er sieht aus wie ein Pastorensohn vom Land, der gerade mit seiner Mutter Kekse gebacken und von der Hitze der Küche noch ganz rote Bäckchen hat. Groß, rundes Gesicht, auf ca. vier Millimeter geschorenes rötlich-blondes Haar. Die Zähne lassen wissen, dass seine Eltern keine Zeit hatten, stundenlang wegen diverser Zahnspangen-Anpassungen beim Kieferorthopäden zu verbringen. Unter seinem dunkelbraunen Lambswool-Pullover blitzt ein kariertes Hemd hervor. Bevor er gegenüber von Anne zur Ruhe kommt, bedankt er sich artig beim Chef für die Einladung. Nach dem Blick in die Speisekarte winkt er dem Kellner zu und macht auf Meg Ryan in „Harry und Sally": „Kann ich den Salat ohne Speckwürfel bekommen? Und statt des Lamms lieber etwas anderes ohne Fleisch? Der Fisch ist okay. Und ist im Nachtisch Gelatine drin?"

Dann schaut er Anne und mich an und sagt mit einer Stimme, die große Neuigkeiten zu verkündigen verspricht: „Ich bin Vegetarier. Aber Fische esse ich."

Anne hat da gleich den passenden Vortrag parat: „Da hast du ja Glück, dass es heute Zander gibt und keinen Hochseefisch. Die werden aus 3000 Meter Tiefe so schnell an die Oberfläche gezogen, dass die Augen aufplatzen und dann leiden sie an Bord weiter. Die meisten leben noch und verenden dann jämmerlich. Da darf man echt kein Tierfreund sein..."

„Da ist so ein Lamm ja eine echt humane Alternative", sage ich.

„Mähh", mischt sich der Agenturchef gut gelaunt ein und verwickelt mich in ein Gespräch über den ernährungsphysiologischen Wert der anrollenden fünf Gänge. „Habe ich doch gut ausgesucht, Ellen?", will er gelobt werden. Und ich spiele mit. Lobe sogar das Vitamin C des frisch gepressten Orangensafts in seinem Campari.

Anne und der Landjunge sind auf sich allein gestellt und kommen besser klar, als der Anfang es vermuten ließ. Tilmann Hirsch, so stellt sich heraus, ist der einzige andere freie Mitarbeiter, ein Illustrator. Er ist zwar Vegetarier, aber kein Kostverächter. Er leert in Windeseile sein Weinglas, greift andauernd zum Brot, dippt es ins Olivenöl und findet alles lecker. Meine Ohren trennen sich. Eines bleibt beim Agenturchef, das andere wird Zeuge, wie Anne ihre starken Themen an den Mann bringt. Und weil Fußball und Popmusik für Tilmann auch sichere Terrains sind („Marco Bode war immer mein Lieblingsspieler" – „meiner auch"), dauert es eine Ewigkeit, bis ich gegen 22 Uhr Annes Aufmerksamkeit erhaschen, auf die Uhr zeigen und mit den Lippen ein lautloses „wir müssen los" formen kann. Anne winkt mit einer minimalistischen Handbewegung ab und ich mache mich allein auf den Weg.

An der feierlich beleuchteten Eingangs-Tür zur Hyatt-Veranstaltung stürme ich dann fast am großen Glück vorbei. Ohnehin schon viel zu spät, will ich nur schnell meinen Mantel loswerden, meinen Namen in die Anwesenheitsliste eintragen und mich dann im großen Festsaal unters reiselustige Volk mischen. Aber die Frau am Empfang hat noch ein Anliegen: „Würden Sie uns eine Visitenkarte spendieren?" Mit einem Lächeln, das meine Ungeduld maskieren soll, setze ich meine Tasche auf den Boden, ziehe den Reißverschluss auf, grabe nach dem kleinen Heftchen und lasse eines von den kleinen Kärtchen in den Sektkühler fallen, den sie mir hinhält. Ohne zu ahnen, was mir diese wegwerfende Bewegung eine Stunde später bescheren wird.

Ich entscheide mich für einen nicht-alkoholischen Begrüßungsdrink, ergattere einen Platz direkt an der Tür, in einer hinteren Stuhlreihe. In dem Moment ergreift ein Managing Direktor der Hyatt-Gruppe aus den USA das Wort. Sein Akzent und sein gestreiftes Hemd erinnern mich – ohne Wehmut – an Dirk. Nach dem Vortrag des Amerikaners folgen noch zwei weitere. Dann tritt die deutsche Pressefrau mit dem Sektkühler aufs Podium und verkündet: „Wie sie ja wissen, richten wir den heutigen Abend zusammen mit mehreren Geschäftspartnern aus. Und wir freuen uns, ein paar wirklich schöne Gutscheine unter den Anwesenden verlosen zu können."

Schön. Ich kann gehen. Ich habe bisher nur ein einziges Mal, als kleines Mädchen, auf dem Jahrmarkt einen Losgewinn gezogen. Eine Bert-Puppe, die so groß war wie ich. Aber dafür musste meine Mutter so viele Lose spendieren, dass sie mir davon locker die ganze Sesamstraße hätte kaufen können.

Während ich überlege, wo Bert, der mir mal so wichtig war, abgeblieben sein könnte, springt in der Reihe vor mir eine Frau auf. Sie hat ein Wochenende für zwei Personen in einem Hyatt-Hotel ihrer Wahl innerhalb Deutschlands gewonnen. Dann werden „ein London-Wochenende" und „drei Tage Rom", jeweils inklusive Flug, verlost. Die Ankündigung des Hauptgewinns „120 000 freie Flugmeilen, spendiert von der Swiss Air" schickt ein Raunen durch den Saal. Die Glücksfee mischt noch einmal gründlich durch, zieht dann von ganz unten eine Karte, studiert den Namen, genießt ihr Exklusiv-Wissen für einen Moment und ruft dann: „Herzlichen Glückwunsch, Ellen Mars."

Ich bleibe natürlich sitzen. Weil das nur ein Irrtum sein kann. „Ist Ellen Mars noch hier?", höre ich meinen Namen dann zum zweiten Mal. Wie in Trance gehe ich nach vorne und nehme den dicken Umschlag entgehen.

„Was werden Sie damit anstellen?", muss ich gleich Rede und Antwort stehen.

„Kommen dafür zwei Personen nach Indien?“, frage ich vorsichtig.

„Locker“, meint die nette Pressefrau und das Publikum klatscht.

Ich habe einen dicken Kloß im Hals, reiße die Arme hoch und – könnte die ganze Welt umarmen.

Anne

Tilmann ist ein echter Zeitbeschleuniger. Wir reden ohne Punkt und Komma, gleiten leichtfüßig von einem Thema zum nächsten und zeigen dem anderen lächelnd, wie toll wir finden, was er sagt. „Blur stehen für mich ganz klar in der Tradition der Kinks“, höre ich mich gegen ein Uhr aufschneiden. Ich kann eben nicht anders. Ich weiß ja, dass beim Kennenlernen die goldene Regel heißt: „Bewundern statt beeindrucken wollen.“ Aber ich habe nun mal keine Lust dazu. Ich will nicht das Spiel der Steinzeitfrauen fortsetzen, die die Beute ihrer Typen beklatschten, daraus wortlos Mahlzeiten für die ganze Sippe bereiteten, die Höhle in Schuss hielten und pausenlos neue kleine Jäger produzierten. Ich will selbst bestaunt werden – und Tilmann tut mir den Gefallen. Ich laufe hier gerade zur Bestform auf und genieße zum ersten Mal das Gefühl, völlig frei zu sein.

Gegen halb zwei werden Tilmann und ich aus unserem Gespräch gerissen. Die letzten Vier an der Tafel wollen gehen und der Agenturchef bietet seine Dienste als Chauffeur an. Vor dem Kleiderständer wird es wuselig, ich schnappe mir meinen Mantel und verschwinde noch mal schnell ins Badezimmer, wie man in diesem Restaurant die Klos nennt. Ich nehme das zweite, im ersten war schon eine Bulimikerin, was ich sofort an den schwimmenden Salatblatt-Fetzen erkenne. Das sind hier aber auch ideale Bedingungen für Essgestörte. Seitdem ich mal eine Reportage über das Thema geschrieben habe, weiß ich, dass Toiletten mit eigenem Waschbecken in der Kabine und Zwischenwänden, die bis zur Decke gehen, hoch im Kurs stehen. Da kann das 100-Euro-Menü ungestört entsorgt werden.

Die anderen warten schon am Ausgang auf mich. Tilmann kommt auf mich zu und steckt mir einen von diesen lappigen Taxiblock-Zetteln zu. Ohne einen Blick drauf zu werfen, falte ich ihn und lasse ihn in der Manteltasche verschwinden. Ich weiß ja, dass seine E-Mail-Adresse drauf steht. Ich habe vorhin versprochen, ihm die besten Fußballer-Zitate zu schicken, die auf meiner Festplatte liegen. Das Chef-Auto, ein top gepflegter Alfa Romeo-Kombi, steht direkt vor dem Nebengebäude, in dem eine Plattenfirma ihre Räume hat. Hinter der Glasfassade wird getanzt.

„Die feiern heute auch", sage ich zu Tilmann. „Hör mal, sie spielen Elvis."

„Dann gehen wir da doch hin", meint er, legt seine Hand auf meine Schulter und dreht mich entschlossen vom Auto weg.

„Ihr könnt euch hinten breit machen", ruft Tilmann ins Wageninnere hinein.

„Wir gehen noch zu Elvis", füge ich erklärend hinzu. Und als ich die verständnislosen Gesichter sehe: „Ich kenne da jemanden."

Zum Glück steht dieser Jemand, ein Produkt-Manager, gleich am Eingang und winkt uns durch. Zwei Minuten später haben wir schon wieder Weingläser in der Hand, stoßen auf die gute Idee an und Tilmann überrascht mich gleich wieder äußerst angenehm. „Welches Stück willst du hören?", fragt er und geht danach mit meiner Bestellung „Praise You" von Fatboy Slim sofort zum DJ.

Als der erste Musikwunsch anklingt, zieht Tilmann mich auf die Tanzfläche. Und da bleiben wir für die nächsten Stunden, Showstars imitierend, mitsingend, ausdruckstanzend – ohne das kleinste Gefühl von Peinlichkeit. Dann haben wir zur gleichen Zeit genug. Getrunken, getanzt, geredet.

Um 4.28 Uhr bestelle ich ein Taxi. Draußen regnet es in Strömen. Wir stellen uns nebeneinander unters Vordach. Tilmann schaut in die Ferne und überlegt laut, wo wir jetzt noch hingehen könnten und zählt diverse Reeperbahn-Clubs auf. Ich gehe auf keinen seiner Vorschläge ein, suche in meiner Tasche nach einem Lipgloss, ziehe das oft benutzte „Heavenly Red“ hervor und pinsle blind los. Nicht so unbemerkt wie ich denke. „Ein kirschroter Mund“, sagt Tilmann und schaut mich an. Ich blicke zurück (oder starre?), direkt in seine hellwachen Augen, rühre mich nicht. Eine lange Minute verstreicht. Dann beugt er sich herunter und küsst mich. Erst ganz vorsichtig, als könne er meinen Lippenstift retten. Dann mutiger. Wir küssen. Weich und warm. Er zieht mich ganz eng an sich. Irgendwann murmelt er: „Wahnsinn.“ Und sagt dann: „Hey, das war unser Taxi.“ Ich drehe mich um und sehe, wie sich eine Frau von der Party in unseren Wagen schwingt – und verschwindet.

Egal. „Kein kirschroter Mund mehr“, flüstert mein Küsser, strahlt mich an und streicht mit seiner Zungenspitze ganz zart über meine Lippen. Ich weiß nicht, wie lange wir uns weiterküssen und festhalten. Als ich das zweite Mal so etwas wie „muss Liebe schön sein“ von Vorbeigehenden höre, schlage ich die Augen auf. Tilmann merkt das sofort, blickt sich suchend um und lotst mich durch das fiese Wetter zur Straße. Wir retten uns in eine Telefonzelle.

Meine Gedanken flackern so wild wie die Neonröhre. Was soll ich jetzt mit ihm machen? Den kann ich unmöglich mit nach Hause nehmen. Der ist so gar nicht mein Typ. Aber andererseits: Was spielt das für eine Rolle? Ich will ihn ja nicht Sonntag mit zu meinen Eltern nehmen und als zukünftigen Ehemann vorstellen. Aber ich stehe hier bei maximal fünf Grad auf nassen Ledersohlen, in federleichtem Rock und dünnen Strümpfen und spüre die Kälte nicht. Tilmann muss also etwas richtig machen. Wieso denke ich schon wieder drei Schritte weiter? Ich ergebe mich. Und fühle mich wie auf einer ungebremsten Schussfahrt. Nur sicherer. Auf der Knutschskala von null bis 100 kriegt er 90, mindestens. Mist, ich habe keine Kondome. Jedenfalls keine, bei denen das Verfallsdatum noch nicht abgelaufen ist. Beim Aufreißen der Hülle zerfallen sie wahrscheinlich zu Staub. Von ganz weit entfernt hören wir, wie sich ein Dieselmotor nähert. Sehen können wir nichts. Alle Scheiben sind beschlagen. Irgendwie ist uns beiden klar, dass wir nicht nach Hause schweben können, obwohl wir uns so fühlen. Mit so einem Gerade-aufgewacht-Blick laufen wir auf die Straße, wo tatsächlich ein Taxi hält. Wir steigen hinten ein.

„Sind Sie Frau Bendel?", fragt der Fahrer.

„Ja, ich habe ein Taxi bestellt", antworte ich und bin stolz, nicht gelogen zu haben. Ich kann gerade noch sagen, wohin die Reise geht, da zieht mich Tilmann auch schon wieder an seinen Mund. Seit Ende der 80-er, als ich Kevin Costner mit Sean Young in „No way out" gesehen habe, habe ich mir immer gewünscht, wenigstens einmal in meinem Leben knutschend im Taxi durch die Stadt zu fahren. Tilmanns warme rechte Hand tastet sich zu meinem rechten Knie vor und sucht dann unter meinem Rosenrock noch mehr Wärme. Was habe ich eigentlich für Unterwäsche an? Ich glaube, den schwarzen Chantelle-Slip mit passendem BH, in Spitze eingefasst. Ideal. Vielleicht sollte ich ihn doch mit nach oben nehmen. Erst mal. Ich kann ihm ja jederzeit wieder ein Taxi bestellen, wenn er nicht in meine Wohnung passt.

Unglaublich, sobald meine Gedanken sich zwischen uns legen, hält er inne und schaut mich an. Ich gebe ihm mit einem Lächeln die Sicherheit zurück und nähere mich ihm mit geöffneten Augen. Bis seine Gesichtszüge verschwimmen und er nur noch Duft und Atem für mich ist.

Der Wagen wird langsamer und hält vor meinem Haus. „Das war aber eine schöne Fahrt", kommt es von vorne. Ich zahle schnell, Tilmann steigt ganz selbstverständlich aus und ich sage: „Du kannst ja noch kurz mitkommen." Davon ist er sowieso ausgegangen, aber ich will die Form wahren. Er soll nicht denken, dass ihm so schnell alle Türen offen stehen.

Mit großer Selbstverständlichkeit folgt Tilmann mir durchs Treppenhaus in meine Wohnung. Unsere Mäntel fallen auf den Fußboden, in tänzelnder Umarmung landen wir in der Küche – „was möchtest du trinken?", frage ich, plötzlich merkwürdig schüchtern. „Nichts", vermasselt Tilmann mir die Möglichkeit, kurz Abstand von ihm zu gewinnen. Er dreht mich vor seinem Körper um, hält mich von hinten umschlungen und schaut sich um. An der Wand neben der Tür bleibt sein Blick an der taschentuchgroßen Bundesliga-Tabelle hängen. Während er über meinen Kopf hinweg die Ergebnisse der letzten Spieltage kommentiert, knöpft er mir die Bluse auf.

„Schöner BH", sagt er und beschäftigt sich liebevoll mit dem Inhalt. Ich wende mich ihm wieder zu, ziehe ihm den Lambswool-Pullover und das Hemd aus. Eine trainierte Brust, das hätte ich nicht gedacht. Ein kleiner Rettungsring schwimmt über dem Hosenbund. So viel Fleisch, und das bei einem Vegetarier. Wie sympathisch. Auf dem Weg ins Schlafzimmer bleibt der Großteil der anderen Kleidungsstücke auf der Strecke. Wir kuscheln auf meinen 90 Zentimetern. Peters Seite bleibt kalt. Ich muss mir dringend ein neues Bett kaufen. Mehr als 300 Nächte lag ich hier jetzt allein. Und hätte nie gedacht, dass ich jemals einen anderen Mann unter dieser Decke ertragen könnte. Draußen wird es langsam hell und wir liegen halb aufeinander ganz still da und ruhen selig. Bei der geringsten Bewegung springen unsere Körper aber sofort wieder an.

Wir küssen uns und Tilmann serviert mir eine überaus großzügige Morgenlatte. Wir passen wirklich gut zusammen, so selbstverständlich, und schon bald sind wir atemlos und angespannt vor Hitze und Verlangen. Er lächelt und küsst meine geschlossenen Augenlider. „Wir können es langsam angehen lassen. Ich will dich nicht unter Druck setzen." Aber ich spüre keinen Druck, nur Lust. Ich drehe mich um, er schlingt seine Arme um mich, eine Hand umschließt meine Brust, die andere gleitet tiefer. Mit seinen Beinen drückt er meine Schenkel auseinander –

und belebt mich wie es nur diese Art von Latte kann. Seine Hand ist an genau der richtigen Stelle und die Gefühle, die er damit auslöst, pushen meinen Atem stoßweise ins Kissen. Der im Hintergrund laufende ipod springt auf „40 Day Dream“ von Edward Sharpe und wir sind im Rhythmus. Kurz wundere ich mich, wie entspannt ich bin und dann denke ich gar nicht mehr, sondern genieße nur. Bis Tilmann kommt. Vor mir. Er versucht alles, um mir denselben Höhenflug zu schenken – aber ich merke, dass selbst seine sanfte Zunge, die sich ganz hart anspannen kann, nichts mehr ausrichten kann. Over. Und trotzdem schön. Unsere Körper liegen eng beieinander, er streicht mir eine verklebte Ponysträhne vom Mund und küsst meine Lippen, die sich mittlerweile anfühlen wie die von Angelina Jolie aussehen. Hin und wieder öffne ich meine Augen vorsichtig einen kleinen Spalt, schaue mir den fremden Mann an und wundere mich über das vertraute Gefühl.

Gegen 9.30 Uhr befreie ich mich aus Tilmanns schlafender Umarmung, stehe ohne die sprichwörtliche Mütze Schlaf auf, wasche mein Gesicht. Meine Haare sitzen besser als gestern Abend. Dabei hätte ich schwören können, dass mir eine zerwühlte Bienenkorb-Frisur im Spiegel begegnet. Im flauschigen Bademantel und auf dicken Socken gehe ich zurück ins Schlafzimmer, lasse mich auf ihn plumpsen und flüstere in sein Ohr: „Du musst jetzt aufstehen. In einer halben Stunde kommt eine Freundin zum Frühstück.“ Er ist gleich voll da, küsst mich übermütig und meint: „Ich kann mich doch drei, vier Stunden hier verstecken.“ – „Kannst du nicht.“ Bevor er sich anzieht, stolziert er im Slip durch die Wohnung, stellt sich ans Balkonfenster, schaut in die Fenster gegenüber (fehlt nur noch, dass er winkt). Ich gehe zur Anlage, lege von Elvis „Burning Love“ auf, in „Ich-ruf-sofort-die-Polizei“-Lautstärke. Fünf Minuten später steht er brav im Mantel an meiner Wohnungstür, mit einem Apfel „für den Weg“.

„Meine Nummer habe ich auf den ‚Stern' geschrieben, neben deinem Bett", sagt er noch. „Vielleicht können wir uns ja morgen sehen. Heute Abend bin ich unterwegs." Er küsst mich und läuft mit einem Höllenlärm die Holztreppen hinunter.

Ich hebe meinen Mantel vom Flurboden auf und erinnere mich an den Zettel, den er mir nachts zugesteckt hat. hirschbraten@hotmail.com steht darauf. Mit einem Riesengrinsen und einem Glas Karottensaft lege ich mich zurück ins noch warme Bett. Mein Kissen duftet auf der rechten Seite nach „Terre d'Hermès"-Parfum. Dufte, dieser Hirschbraten. Aber ich bin froh, dass ich nicht mit ihm frühstücke. Und auch mit sonst niemandem. Das war genau die richtige Portion Wild. Ich schreibe eine SMS an Ellen, stelle mir den Wecker auf 14 Uhr – um 16 Uhr kommt Peter vorbei – und schlafe sofort ein.

Ellen

Ich stehe mit zwei Rundbürsten im Haar in der Küche und lese Annes SMS zum dritten Mal: „Habe deinen Tischnachbarn mit nach Hause genommen. Und eine wilde Nacht hinter mir... Gehe jetzt schlafen."

Mitgenommen? Welchen meint sie? Den Vegetarier? Oder den Agenturchef...? Sicher ist sie mit dem ins Gespräch gekommen, nachdem ich gegangen bin. Andererseits hat sie sich mit diesem Tilmann ganz gut amüsiert. Aber die beiden passen gar nicht zusammen. Obwohl ich weiß, dass ich erst einmal keine Antwort bekommen werde – weil die Durchnächtigte ja jetzt ruht – schicke ich Anne die Frage aufs Handy. Mit einem kleinen Hinweis auf meine nette Überraschung vom Vorabend: „Welchen von den beiden Tischnachbarn? Ich habe auch einen Höhenflug erlebt. Und du wirst auch etwas davon haben."

Ich bin richtig aufgeregt. Egal, mit welchem der beiden Männer Annes Nacht wild war. Diese Affäre kommt genau zur richtigen Zeit. Anders als Marlene, die zum Frühstück zu mir kommen wollte und sich jetzt schon um eine halbe Stunde verspätet. Ich nutze die Zeit, um noch einen Obstsalat für unser Frühstück zu schnippeln. Während ich die Grapefruit aushöhle, stelle ich mir Annes Gesicht vor, wenn ich ihr erzähle, dass wir kostenlos nach Indien kommen. Glück im Spiel. Pech in der Liebe. Ob da was dran ist, frage ich mich. Kann eigentlich nicht sein, sonst hätte ich schon öfter Glück im Spiel gehabt. Ich bin beruhigt. Meine eigene Statistik reicht mir. Und ich gehe mal ganz optimistisch davon aus, dass sich zu meinem Glück im Spiel nun auch bald das Glück in der Liebe gesellt.

Als Marlene endlich erscheint, erzähle ich ihr beim Saftauspressen erst einmal von meinem Hauptgewinn. Und anschließend sofort von Annes offenbar heißer Nummer.

„Du meinst, Anne hatte Sex mit einem Vegetarier?", fragt Marlene.

„Mehr weiß ich auch nicht."

„Egal. Jeder ist gut, der Gras über Peter wachsen lässt", meint sie.

Sie streicht sich vorsichtig Frischkäse aufs Brötchen, darüber einen Hauch Himbeermarmelade.

„Sechs Kilo?", frage ich und sie strahlt: „Acht. Super, oder?"

„Ist Wolfgang auch wieder nett zu dir?", wage ich mich an ihren wunden Punkt heran.

„Ach, seine schlechte Laune hatte gar nichts mit mir zu tun. Der hatte einfach viel Stress im Job..."

„...und ich dachte schon, du wähntest ihn auf Abwegen", bohre ich weiter.

„Das war genau zu dem Zeitpunkt, als Annes und Piets Beziehung gerade den Bach runterging. Deshalb wollte ich speziell Anne nicht auch noch damit belasten. Aber eine Zeit lang war ich tatsächlich unsicher. Ich hatte seine neue Sekretärin auf Sicht. Weil die dünn ist und so überheblich zu mir war. Aber das ist sie wohl zu allen."

„Dann hat sich dein Verdacht in Luft aufgelöst?“

Marlene weiß, dass ich sie nicht von der Angel lasse. „Ja. Aber generell würde ich für Wolfgang nie mehr die Hand ins Feuer legen“, sagt sie, plötzlich ganz ernst. „Vor sieben Jahren war da mal eine Frauengeschichte. Und seitdem springe ich extrem früh an, wenn er sich komisch verhält.“

Ich schaue sie fragend an. Und Marlene erzählt. „Tim war damals noch ganz klein und ich hatte mich gerade mit meiner Agentur selbständig gemacht. Für alles andere hatte ich keine Energie. Deshalb dauerte es lange, bis ich merkte, dass Wolfgang sich verändert hatte. Er schaute ständig auf sein Handy, ging abends ‚zur Entspannung‘ lange spazieren und war mir gegenüber ungeduldig und kühl. Als ich ihn schließlich fragte, ob es eine andere Frau gäbe, stritt er das natürlich ab. Und irgendwann verhielt er sich wieder normal. Ich entspannte mich.“ Marlene trinkt sich mit einem Schluck Orangensaft Mut für den Rest der Geschichte an: „Etwa ein Jahr später verlor ich mein Handy und er hat mir als Zwischenlösung sein altes gegeben. Beim Herumspielen habe ich ein versehentlich mitgeschnittenes Telefon-Gespräch abgehört. Darin hat er eine andere ‚meine Süße’ genannt, genau wie mich. Mir wurde richtig schlecht. Ich habe ihn natürlich zur Rede gestellt. Er schwor, dass die Sache längst beendet sei. Du glaubst nicht, was für Angst Wolfgang hatte, dass ich ihn verlasse. Doch obwohl ich weiß, dass er mich wirklich liebt und ich mich im Moment sicher fühle, ein leises Misstrauen bleibt. Immer.“

Wenigstens mal ein männliches Exemplar, das aus Fehlern lernt, denke ich und lächle. „Na ja, manchmal schweißen einen solche Krisen ja auch zusammen. Und im Gegensatz zu Peter hatte Wolfgang offenbar kein Problem, sich zu entschieden. Für dich.“

Jetzt lächelt Marlene auch und lenkt von sich ab: „Gibt’s bei dir denn was Neues?“

„Vielleicht. Aber ich habe noch nichts zu erzählen“, sage ich. Und Marlene weiß, dass Bohren bei mir nichts nützt.

„Schade, ich glaube, es täte dir gut, dich mal wieder richtig zu verlieben. Diesen Christoph fand ich zauberhaft. Ihr passt gut zusammen.“

Ich nehme mir fest vor, ihr das nächste Mal mehr aus meinem Herzen zu berichten. Aber diesmal komme ich lieber auf Klamotten zu sprechen und bevorstehende Feste, auf denen man etwas Adrettes ausführen muss. Und mit genau der richtigen Portion Adrenalin im Blut zerrt mich Marlene nach dem Frühstück in den Shop, in dem sie immer etwas findet. Sie feiert ihre Minus acht Kilo mit drei neuen Hosen. Im Schuhladen verzichtet sie dann allerdings auf einen Kauf und stellt bei der Anprobe nur knapp fest: „Die kann ich mir kaufen, wenn ich wieder fett werde. Schuhe passen immer.“

Anne

Ich kann mich unmöglich mit Peter treffen. Dazu fehlt mir der nötige Ernst. Und ich bin auch nicht bereit, mich runterziehen zu lassen. Um zwölf Uhr stehe ich auf, ohne überhaupt geschlafen zu haben. Tilmanns Küsse haben das Schlafhormon vertrieben. Wie er mit Lippen und Zunge meinen Rücken und dann auch den ganzen Rest verwöhnt hat... Allein der Gedanke daran schickt wieder kribbelige Schauer durch meine Mitte. Es ist wirklich passiert, sage ich mir immer wieder. Dabei ist er doch eigentlich gar nicht mein Typ. Meine Sorte Mann stammt eher vom Hering ab. So ungefähr 75 Kilo verlieren sich auf einer Größe von 1,90 Meter. Dann auch eher dunkelhaarig, mit intellektuellem Zug um den Mund, Brille kein Hindernis. Und jetzt dieser Tilmann. Wie hat er es geschafft, dass ich mich so fühle? Egal. Bevor ich weiter träume, rufe ich erst mal Peter an.

„Ich glaube, ich kriege eine Erkältung. Können wir unser Treffen nicht verschieben?"

Er denkt erst mal an sich. „Das finde ich aber schade", nölt er. „Ich dachte, wir wollten kochen..."

Will sagen: Ich koche und dazu gibt es dann wieder eines dieser anstrengenden Gespräche, bei denen wir uns im Kreis drehen. Darauf habe ich heute keinen Appetit. Überhaupt habe ich gar keinen Hunger. Trotzdem bin ich kurz davor einzuknicken, weil Peters trauriges Schweigen mir sofort ein schlechtes Gewissen macht. Dann ist er aber doch schneller als mein nächster Satz: „Na, gut. Lass es uns verschieben. Mich bei dir anzustecken, kann ich mir im Moment echt nicht leisten. Ich habe so viel zu tun. Morgen muss ich ins Büro. Weil Montag eine wichtige Konferenz ist. Dann ruh dich mal aus und mach's dir gemütlich vorm Fernseher. Soll ich in der Zeitung mal gucken, was kommt?", fragt er, als würde ich im Tal der Ahnungslosen sitzen.

Aber er will einfach nett sein. Und ich lasse ihn deshalb nachschauen und unterlasse es, ihn auf meine Stapel von Zeitungen und Zeitschriften hinzuweisen, die neben meinem Bett die Empire State Building-Höhe anstreben. Peter legt mir den Themenabend übers Mittelalter auf arte ans Herz („Das interessiert dich doch bestimmt, mit Pest und Hexenverbrennung") und ich tue so, als hätte er damit einen Volltreffer gelandet. Mensch, bin ich gut drauf.

Das merken auch noch andere. Männer. Beim Einkaufen im Supermarkt grinsen mich neben lauter leckeren Sachen, die ich mit Lust in den Wagen lege, gleich drei ganz nette Exemplare an. Das mutigste fragt mich, wo es denn die getrockneten Tomaten gebe und was ich denn damit koche. Das netteste lässt mich an der Kasse vor und das attraktivste lächelt mich bei drei Begegnungen zwischen den Regalen verschwörerisch an – und trägt einen Ehering.

Immer noch nicht müde, lege ich mich zu Hause aufs Sofa, zünde mindestens 15 Kerzen an, trinke einen „Sweet Chai"-Tee und höre dabei die Bundesliga im Radio. Zum ersten Mal heute schaue ich auf mein Handy, das seit gestern auf lautlos geschaltet ist. Ich rechne mit nichts Aufregendem, weil der Hirsch keine Nummern von mir hat. Eine SMS von Ellen. Wieso fragt sie mich, ob ich den rechten oder linken Tischnachbarn mitgenommen habe? Spinnt die? Ich fange doch nichts mit dem Agenturchef an. Ist es wirklich so abwegig, dass ich das Waldtier abgeführt habe? Ich kläre Ellen auf.

Und bekomme sofort die Antwort: „Freue mich total für dich – eine nette Feel-good-Affäre. Das gibt dir Energie, Piets Schwankungen besser zu verkraften. Viel Spaß. P.S. Reden wir von einem Sechs- oder Zwölfender?“

Typisch. Ellen denkt wieder nur an das Eine. „Gibt es Zehnender?“

Zehn Minuten später liefert sie Fakten: „Wikipedia kennt noch den geweihlosen Moschushirschen. Mit dem hast du es wohl nicht zu tun. Brunftzeit ist bei allen vorbei: September/Oktober.“

Ich gebe einen letzten Kommentar: „Fühlte sich nicht so an. Habe es wohl mit einem Mutanten zu tun, der die Evolution vorantreiben will. Der Trend geht zur Ganzjahresbrunft.“

Das ganze Brunftgerede hat mich nun doch hungrig gemacht. Ich gehe in die Küche und stelle mir eine gemäßigte Schlachtplatte zusammen: ein paar Brocken „Old Amsterdam“, viele kleine Gürkchen, ein knackiger Landjäger, eine dicke Scheibe Brot und für danach eine Tüte Haribo-Vampire. Satt verdöse ich die nächsten Stunden.

Plötzlich werde ich doch wieder fit. Ich lege mir noch eine Folge „Mad Men“ ein. Der Sexappeal von Don Draper verführt mich dazu, den nächsten Schritt zu wagen. 22.30 Uhr. 13 Stunden sind vergangen seit dem letzten Kuss, da ist es ja nicht übereilt, Tilmann mal eine kleine Botschaft zu schicken. „Und jetzt noch Don Draper im Fernsehen. What a perfect day. Danach hole ich den verpassten Schlaf nach. Dir viel Spaß. Anne.“ Er antwortet sofort:

„Schlaf schön. Bis morgen. Soll ich dich gegen 15 Uhr abholen? Spazierengehen? Don Hirsch." Bingo.

Als Tilmann am nächsten Tag klingelt, bin ich schon fertig angezogen und gehe direkt runter. Ich bin extrem gespannt, ob das Bild, das ich von ihm abgespeichert habe, mit dem übereinstimmt, das ich gleich sehen werde.

Nein. Er sieht besser aus, lässiger. Trägt eine blaue Wollmütze, einen olivfarbenen Parka, Jeans und braune, derbe Schuhe. Er küsst meinen Mund, nimmt mich in den Arm, aus dem ich mich aber – weiß der Kuckuck, warum – gleich wieder befreie. Wir gehen zu seinem Auto, einem ehemals weißen Golf, den er wahrscheinlich zum Führerschein bekommen hat und fahren an die Elbe wie ca. 53 000 andere auch. Das Wetter ist auf unserer Seite. Und er an meiner. Ohne uns zu berühren (wieso eigentlich nicht?) laufen wir eine Stunde in die eine Richtung und dann wieder zurück. Er erzählt von seinen Eltern, seiner Studienzeit in Marburg, von seinen Jobs, eben von den Dingen, die man sich erzählt, wenn noch keine Basis da ist.

Alles ist interessant. Ich höre ihm gern zu, halte mich bewusst zurück, weil ich mich ja Freitag schon ganz begeistert dargestellt habe. Außerdem kann ich ihn besser betrachten, wenn ich nicht rede. Ich bin mit einem ganz coolen Typen unterwegs, stelle ich zufrieden fest. Tilmann gehört zu den Menschen, die zunehmend attraktiver werden, wenn man sie kennenlernt. Ellen würde sagen: „Er ist ein grower."

An einer kleinen Bude werde ich langsamer und zeige auf das WC-Schild. Tilmann sagt nur: „Ich warte hier." In der Klokabine hängt ein Kondomautomat – und ich habe mein Geld im Auto gelassen. Muss sogar wieder raus und mir die 50 Cents fürs Pinkeln von meinem Begleiter leihen. Der hat uns inzwischen einen Kakao „to go" besorgt. Und ich bin wie ein glückliches Kind, das gar nicht merkt, wie die Zeit vergeht. Erst am Auto fällt mir auf, dass es schon dunkel ist. Wir haben brüllenden Hunger und zwei

Möglichkeiten: irgendwo essen zu gehen oder bei mir Nudeln zu kochen. Für Tilmann ist die Sache klar: zu mir. Seine Wohnung bringt er nicht ins Spiel. Ich stelle sie mir als eine dieser Männerbehausungen vor, der man nur mit einem sehr liebenden Blick etwas Rührendes abgewinnen kann.

In meiner Wohnung zieht er sich als erstes die Schuhe aus. Neben meinen in Größe 38 wirken sie wie Kastenbrote. Seine Strümpfe sind gut in Schuss, nichts Fadenscheiniges an ihnen. Ich weiß nicht, warum es mir auffällt und nach welchen Hinweisen ich Ausschau halte. Was sagt das „Darunter“ über einen Mann aus? Dass er gut allein klar kommt? Nicht oberflächlich ist, durch und durch Stil hat? Er lässt mir keine Zeit, ihn weiter auseinander zu nehmen. Fragt, was er denn tun könne. Als ich die Zutaten sortiere, nimmt er sich die Zwiebeln, holt sich ein Holzbrett und das kleine scharfe Messer. „Die schneide ich“, sagt er. „Ich will nicht, dass du weinst.“ Und ich lächle innerlich.

Wir arbeiten Hand in Hand, immer noch, ohne uns zu berühren. Ich hacke ordentlich Chili in die Soße und genieße das Brennen auf der Zunge beim Abschmecken. Am liebsten würde ich ihn auf der Stelle umarmen. Aber es ist schön, wie es ist, in der Vorfreude zu brutzeln. Und etwas so Heimeliges wie Kochen mit einem Fremden zu genießen, der mir minütlich vertrauter wird. Wie er neben mir am Herd steht, so niedlich konzentriert. Weil es so ganz anders mit ihm ist, kriege ich einen spontanen Peter-Flashback: Bei uns war die Aufgabenverteilung klar. Ich kochte allein, vom Zwiebelschneiden bis Abschmecken, er deckte den Tisch, öffnete den Wein und wusch am Ende die Töpfe ab. Das war effektiv.

Mit Tilmann ist Kochen ein Ereignis. Seine Sinne sind wach. Er nimmt alles wahr. Als ich die Nudeln in eine große, weiße Keramikschale fülle, die rote Pesto-Soße mit den frischen Tomaten vorsichtig darüber löffle und frische Basilikumblätter in die Mitte streue, sagt er: „Das sieht so schön aus. Da mag ich mir gar nichts auf den Teller nehmen. Ich hasse diesen schrecklichen Moment, in dem sich alles vermischt."

Ein paar Minuten später sitzen wir uns am Tisch gegenüber und er macht sich dann doch voller Begeisterung über die Pasta her. So gut ist mir mein Schnellgericht noch nie gelungen. Es schmeckt grandios. Ich freue mich diebisch, tue aber so, als wäre da locker noch eine Steigerung drin. Die kommt dann auf dem Sofa. Unter Mitarbeit von The XX auf „Coexist" werden wir distanzloser. Tilmann schaut mich mit warmen Augen an, die im Kerzenschein funkeln, legt seinen Arm um mich, zieht mich an sich. Ich sauge seine vollen Lippen zart ein und spüre sofort die Unruhe, die ich damit auslöse. Er atmet schwer an meinem Hals, was mich verrückt macht. Und ihn anstachelt, diesen Ort immer wieder mit der Zunge zu berühren. Dann sucht er wieder meinen Mund. Während er mich küsst, knöpft er nach und nach meine Jeans auf, zieht den Reißverschluss meiner Strickjacke herunter. Ich ziehe ihm den Pullover über den Kopf. Sofort finden sich unsere Lippen wieder. Als er plötzlich gut gelaunt und vollkommen übertrieben in Richtung Fenster winkt, komme ich zur Besinnung. „Ich zieh mal besser die Vorhänge zu", sage ich, schaue an mir herunter, ziehe schnell die Jeans hoch und mein T-Shirt herunter. „Wir liegen hier wie die Teenager." Das kurze Intermezzo am Fenster kühlt mich ab. Mir fällt ein, dass ich morgen früh um sieben Uhr am Flughafen sein muss. Und das erzähle ich Tilmann. Und dazu noch, dass er deshalb demnächst gehen müsse. Im nächsten Moment frage ich mich, wie ich so bescheuert sein kann. Endlich einen Hirschen auf dem Präsentierteller – und ich lasse ihn laufen. Vielleicht, weil ich mir sicher bin, dass wir alle Zeit der Welt haben.

Wir knutschen noch eine Weile herum, aber im Hintergrund tickt die Uhr. Ich kann mich nicht mehr fallen lassen. Reiche ihm um 23 Uhr seinen Pullover und küsse Tilmann zur Tür. Damit er weiß, dass er es mit einer viel beschäftigten Frau zu tun hat, sage ich ihm zum Abschied: „Ich habe in den nächsten Tagen leider überhaupt keine Zeit. Morgen bin ich den ganzen Tag auf einer Pressekonferenz und bei einem Interview in Paris, Dienstag und Mittwoch sieht's leider auch schlecht aus." Tilmann zuckt mit den Schultern, lächelt kurz. „Bis irgendwann dann", sagt er. Ich schließe die Tür hinter ihm zu und möchte sie im selben Moment wieder aufreißen und ins Treppenhaus rufen: „Bleib!" Ich tue es nicht und fühle so etwas wie Heimweh.

Ellen

Dienstag sieht Anne so erholt aus, als hätte sie vier Wochen auf einer Massageliege gelegen. Und ich bin irgendwie ein bisschen beleidigt. Einfach weil ich von Anne absolut nichts mehr gehört habe seit dem naturwissenschaftlichen Austausch per SMS. Von meinem Überraschungs-Gewinn habe ich ihr immer noch nichts erzählt. Und auch jetzt ist nicht der richtige Zeitpunkt dafür.

„Naaaha", sage ich und dann nichts mehr.

„Ich hab vielleicht einen Nerv hinter mir", motzt meine Partnerin daraufhin zur Begrüßung. „Stundenlang haben wir in Paris auf den Transfer gewartet. Die Franzosen haben echt 'ne Meise. Letztendlich haben wir sogar das Flugzeug verpasst. Ich konnte zum Glück später fliegen. Die Leute aus München mussten da bleiben und konnten erst heute Morgen weg."

„Ach, was ein Mist. Aber was mich interessiert, ist, was mit dem Hirschen los ist?", versuche ich meine Ungeduld einigermaßen nett zu verpacken.

„Irgendwie ist es toll mit ihm und irgendwie auch nicht. Ich kann dir nicht sagen, was da nicht stimmt. Aber Sonntagabend war der Abschied ganz merkwürdig und gestern hab ich ihm von zu Hause noch eine Mail geschickt, kurz vor Mitternacht. Darauf hat er bis jetzt noch nicht geantwortet", sagt Anne und erzählt mir dann die ganze Geschichte.

„Wie? Du hast ihn Sonntag einfach rausgeschmissen? Quasi mit der Hose in den Kniekehlen?“, amüsiere ich mich. „Aber sag mal, was findest du eigentlich an dem? Euch hätte ich nie zusammen gebracht.“

„Erstens war ich voller Rotwein, zweitens ist Tilmann ziemlich witzig und super spontan, was ihn für mich an dem Abend immer attraktiver gemacht hat. Und drittens fand ich ihn am Sonntag dann wirklich cool. Und zauberhaft. Und sexy“, verteidigt Anne ihr erlegtes Waldtier.

„Klar. Und weil er so sexy ist, hast du ihn vor die Tür gesetzt. Oder spielst du jetzt die heilige Jungfrau?“

„Ich weiß nicht. Ich wollte vielleicht einfach nicht, dass es in Peters Bett passiert. Ich brauche jetzt wirklich ein neues und am besten auch gleich eine Wohnung dazu. Und ganz ehrlich, ich bin auch irgendwie gehemmt. So nach zehn Jahren mit Peter und so wenig Sex. Und dann musste ich ja so früh aufstehen. Das wäre vor zehn Jahren kein Thema gewesen. Aber heute ist es mir halt wichtig, dass ich im Job ausgeschlafen bin. Na ja, der meldet sich schon“, beendet Anne ihre Rechtfertigung.

Und als zwei Stunden später ihr Handy piept, liest Anne mit fröhlicher Genugtuung vor: „Der Gourmet wünscht der Superköchin einen leckeren Tag.“

Sie holt kurz meinen Segen ein und antwortet Tilmann dann sofort: „Ich würde die Töpfe gern wieder heiß machen.“

Genau so schnell kommt sein Return, den sie mir wieder vorliest: „Gute Idee. Lass uns bald über das Timing reden. Nächste Woche bin ich in Frankfurt von einer Agentur gebucht.“

Den Nachmittag verbringe ich mit einem Extraheft über Fitness für ein Frauen-Magazin. Aber zwischen die Beschreibungen der Muskeldehnungen rutschen immer wieder Bilder von Georg, der mich vor dem Richter vorwurfsvoll ansieht. Ich versuche, sie wegzuschieben. Es macht keinen Sinn, mir jetzt schon ein Horror-Szenario zu zeichnen. Ich werde die Sache heil überstehen. Das habe ich mir mehr als fest vorgenommen.

„Morgen komme ich etwas später ins Büro“, kündige ich an, während ich abends meine Teetasse abwasche.

„Oh Gott, dein Scheidungstermin!“, erinnert sich Anne sofort. „Ich drück dir alle Daumen.“

„Danke“, sage ich und erzähle ihr – auch zu meiner eigenen Aufheiterung – endlich vom großen Gewinn.

„Damit rückst du erst jetzt raus?“, jubelt Anne und springt mir überschwänglich in die Arme.

„Ich dachte, jetzt wo der Hirsch auf der Lichtung erschienen ist, hast du vielleicht gar keine Lust mehr, mit mir wegzufahren...“

„So ein Blödsinn. Diese Reise machen wir. Ich freue mich total! Ich schicke gleich mal eine E-Mail nach Indien. Mal sehen, ob Vikram was für uns organisieren kann.“

Ich bringe die Nacht ohne Albträume hinter mich. Aber aufs Frühstück muss ich aufgrund eines gewissen Unwohlseins in der Magengegend verzichten. Auf dem Weg zu meinem letzten Date mit Georg flüstere ich mir lauter ermutigende Sätze zu. Und fühle mich allem gewachsen.

Im ersten Stock des Hamburger Familiengerichts sitzt er dann mit seinem Anwalt vor Raum 156 auf einer unbequemen Holzbank. Ich gehe auf ihn zu, mit einem dicken Kloß im Hals. Wie eine umgekehrte Braut. Jetzt bloß nicht heulen.

Nachdem wir uns so lange bekämpft haben und ich ihm mehr als einmal die Pest und noch viel Schlimmeres an den Hals gewünscht habe, werde ich ausgerechnet jetzt sentimental. Er sieht nicht gut aus. Und das tut mir weh. Ich würde Georg gern in den Arm nehmen. Aber das rede ich mir ganz schnell aus. Ist besser für ihn und für mich, wenn ich cool bleibe.

An den Wänden hängen Fotos von Rom, wo wir unsere Flitterwochen verbracht haben. Wie passend. „Hast du die hier heute morgen aufgehängt", frage ich ihn, um für anständige Scheidungs-Stimmung zu sorgen. Georg findet das „sehr witzig."

Dr. Brand kommt mit wehender Robe die Treppe hoch. Georg dreht den Kopf zur Seite, als wäre mein Anwalt Schuld daran, dass wir uns jetzt hier alle treffen.

Pünktlich um 11.30 Uhr werden wir vor den Richter gerufen. Der Gerichtsraum ist fast gemütlich, mit deckenhohem Bücherregal und einem großen Schreibtisch im Zentrum, der mit zwei kleineren Tischen davor ein Hufeisen bildet. Ich nehme neben Dr. Brand Platz, suche Georgs Blick, weil ich finde, dass wir das hier jetzt mit Anstand hinter uns bringen müssen. Der Richter will wissen, ob wir uns tatsächlich scheiden lassen wollen. Ich halte die Luft an, als er sich mit der Frage an Georg wendet. Mein Bald-Ex-Mann sagt leise „ja". Meine Atmung setzt wieder ein. Nach der Verlesung der Scheidungsvereinbarungen, schlägt der Richter mit einem kleinen Hammer auf die grüne Lederunterlage und verkündet im Namen des Volkes, dass die Scheidung per sofort rechtskräftig ist.

Als Fräulein Mars gehe ich hinter Georg und unseren Anwälten die Treppe herunter. Am Ausgang nimmt mich Georg in den Arm und weint.

„Ich hoffe, du bist jetzt glücklich", sagt er. Damit hat er mich. Zusammen weinen wir ein bisschen, blockieren noch eine kleine Weile den Eingang vom Gericht. Dann gehen wir getrennte Wege, er nach links, ich nach rechts.

Als ich im Auto sitze und in Richtung Büro fahre, fühle ich mich wie leer gepumpt. Aber unglaublich erleichtert. Anne und Marlene erwarten mich mit Champagner. Beschwipst rufe ich später meine Eltern und zwei, drei Freundinnen an.

Christoph erfährt zwei Tage später von der Scheidung. Durch Anne, die ihm einen Job vermitteln will und bei ihm anruft. Abends meldet er sich bei mir: „Diese Nachricht müssen wir jetzt aber mal mit mindestens einem Bier feiern", fädelt er unsere erste richtige Verabredung ein.

Anne

Mindestens einmal pro Stunde lese ich mir Tilmanns letzte SMS vor, variiere dabei die Betonung und versuche, die Bedeutung der Worte zu sezieren wie Columbo seine Mordopfer: „Lass uns bald über das Timing reden." Was meint ein Mann, wenn er „bald" sagt? Für mich heißt das in unserem Fall so gut wie sofort. Da erst ich an den nächsten beiden Abenden verabredet bin, dann Tilmann keine Zeit hat und er dann eine Woche in Frankfurt ist, kann „bald" allerdings auch in zwei Wochen heißen. Die Amis sagen sogar noch „see you later", wenn sie gar nicht damit rechnen, jemanden jemals wieder zu sehen. Weil ich keine Lust habe, den ganzen Abend auf den erlösenden Klingelton zu warten, schicke ich dem Hirschen gegen 20 Uhr noch eine SMS aus dem Auto: „Damit unser Timing nicht das Zeitliche segnet, frage ich jetzt mal direkt: Quando?" Mein Abend mit Katrin ist schön, aber mein Handy schweigt. Zwischendurch gucke ich immer mal wieder nach, ob es noch lebt. Tut es. Tilmann meldet sich einfach nicht.

Auch am nächsten Tag gibt er kein Zeichen. Bis zum frühen Abend, als Ellen und ich gerade Besuch von einer Pressefrau im Büro haben. Da ruft er an und ich frage ihn, ob ich ihn in einer halben Stunde zurückrufen kann. „Ich muss zwar gleich weg. Aber in einer halben Stunde werde ich definitiv genau da sein, wo mein Telefon ist", sagt er ganz süß. Ich erreiche ihn eine knappe Stunde später bei Freunden, die ihn zum Essen eingeladen haben. Er zählt seine Verabredungen der nächsten Tage auf und räumt mir einen Platz am Sonntagnachmittag frei. „Ich kriege von Samstag bis Montag Besuch aus Marburg. Hmmh, blöd. Sonntag wollen wir kochen. Aber bis sechs sollen die sich dann mal selbst beschäftigen", denkt er laut, so als würde er das zum ersten Mal überlegen.

Donnerstag und Freitag höre ich nichts von ihm. Ich bin aber abgelenkt – viel Arbeit. Muss das Interview mit einem Parfümeur abtippen und für zwei Magazine verschiedene Versionen schreiben. Am Samstag bin ich kaputt und mürbe. Gegen 20 Uhr kommt Katrin vorbei. Ich erzähle ihr, dass ich Tilmann jetzt anrufen muss. Weil ich die Spannung nicht länger ertragen will. Katrin ist entsetzt: „Bist du wahnsinnig? Um diese Uhrzeit an einem Samstag? Das kannst du nicht bringen. Damit verkaufst du dich komplett unter Wert. Der denkt dann, du hättest nichts vor. Lass uns lieber etwas Essen gehen und zusehen, dass du ein bisschen besser drauf kommst."

„Ich kann ihn ja später von unterwegs anrufen und fragen, wo er mit seinen Marburgern gerade ist..."

Katrin guckt zwar nach wie vor etwas besorgt, sagt aber: „Das ist eine viel bessere Idee."

Zum Glück denke ich später nicht mehr so sehnsüchtig an Tilmann. Katrin und ich haben einen netten Flirt mit dem Barkeeper der „Denise Bar" und ich falle gegen drei Uhr todmüde ins Bett.

Sonntag bleibt er weiter stumm. Super, ich habe es jetzt mit Til Schweiger zu tun. Und ärgere mich, dass ich mich noch nicht mal auf die vermischten Meldungen meiner Sonntagszeitung konzentrieren kann. Um 13 Uhr habe ich die Nase voll von dieser Teenager-Taktiererei. Okay, noch eine rauchen, noch einmal den Vorsatz wiederholen „bloß nicht sauer, beleidigt, enttäuscht, verzweifelt, unlocker" klingen. Und dann wähle ich seine Nummer.

„Hallo, hier ist Tilmann", meldet sich der Hirsch in bester Waldeslust-Laune.

Er ist erst um sieben Uhr nach Hause gekommen, liegt noch „verstrahlt" im Bett und gibt mir zu verstehen, dass er sich dort noch eine Weile aufhalten wird.

An meinem Bewusstsein vorbei quillt aus meinem Mund heraus: „Wir sind ja heute Nachmittag verabredet. Aber ich habe um

16 Uhr jetzt noch einen Termin zur Wohnungsbesichtigung von einem Makler bekommen..." Wie beknackt, so eine Sackgasse. Und wie komme ich da jetzt bitte wieder raus?

Tilmann scheint die verfahrene Situation nicht in Trauerstimmung zu versetzen. Er klingt ganz geschäftig: „Tja, ich kann ja nur bis 18 Uhr."

Darauf antworte ich in zerstörerischer Verzicktheit: „Dann wird das wohl nichts mehr. Morgen musst du ja nach Frankfurt..."

Tilmann geht auf meine Zeitrechnung gar nicht ein. Ihn beschäftigt sein schwerer Schädel. „Es scheint ja ganz schön zu sein, draußen. Ich glaub, ich geh gleich noch mal in den Park zum Auslüften."

Leider bin ich plötzlich bereit, mich zu demütigen: „Dann lass uns das doch zusammen machen, vor meinem Termin. Es ist ja erst halb zwei."

„Ach nee, du, lass mal", antwortet der ganz nebenbei. „Das wird doch zu hektisch für dich. Ich bin ja auch noch nicht geduscht."

Sauer, beleidigt, enttäuscht, verzweifelt und unlocker beende ich das Gespräch: „Also dann mal eine erfolgreiche Woche in Frankfurt. Tschüss."

„Ja danke", sagt er, „ich melde mich, wenn ich wieder zurück bin."

Ich bleibe allein mit dem „das war's dann wohl"-Gefühl. Ich merke, dass meine Augen sich füllen – und gehe schnell zum CD-Player. Der gute, alte Song „No Scrubs" von TLC bringt mich zum Tanzen und ich schaffe es, meine Traurigkeit abzuschütteln.

Ellen

Am Montag sieht Anne so aus, als müsse sie dringend auf die Massage-Liege. Sie ist extrem früh im Büro und überfällt mich sofort, als ich um Punkt halb zehn den Raum betrete.

„Ich hatte ein total bescheuertes Telefongespräch mit Tilmann. Ich glaube, das war's schon. Er hat zwar gesagt, er meldet sich, wenn er aus Frankfurt zurück ist, aber das klang total dahergesagt."

Ich stelle den Wasserkocher an, während Anne wie eine Quelle sprudelt. „Was habe ich denn falsch gemacht? Und wann hat der seine Meinung geändert? Es muss irgendwann zwischen Sonntagabend und Donnerstag passiert sein. Obwohl er Mittwoch noch ganz süß war am Telefon. Also eher zwischen Mittwoch und Donnerstag. Ich verstehe das einfach nicht..."

So ganz ernst habe ich Annes Herumgetändel mit dem Hirschen sowieso nicht genommen, aber vermeide es lieber, mich diesbezüglich zu äußern. Ich trage unsere zwei dampfenden Teetassen die Treppe hoch. Und wir rollen unsere Stühle so weit vom Schreibtisch ab, bis das Bücherregal nicht mehr zwischen uns steht und wir uns von Kopf bis Fuß sehen können. Dann entscheide ich mich doch für ehrliche Hinweise: „Ich verstehe ja immer noch nicht so recht, was du überhaupt von ihm willst", sage ich. „Der ist echt nicht dein Kaliber. Aber im Moment tust du so, als gäbe es keinen Begehrenswerteren als ihn. Ich glaube, bei dir kreist zu viel Testosteron im Blut. Von wegen Jäger und Sammler."

„Du hast ihn gar nicht richtig angeguckt. Das ist einer für den zweiten Blick. Er hat was ganz Hinreißendes, mit der Zeit..."

„Jetzt mach aber mal halblang", platze ich heraus. „Ich saß schließlich neben ihm. Der sieht nach dem zweiten Blick noch genauso aus. Der Kopf. Wie aus einer Kartoffel geschnitzt. Es fuchst dich doch nur, dass er sich dir entzieht. Sonst wäre der schon längst Geschichte. Steigere dich da nicht so rein", füge ich ganz ungefiltert an.

Anne ist entsprechend entrüstet. „Das siehst du wirklich zu oberflächlich. Ging mir doch genauso zuerst. Aber wie der mich geküsst hat, das war so schön."

„Wie alt ist der eigentlich?", frage ich.

„Das ist noch ein junger Hirsch. Fünf, sechs Jahre jünger als ich", schätzt die Wildfängerin.

„Ah, so wie Max..." beginne ich.

„...nichts da. Jetzt hör aber mal auf. Max ist ja nun ein komplett anderer Typ. Gegen Tilmann ist der ein gestandener Mann. Der Hirsch hat mit über 30 seine Oberstufenzeit noch gar nicht richtig verarbeitet. Er hat ein paar Mal darüber geredet, wie es vor dem Abi war und sogar von der Feier erzählt. Das kam mir schon komisch vor, kurz nach dem Kennenlernen von einer Zeit zu reden, die so lange her ist. Aber irgendwie fand ich das halt ganz frisch. Wie wir beide zusammen diesen ‚Teen Spirit' geatmet haben. Als stünde uns diese ganze Erwachsenenzeit noch bevor."

Ich nutze die Chance, die Kerbe ein bisschen zu vertiefen. „Ich habe da so meine Theorie. Ich glaube, dass Tilmann Hirsch früher so ein pummeliger, etwas plumper, netter großer Junge war. Der bei den Bundesjugendspielen im Weitsprung nach zweimal Übertreten knapp 2 Meter 35 geschafft hat. Wahrscheinlich ist er auch beim Bockspringen hängen geblieben und hat sich üble blaue Flecken am Reck zugezogen. Das kam natürlich bei den Mädchen überhaupt nicht an. Und er hat schweigend vor sich hin gelitten, das schönste Mädchen der Klasse angeschmachtet, von der reinen, wahren Liebe geträumt und Trost in der Musik gefunden. In das Thema hat er sich intensiv eingearbeitet, durfte irgendwann bei Kellerpartys Platten auflegen und erntete langsam Achtung. Sein Durchbruch mit erster Freundin und so kam dann erst kurz vor dem Abi. Solche Jungs kennen wir doch alle."

„Klar, aber das sind heute nicht die Schlechtesten. Damals hatte ich immer ein bisschen Mitleid mit denen, fand sie freundlich und liebeswert, aber mehr auch nicht. In meiner Klasse hieß der, groß und plump, auch noch wie sein Vater. Heinrich. Die anderen Jungs nannten den untereinander Heinrich LS. Irgendwann habe ich Frank, einen der lässigen Typen, dazu gekriegt, mir zu verraten, was LS bedeutet", sagt sie und grinst.

„Und?"

„Langschwanz. Angeblich hatte der sowas zwischen den Beinen hängen wie dieser Mister Long John Dingdong oder wie der heißt. Und der arme Heinrich war so harmlos. Der hat sich sicher total dafür geschämt. Ich mochte den immer gern, bin oft mit ihm zusammen Bus gefahren. Aber natürlich hat es mich zu den Coolen hingezogen, an denen ich mich abarbeiten musste..."

Ich erweitere meine Theorie: „Wahrscheinlich schlägt Tilmann jetzt heinrichmäßig zurück. Früher wurde ihm das Herz gebrochen und heute will er, dass die Ladies leiden. Ganz gefährliche Typen sind das."

Anne ist weit davon entfernt, kuriert zu sein. „Ich bin irgendwie enttäuscht. So ein spielfilmartiges Aneinandergeraten...", träumt sie schon wieder.

Ich gebe nicht auf. „...Ich finde, Männer, die über 30 sind, es aber nicht wahr haben wollen, sehen alle gleich aus. Parka, Jeans, blaue Wollmütze und einen nie verblassenden Eingangsstempel von diesen Hip-Clubs auf der Hand. Und im Gesicht diese angeknipste Jugendlichkeit, die im Morgengrauen etwas leicht Tragisches kriegt."

„Glaubst du, dass er anruft?", quengelt Anne, als hätte es das ganze Gespräch nicht gegeben. In dem Moment klingelt mein Telefon. So komme ich nicht in die Verlegenheit, antworten zu müssen. Am anderen Ende will ein gar nicht verlegener Christoph konkret werden: „Wir waren für irgendwann verabredet. Wie wäre es mit Samstag, im Orange?"

Die langen Tage bis Samstag überbrücke ich mit nützlichen Dingen. Liebevoll kümmere ich mich um mein Auto. Ich befreie seine traurige Tür endlich vom bösen Rost und sprühe eine Schutzschicht auf. Und bin selbst verwundert über mich. Ich fühle mich richtig gut. Am Tag der Verabredung koche ich zwar nur eine Gemüsepfanne, aber ich esse. Es wird Zeit, diese groß angelegten Körper-Kampagnen aufzugeben. Dieser Mann soll mich kennenlernen und nicht meine auf Hochglanz polierte Oberfläche. Natürlich bringe ich die dann trotzdem noch schnell in Form. Aber weil ich die Kleiderwahl nach acht Minuten schon entscheide, stehe ich bereits um zehn vor acht auf dem Parkplatz hinter dem Orange.

Ich weiß, dass ich ihn unbedingt warten lassen sollte. Aber bei den Temperaturen im Auto dem richtigen Zeitpunkt entgegen zu bibbern, ist mir dann doch zu cool. Also steige ich die Treppe zum Orange einfach schon herunter und tauche in warmes, apfelsinenfarbiges Licht ein. Gute Entscheidung: Die großzügige Sitzlandschaft ist schon ziemlich dicht besiedelt. Mir bleibt nur die Wahl zwischen einem gemütlichen Zweisitzer, den ich gleich verwerfe (zu kuschelig) und zwei nüchternen Lederhockern, deren Abstand sich beliebig verstellen lässt. Ideal. Von hier aus habe ich die Tür im Visier. Christoph erscheint pünktlich um acht, küsst meine Wange gefährlich nah am Ohr und hält dabei meine Hand fest. Wir bestellen unsere Getränke passend zum Interieur: Sprizz Aperol, das Sommergetränk schlechthin.

Als die Kellnerin mit der Bestellung zur Bar geht, schaut Christoph mich an und sagt: „Schönes Licht hier drinnen."

„Zaubert glatt zehn Jahre aus den Gesichtern", höre ich mich antworten. Koketterie der schlimmsten Sorte. Anne kriegt für solche Sprüche von mir immer sofort eins drauf. Zum Glück sagt Christoph aber nicht: „Stimmt, du siehst hier aus wie 15" oder etwas ähnlich Joviales. Und ich frage mich, ob er überhaupt weiß, dass ich gerade 35 geworden bin.

Er lacht nur entspannt. „Geht es Anne besser?"

Da er sowieso im Bilde ist, habe ich keine Hemmungen und bringe ihn auf den neuesten Stand (exklusive Hirsch), bis hin zu Peters halbherzigem Zurückeroberungs-Brief mit dem Motto „die Luft ist zwar raus, aber lass es uns doch noch mal versuchen“.

Ich rede einfach weiter: „Er hat sich die Andere garantiert schön warm gehalten. Was das wohl für eine Frau ist? Verstehe ich nicht, wie man so eine Schafsgeduld haben kann.“

„Das versteh ich schon“, sagt Christoph zu meiner Überraschung. „Wenn du dich so richtig verliebt hast, ich meine so richtig. Dann kannst du warten. Dann machst du keinen Druck, sondern hältst das aus.“

Ich bin mir nicht mehr sicher, ob er von der Tussi spricht und frage vorsichtig: „Und wo liegt deiner Meinung nach die Grenze?“

„Das ist individuell verschieden. Aber solange da ein Funke Hoffnung ist, würde ich dran bleiben. Und solange ich nicht das Gefühl habe, mich zum Esel zu machen.“

„Aber die macht sich schon zum Esel...“, bringe ich das Gespräch wieder auf die richtige Spur. „Peters Gefühlsschwankungen können ihr unmöglich verborgen bleiben. Der verbringt doch noch viel zu viel Zeit mit Anne. Das muss die doch merken.”

„Ist doch eigentlich auch egal, ob sie sich lächerlich macht“, sagt Christoph plötzlich. „Die Frau ist nicht das Problem. Sondern Peter. Irgendwie wünsche ich ihm, dass Anne sich demnächst richtig verliebt. Ich bin mir nämlich ganz sicher, dass es da draußen tolle Männer für sie gibt.“

Ich lächle still in mich hinein und bin froh, dass Christoph zum zweiten Aperol ein neues Thema anspricht: Meine Scheidung. Er will wissen, was für ein Mensch mein Ex-Mann ist. „Ich kann mir gar nicht vorstellen, dass man mit dir nicht zurecht kommt...“, sagt er.

„Doch. Der hat aus mir das Schlechteste heraus geholt“, erkläre ich. Und überzeuge Christoph, indem ich ein paar publikumserprobte Anekdoten aus meinem Eheleben zum Besten gebe. „Ich mochte mich am Ende selbst nicht mehr."

Er nickt. „Ich kenne das auch von mir. Ich war in meiner letzten Beziehung auch nicht ich selbst."

„Dieses Verbiegen, um dem Anderen zu gefallen. Das war bei Georg extrem", gestehe ich. Und dann leiste ich mir den Ausrutscher des Abends: „Bei Dirk war ich dann nicht mehr so kompromissbereit", sage ich und spüre, wie ein kleiner Ruck durch Christoph geht: „Wieso war?"

„Weil wir uns getrennt haben. Aber auf die nette Art."

„Das freut mich", sagt Christoph wie aus der Pistole geschossen. „Ich meine, dass es keine fiese Trennung war."

Und dann müssen wir beide so lachen.

Später bringt er mich zum Auto und nimmt mich fest in den Arm. „Ich fahr morgen mit einem Freund zum Ski fahren", sagt er, als wir uns langsam voneinander lösen. „Für zwei fette Wochen. Haben wir danach wieder eine Verabredung?"

„Haben wir. Ich fahre allerdings auch bald weg, in zwei Wochen. Für zehn Tage nach Indien. Mit Anne."

„Ach, zu Annes Inder?", fragt er grinsend. „Sie hat mir mal von ihm erzählt. Freut mich ja für euch. Indien muss ein Traum sein. Da möchte ich unbedingt auch noch mal hin."

Christoph beobachtet mich beim Einsteigen, beugt sich zu mir herunter. Ich kurbele mein Fenster nach unten: „Schöne Reise."

„Die wünsche ich dir natürlich auch. Ich melde mich mal von unterwegs."

Ich rolle mein Fenster wieder hoch, starte den Motor – und Christoph bleibt einfach an meiner Tür stehen. Ich kann nicht ausparken. Schaue ihn an und spüre, wie er mich ansieht. Wie jemand, den jegliche Schutzmechanismen im Stich gelassen haben. Ich stelle den Motor ab, er öffnet die Tür. Ich steige aus, er legt seine Hände an meine Wangen und kommt mir mit seinem

Gesicht entgegen. Zum längsten Kuss aller Zeiten. Der Druck seiner Lippen, seiner Zunge ... schön.

„Ich habe mir das so gewünscht", sagt er irgendwann. „Schon lange."

„Ich hatte keine Ahnung", sage ich teilweise die Wahrheit.

„Du hast mich ja auch gar nicht wahrgenommen. Als du noch so richtig verheiratet warst, warst du natürlich tabu für mich. Und dann hab ich den richtigen Moment verpennt."

Die Kusspause hat mein Gespür für die tatsächliche Temperatur zurückkehren lassen. Wir setzen uns in mein Auto. Und küssen uns erst mal wieder warm. Plötzlich löst sich Christoph von mir, sieht mich ernst an. „Und die Sache mit Dirk ist wirklich aus?"

„So was von total aus...", sage ich, als wäre mir das schon seit Ewigkeiten klar. Dabei merke ich erst in diesem Moment, wie weit Dirk und ich inzwischen voneinander entfernt sind.

„Dirk will ein ganz anderes Leben als ich. Für mehr als eine Affäre ist der gar nicht zu haben. Der ist mit seinem Job liiert. Ich weiß nicht, hättest du früher..."

„...na klar", unterbricht er mich und zieht mich wieder an sich. „Ich hätte also bloß sagen müssen, ‚Hey Süße, lass mich dein Auto reparieren, dich küssen und bei dir einziehen. Ach ja, und dann will ich, dass du die Mutter meiner Kinder wirst.' Und schon hätte Dirk einpacken können", sagt Christoph und hat natürlich recht. Gar nichts hätte das geändert, ich hatte Dirk.

Dirk war wichtig. Der Versuch, mit ihm die große Liebe zu erleben, hat mich nur so müde gemacht, dass ich jetzt bestimmt nichts mehr versuchen werde. Jedenfalls nicht auf Krampf. Entweder es klappt. Oder...

„Müde?", fragt Christoph in meine Gedanken hinein.

„Kein bisschen", sage ich. „Ich habe nur gerade gedacht, wie schade, dass ich mich um mein Auto schon selbst gekümmert habe, aber Küssen darfst du mich."

Um uns herum schleichen noch einige Nachtschwärmer durch die Stadt. Zum ersten Mal schaue ich auf die Uhr. Kurz nach

Drei. „Wo steht eigentlich dein Auto", frage ich Christoph. „Bei mir zu Hause. Ich bin mit dem Taxi gekommen."

„Dann fahr ich dich jetzt zu dir."

Mit der höflichen Umständlichkeit des Anfangs sortieren wir unsere Arme und Beine und rücken uns zurecht. Er lehnt seinen Kopf entspannt gegen die Nackenstütze, schließt die Augen und lächelt. Und ich merke, dass ich mich mitten im Hamburger Winter nach Sommer fühle.

„Ich kann es nicht glauben. Ellen Mars hat mich geküsst", sagt er, als ich vor seiner Haustür halte. „Ich möchte dich so gern noch sehen, bevor ich verreise. Aber ich muss ja praktisch gleich los. Ich rufe dich auf jeden Fall noch mal an."

Als ich nach Hause komme, blinkt eine Nachricht auf dem Anrufbeantworter. „Es ist fünf Minuten nach unserem letzten Kuss. Ich vermisse dich jetzt schon."

Ich fühle mich komplett neu. Wie gerade erst entdeckt. Nach dem Zähneputzen im Bad erzähle ich meinem Spiegelbild fröhlich: „Du bist verliebt. Richtig verliebt." Es lächelt mir zu. „Sieht verdammt gut aus für dich." Das Lächeln wird breiter. Ich entdecke keine Vorsicht in meinem Blick. Keine Skepsis. Kein Zaudern.

In dieser Nacht habe ich für einen kleinen Moment das Gefühl, das Leben total zu verstehen. Alles macht Sinn. Meine kurze Enttäuschung mit Dirk. Mein großes Drama mit Georg. Und all die anderen kleinen bis mittelgroßen Erschütterungen davor, die schmerzhaften Momente, die mein Leben verändert haben. Sie haben mich dorthin gebracht, wo ich jetzt stehe. An den schönsten Ort, an dem ich bisher war.

Weil ich auf keinen Fall ins Bett gehen und mich schon gar nicht auf ein Buch oder einen Film konzentrieren kann, brühe ich mir einen Eisenkraut-Tee auf und fange an, die Krimskrams-Schublade meines Küchenschrankes aufzuräumen. Dabei finde ich in einem alten Notizbuch ein Foto von mir und meiner Oma, die mir mal den Rat gab: „Ich sag dir eins, Ellen, nimm einen Mann, der dich ein kleines bisschen mehr liebt als du ihn. Das erspart dir eine Menge Tränen." Ich glaube, an dem Satz ist was dran.

Mir tut es erst einmal unendlich gut, erobert zu werden. Der nächste Anruf von Christoph kommt gegen halb neun. „Gut geschlafen?"

„Sehr gut. Aber nur sehr, sehr wenig. Ich hab bis fünf Uhr Schubladen aufgeräumt. Und du? Fertig gepackt?"

„Ja. Mein Freund ist schon auf dem Weg zu mir. Wir wollen noch schnell einen Kaffee trinken und dann den Zug nach Innsbruck nehmen."

„Ich wünsche euch ganz viel Spaß in Österreich."

„Ach, ich freue mich im Moment eigentlich viel mehr aufs Zurückkommen. Ich weiß auch nicht, woran das liegt."

Wir lachen. Ein bisschen verlegen. Und sehr glücklich. „Obwohl du bei meiner Rückkehr ja gerade nach Indien fliegst..."

„Krieg ich eine Postkarte?"

„Mindestens", sagt Christoph. Im Hintergrund klingelt es an seiner Wohnungstür.

„Bis gleich", sagt er. Dann legen wir auf.

Anne

Kein Zeichen von Tilmann. Das Faszinierende ist, dass ich nicht aufhöre zu warten. Die ganze Woche habe ich meine Nichtbeziehung mit ihm am Leben gehalten – mit Gesprächen über ihn. Vor Ellen traute ich mich seit Mittwoch schon gar nicht mehr, seinen Namen zu erwähnen. Katrin und Marlene versuchten mich aufzubauen („der ist als Leiharbeiter in so einer Agentur bestimmt wahnsinnig im Stress"). Gestern landete ich auf der Suche nach dem letzten offenen Ohr – bei meiner Mutter („Wie? Der fährt einen alten Golf?"). Nach weiteren ermutigenden Bemerkungen

(„Witzig. Wenn du ein Junge geworden wärst, hätte ich dich auch Tilmann genannt") musste ich dann sie trösten und ihr versichern, dass ich sehr gut allein zurecht komme. Was sie lieber mal überhörte („Und wenn du doch wieder mit Peter..."). Zum Schluss ließ sich mein Vater den Telefonhörer geben und brachte alles auf die Fußballformel „Der Kerl hört sich nach Kreisklasse an", rief er. „Mädchen, du spielst erste Liga. Dafür braucht man einen verdammt langen Atem. Und der fehlt dem." Danke, Papa. Das war das Netteste, was ich in der ganzen Woche gesagt bekommen habe.

Samstag liege ich auf meinem Sofa, höre The XX und denke an – Tilmanns Küsse. Daran, wie er mich mit seinem „Wahnsinn, das ist wahnsinnig mit dir" hochleben ließ und das nicht mehr tut. Ich starre Löcher in die Luft, kann mich nicht auf mein Buch konzentrieren, habe keine Lust fern zu sehen, mir steht noch nicht mal der Sinn nach Haribos Vampiren oder Toblerone.

Apropos: Schweiz, Montblanc, Höhepunkt, Zürich – Max. Der Gedanke, dass es ihn irgendwo da draußen gibt, sendet einen Ruck durch meinen traurigen Körper. Die Sehnsucht nach etwas Männlichem treibt mich ans Telefon. Andreas muss her. Ich erzähle ihm die Hirsch-Geschichte, komplett. Stumm hört er sich alles an, dann holt er aus: „Okay, ich kenn jetzt ja nur deine Sicht. Trotzdem muss ich mal Partei für diesen Hirsch ergreifen. Der weiß doch gar nicht, was du von ihm willst. Du verhältst dich doch kein bisschen eindeutig."

Ich erhebe Einspruch. „Ich hatte das fast vergessen. Aber er hat gesagt, dass er es momentan super findet, so unverbindlich zu sein. Weißt du, ich glaube, dass er Panik hat, dass ich so eine schwierige Torschlusspanik-Frau bin."

„Quatsch", ruft Andreas ins Telefon. „Ich wäre auch vorsichtig, wenn ich zweimal aus der Wohnung fliege."

„Das zählt ja nur einmal", verbessere ich ihn. „Beim zweiten Mal musste ich ja wirklich um fünf Uhr aufstehen. Und beim ersten Mal wusste er ja nicht, dass niemand zum Frühstück kam."

„Und er weiß auch nicht, was da noch mit deinem Ex läuft. Der sieht nur, dass die Sachen von ihm noch in deiner Wohnung stehen."

„Das ist es ja", stöhne ich. „Deshalb hat er Panik. Er denkt, dass ich sitzen gelassen worden bin und jetzt den Nächstbesten zum Vater von fünf Kindern machen will. Frauen sind echt angeschmiert, wenn sie nicht mehr 20 sind."

„Ich glaube nicht, dass der so weit denkt", meint Andreas. „Schick ihm morgen noch mal eine SMS und wenn er nicht antwortet, kannst du ihn vergessen."

Am nächsten Tag um genau 11.42 Uhr sende ich einen lieben Gruß durch den Orbit. Danach stelle ich das Handy aus. Als ich es nachmittags anstelle, piepst es. Keine SMS, sondern eine Mailbox-Nachricht. Von Peter. Und eine SMS von Andreas. Warum melden sich immer genau die Kerle, die im Moment überhaupt nicht gefragt sind? Ich rufe Andreas trotzdem an und verabrede mich mit ihm zu einem Spaziergang.

Ich treffe ihn beim Portugiesen um die Ecke. Nach einem Kaffee und klebrigen Törtchen gehen wir spazieren. Auf keinen Fall an die Elbe, machen wir ab. Wir wollen sie beide nicht sehen, die Verliebten, die Rama-Familien, die schwulen Pärchen mit ihren Rassehunden. Also gehen wir dahin, wo diese Leute herkommen – durch gepflegte Wohngebiete. Wir erzählen uns, was bei uns so los war – nach dem Motto: „Erst du, dann ich." Ich fange an. Noch mal Tilmann, detaillierter bis zur Nachricht, auf die es seit fünf Stunden keine Reaktion gibt.

Andreas guckt mich nicht an, als er sagt: „Weißt du, wenn ich das alles jetzt noch mal höre: Das könnte ich vor ein paar Jahren gewesen sein. Da war ich auch so blöd und habe mich tot gestellt, wenn mir irgendwas nicht passte. Was dahinter steckt, kann ich dir natürlich auch nicht sagen. Vielleicht hat der am nächsten Abend eine andere aufgetan, seine Ex-Freundin getroffen oder er hatte Angst, festgenagelt zu werden. Das ist aber auch egal. Der ist einfach feige."

„Deshalb habe ich überlegt, ihn noch mal anzurufen. Er soll mir ehrlich sagen, was los war. Wenn ich einen Fehler gemacht habe, würde ich den gern kennen..."

Andreas unterbricht mich, hält mich an der Schulter fest. „Das machst du nicht", bläut er mir ein. „Das hast du nämlich gar nicht nötig, dem Typen hinterher zu telefonieren. Du bist eine kluge, witzige, gut aussehende Frau. Wenn der das nicht schnallt, ist das einfach Pech. Pech für ihn. Die Wahrheit wird er dir sowieso nicht sagen, sondern sich irgendwie rausreden. Und dann geht's dir noch mieser."

„Aber ich will wissen, was ich nächstes Mal besser machen kann..."

„Nichts", sagt Andreas. „An dir ist nichts verkehrt. Es hat nur einfach nicht gepasst."

Ein bisschen geknickt verspreche ich ihm, auf keinen Fall anzurufen. Und dann ist er dran mit seiner Geschichte.

Andreas hat vor drei Monaten beschlossen, die Trauer um seine Ex zu beenden – und sich das Zweitbeste geschnappt, was die Geburtstagsparty eines Freundes hergab. Leider auch nicht gerade Mrs. Right. Sondern eine Endzwanzigerin, die immer noch studiert, sich aber nur für „Bier trinken, Konzerte und Clubs interessiert". „Weißt du, diese ganzen Clubs... Moondo, Echochamber und ‚hastenichtgehört' gehen mir tierisch auf den Geist. Und das Poppen kann es auf Dauer auch nicht rausreißen. Wenn ich morgens beim Frühstück Zeitung lese, guckt sie mich erwartungsvoll an. Wenn wir ein amerikanisches Paar wären, würde sie sich wahrscheinlich von mir die Seite mit den Cartoons reichen lassen."

„Passt also auch irgendwie nicht", stelle ich scharfsinnig fest. „Ich glaube, wenn das bei mir noch länger so weitergeht, werde ich nicht wieder mit jemandem zusammen leben können. Ich bin inzwischen viel zu gern allein in meiner Wohnung. Lese Zeitung, lege Masken auf, stehe auf, wann es mir passt."

Andreas murmelt seine Zustimmung. Unsere Schritte knirschen im Kies. Schweigend gehen wir über eine Brücke, links stehen unerreichbare Stadtvillen mit Garten. Andreas legt seinen Arm um mich und zieht mich schwungvoll an seine Brust. „Heirate mich", sagt er in einem Tonfall, der mich kurz stutzen lässt. „Dann kaufen wir uns so ein Haus. Du nimmst das obere Stockwerk und ich das untere." Ich lache und spiele mit: „Im Sommer treffen wir uns zum Grillen im Garten." – „Okay. Genauso machen wir's."

Nach wie vor unverheiratet sitze ich spät abends auf meinem Sofa. Da ich Andreas ja hoch und heilig versprochen habe, den Hirschen keinesfalls anzurufen, formuliere ich eine E-Mail. Ich muss sie ja nicht abschicken. Aber meine Fragen endlich loswerden. Als ich nach dem „Tatort" noch mal ins Netz gehe, passiert es dann. Statt „Empfangen" klicke ich auf „Senden und Empfangen", die fröhliche „Ich mache mich jetzt auf den Weg"-Melodie erklingt. Nach einer kurzen Schocksekunde klappe ich meinen Laptop zu und versuche es mal mit der arabischen Schicksalsergebenheit. Ich denke „Kismet" – nehme das von Allah zugeteilte Los hin und wünsche mir 1001 gute Nacht.

Hallo Tilmann,
eigentlich sind Hirsche doch ganz elegante Waldbewohner. Beeindrucken ein Reh, röhren mit der Kraft ihrer zwölf Enden und zeigen sich von ihrer besten Seite, so lange ein laues Lüftchen über die Lichtung weht. Es soll allerdings auch Exemplare geben, die zwar inbrünstig röhren, dann aber plötzlich kopflos von der Lichtung rennen, dabei viel Staub aufwirbeln und sich im Dickicht verstecken. Sind das „Platz"-Hirsche?

Ich finde es schade, nichts mehr von dir gehört zu haben. Ich mochte unsere unverbindlichen Stunden, die so ganz ohne schädliche Gedanken an irgendeine Vergangenheit und schon gar nicht an irgendeine Zukunft waren. Einfach den Moment zu genießen, hat mir viel Spaß gemacht. Blöd, dass die Erinnerung an unser spontanes Aneinandergeraten so beschlagen ist wie die Telefonzelle, nachdem wir sie neblig geküsst hatten. Egal, was aus einer Begegnung wird, ein letztes Zeichen sollte doch wohl drin sein. Ich gehe mal davon aus, dass du nicht vom Main Tower gefallen bist, bewusstlos mit dem Gesicht in einem Handkäse mit Musik liegst oder versucht hast, zu Fuß über den Main in den Norden zu laufen. Sondern, dass du in dein Revier mit funktionierendem E-Mail- und Telefonanschluss zurückgekehrt bist. Zu dumm, wenn wir uns jetzt irgendwo zufällig bei einem Konzert, einer Party oder auf der Straße über den Weg laufen. Ich gucke nach links, du nach rechts, okay? Oder umgekehrt? Entscheide du. Anne

Ellen

„Christoph hat mich geküsst", überfalle ich Anne, sobald wir allein sind und erzähle atemlos die ganze Geschichte.

„Wusste ich es doch. Dass er was für dich ist."

„Er geht jetzt erst mal Skifahren. Und wir düsen nach Indien..."

Jetzt lächelt Anne: „Ist doch ideal. Dann kann das in Ruhe sacken. Und wir können uns zusammen viele Gedanken machen."

„Was vom Hirschen gehört?"

„Nein. Aber ich hab ihm gestern noch eine Mail geschrieben", sagt Anne und zitiert grob den Inhalt.

„Gut gebrüllt, Anne. Bin mal gespannt, ob er darauf klar kommt."

„Findest du die Mail zu frech?"

„Nee, aber du rüttelst ganz schön an seinem Geweih."

„Meinst du, der antwortet?"

„Ich glaube schon. Das lässt der nicht auf sich sitzen."

Der Hirsch antwortet tatsächlich schneller als gedacht. Schon gegen Mittag schreit Anne kurz auf und trägt mir dann seinen lässigen Erklärungsversuch vor:

Hallo Anne,
okay, ein paar Sorgen kann ich zerstreuen, Frankfurt hat mich wohlbehalten wieder weggelassen. Und Strom, Telefon und Wasser hat man mir auch noch nicht abgestellt.

Tja, nichts sagen ist manchmal einfacher. Gerade dann, wenn man nix sagen will. Und warum nicht warten, bis der andere den nächsten Schritt macht? Jetzt hast du den gemacht, und ich mach auch einen.

Aber mein Nixsagen ist auch eigentlich schon alles. Uneigentlich will ich es dir kurz erklären: Ich hatte an unserem letzten Abend plötzlich das Gefühl, dass sich da etwas zwischen uns geschoben hat. Es fehlte irgendwas, was da sein müsste. So was krieg ich halt im Laufe der Zeit erst raus, und dann sage ich so lange nichts, bis ich gefragt werde.

Vielleicht bist du sauer, vielleicht ist es okay für dich, ich fand es jedenfalls schön, dich kennengelernt zu haben, auch wenn es sich unecht anhört. Und ich glaube nicht, dass ich extra weggucken werde, wenn wir uns mal über den Weg laufen. Vielleicht sehe ich dann ja, dass du es tust, und das wäre dann auch okay.
T.

Anne lässt die Sache erstmal unkommentiert. „Lies noch mal vor", verlange ich. Und sie gibt die sonderbare Hirsch-Logik zum zweiten Mal zum Besten.

Anne kann es nicht fassen. „Der sagt mir ganz cool, dass ich ihm nicht genug bin. Noch nicht mal eine bescheuerte Ausrede hat der sich einfallen lassen."

„Und wie der sich seine eigene Feigheit schön redet. Der findet sich jetzt auch noch geil. So nach dem Motto: Ich bin der super ehrliche Typ. Man muss mich nur fragen. Denn ich bin ja so derart im Reinen mit mir und habe es deshalb nicht nötig, mein wertes Empfinden ungefragt zu äußern."

Anne findet langsam ihren Humor wieder. „Ich finde es echt ganz süß von Tilmann, dass er sich die Zeit genommen hat, es mir kurz zu erklären. Und das Irre ist, dass der die falschen Sätze in meiner Mail ernst genommen hat. Und jetzt denkt, dass ich nicht den Mumm habe, ihm in die Augen zu schauen. Am liebsten würde ich ihm gleich eine Antwort obendrauf schicken."

„Ich bitte dich. Wenn der sich nicht so interessant gemacht hätte mit seinem Nixsagen, dann hättest du schon längst die Lust an ihm verloren. Schließ die Sache ab. Nimm sie als One-Night-Stand und Übung." Dann nehme ich ein leeres Blatt Papier und klebe es mit Tesafilm ans Regal, auf Annes Seite.

„So, hier schreibst du jetzt die Worte und Ausdrücke drauf, die dich an den Hirschen erinnern, die dich von Anfang an genervt haben und dich für immer abgetörnt hätten, weil du sie so schlimm findest."

„Okay. Da fällt mir einiges ein", sagt Anne und stürzt sich gleich auf ihre Aufgabe:

Verstahlt (ja, sowas Ausgefallenes...)
Schmerzfrei (hey, ich bin echt szenig...)
Tja
Uneigentlich
Ganz ehrlich

Anne hält inne – und sagt nachdenklich: „Und ich will auch keinen, der ‚endschräg', ‚das geht steil', ‚ciao ciao', ‚okidoki', oder tschüssikowski' sagt. Da fallen schon mal viele durchs Rost. Was soll bloß aus mir werden?"

„Da bleiben schon noch eine Menge übrig..."

Anne nickt: „Klar. Opas."

In diesem Moment kommt ein etwa 45-jähriger Fahrradkurier zur Tür herein und schnappt sich den Umschlag, der für ihn auf dem Tisch bereit liegt. „Okidoki. Und das geht dann zum Baumwall?“

„Ja, steht doch drauf“, grinst Anne.

„Supi. Ciao-ciao ihr beiden“, verabschiedet sich der Berufsjugendliche.

Als er um die Ecke ist, sagt Anne trocken: „Siehst du, Ellen. Das sind die Typen, die ich meine.“

Aber es gibt einen Hoffnungsschimmer. Einen kultivierten Ausländer, der für Anne und mich ein vorzüglich formuliertes Indien-Programm erarbeitet hat. „Vikram hat sein Versprechen gehalten“, ruft Anne ganz aufgeregt. Weil Anne den Norden ja schon kenne, möchte er uns jetzt von Neu Delhi (da bleiben wir drei Tage und werden von Vikram persönlich herumgeführt) in Richtung Süden bis nach Kerala schicken.

„Guck mal, Vikram hat vier Ayurveda-Behandlungen für uns organisiert, immer nach Tagesausflügen. Und morgens können wir jeden Tag Yoga machen, wenn wir wollen...“, informiert Anne mich strahlend.

„Das wird uns so gut tun. Außerdem freue ich mich so auf all die Sachen, von denen du erzählt hast, auf diese wuseligen Gewürzmärkte und ich werde mir auf jeden Fall einen Sari kaufen. Und indische Seide.“

Während ich in Gedanken Geld ausgebe, denkt Anne ans Geschäftskonto: „Ich habe schon mit zwei Magazinen gesprochen, die sich ein Indien-Ayurveda-Thema vorstellen können. Sicher kriegen wir über Vikram dann auch Ärzte vermittelt, die etwas Neues zu dem Thema sagen können.“

Am nächsten Morgen komme ich extra schwungvoll durch die Tür. „Ich wünsche dir einen besonders guten Morgen. Hast du‘s schon gehört?“

Anne glotzt nur irritiert: „Was?“

„Na, kam doch eben im Radio“, rufe ich. „Hirsch überrollt. Auf der A 24. Bist du heute Morgen schon Autobahn gefahren?“

Dann schaltet sie und muss grinsen. „Klar. Und nach dem unglücklichen Zusammenprall hab ich pflichtgemäß den Jäger gerufen. Zum Gnadenschuss. So viel zum Thema selbsterfüllende Prophezeiung. Wer seine Mail-Adresse hirschbraten nennt..."

Anne

Der Hirsch ist tot. Und ich lebe. Meine Energie-Statistik kann sich sehen lassen. Ich gehe im Schnitt drei Mal die Woche morgens joggen, abends mit wechselnden Freundinnen aus, trinke im Schnitt einen Liter Rot- oder Weißwein die Woche, wiege rund fünf Kilo weniger, lache viel, weine selten. Nur noch, wenn Peter mal wieder seine emotionale Inkompetenz unter Beweis stellt. Wie neulich.

Er hatte bei einem von ihm gebratenen Steak mit Calvados-Soße ein ernsthaftes Gespräch über unsere Situation eingefordert und dann beim Gegenübersitzen nur gesagt: „Unsere Beziehung läuft nicht gut" („welche Beziehung?"), um dann zwei Tage später gemeinsame Freunde abends uneingeladen zu überraschen – mit einem anderen Mitbringsel. Wie die unfreiwillige Gastgeberin mir kurz darauf erzählte, hatte er „die Tussi" im Schlepptau. „Als ich von der Arbeit gekommen bin, waren die schon da. Und diese Frau hat in der Küche gestanden und Kartoffeln geschält. Ich hab zu Peter gesagt, dass ich das nicht gut finde und mit dir solidarisch bin. Aber den Abend musste ich dann natürlich anständig rumkriegen."

Auf meine Frage, wie die Andere denn so ist, sagte sie nur: „Das genaue Gegenteil von dir. Einfach nur nett, sehr pflegeleicht, nicht gerade witzig. Sie hat Peter ab und zu so ehefrauenmäßig über die Wange gestreichelt, ist ihm durchs Haar gefahren und hat die ganze Zeit ihren Arm auf seiner Stuhllehne liegen gelassen. Hätte nur noch gefehlt, dass sie ihm Fussel vom Hemd zupft. Er saß stocksteif da und beobachtete meine Reaktion, wenn sie ihn auf die Wange küsste. Was sie ungefähr alle 15 Minuten getan hat."

Während Peter seine Neue also in unserem Freundeskreis rumzeigt, hofft er mir gegenüber noch auf Besserung, scheinheilig. Wie sagt man bei Hunden? Schwanzeinklemmer. Und nun will er offenbar, dass ich über Dritte von seiner Allianz erfahre. Oder er hat gar nicht darüber nachgedacht, dass die Information über seinen Auftritt sofort bei mir landet. Wie schäbig, dass er nicht den Schneid hat, ein klares Wort zu sprechen. Damit setzt er unserer Liebe ein echt bitteres Ende. Schließlich müsste ich die Erste sein, die von seiner Entscheidung erfährt.

Heute Abend gucke ich mir eine Wohnung an, die wirklich etwas für mich sein könnte. Drei Zimmer, Altbau, Holzfußboden, Südwestbalkon, großes Bad mit Fenster zum Hof, Blick auf einen schönen Baum (sagt der Makler). Und bevor ich plane, wie ich mein neues Leben dort so einrichte, schreibe ich all meinen Unmut über das Verhalten meines Verflossenen nieder. Drei Seiten werden es, drei unmissverständliche Seiten Klärung – ohne Hass und ohne Tränentropfen. Ich habe genug gelitten. Und das erste Mal das Gefühl, dass diese Qual sich gelohnt hat, dass alles so lange dauern musste, damit ich mich jetzt so neu fühlen kann. Stark genug für das Leben, in das ich mich nun allein stürze.

Es ist ein gutes Gefühl, das Abschieds-Schreiben auf meinem Indien-Koffer abzulegen, der mit mir übermorgen in den Beginn einer neuen Zeitrechnung fliegt.

Ellen

Am Tag vor unserer Abreise stellt Marlene wortlos einen Zitronentarte mit abenteuerlich hoher Baiserhaube auf unserem Konferenztisch ab. „Komme gleich wieder, habe was in meinem Büro vergessen", murmelt sie und lässt uns mit unseren Gedanken allein.

„Das Ende ihrer Diät?“, beginnt Anne das Rätselraten.

„Neun Kilo sind ja auch mehr als genug“, sage ich und hole eine kleine Flasche Champagner aus dem Kühlschrank. „Ich finde, wir feiern jetzt.“

„Was denn?“, fragt Marlene, die in diesem Moment zurückkommt.

„Das Ende aller Qualen“, schlägt Anne vor.

Ich verteile den Champagner gerecht auf drei Gläser: „Ich finde, wir trinken auf Annes Freiheit, die tollen Männer, die wir kennen oder noch kennenlernen werden und darauf, dass Marlene wieder Kuchen isst.“

„Die Diät war für die Katz'“, sagt Marlene nur und legt ein Ultraschall-Bild auf den Tisch. „Achte Woche. Ich war gestern beim Frauenarzt“, sagt sie.

Sechs Augen hypnotisieren das verschneite Foto. „Bist du sicher?“, erkundige ich mich ungläubig.

Mutter Marlene: „Also, sag mal. Hältst das da auf dem Bild für eine Kaffeebohne?“

„Nee, eher für eine Erdnuss“, bleibe ich bei meiner Das-kann-unmöglich-ein-Kind-werden-Meinung.

„Mensch, Marlene, wie konnte das passieren? Oder wolltet ihr noch eins?“

„Geplant war das bestimmt nicht. Im Grund ist diese Diät schuld. Die muss meinen Zyklus durcheinander gebracht haben. Laut Kalender konnte ich an dem Tag gar nicht schwanger werden...“

Als Anne Marlene in den Arm nimmt, fließen Tränen. „Was sagt Wolfgang dazu?“, heize ich die Emotionen weiter an.

„Der freut sich wie ein kleiner Junge“, heult Marlene. „Aber für ihn ändert sich ja auch nicht so viel. Ich muss dann wieder sehen, wie ich das mit meinem Job hinkriege. Außerdem habe ich schon ein anstrengendes Kind. Noch mehr Ärger brauche ich wirklich nicht.“

„Du schaffst das schon. Dieses Kind wird bestimmt ein Engel.“

„Das kann ich ihm auch nur raten“, meint Marlene, lässt ihr – fast volles – Champagnerglas stehen, um sich nebenan einen Ingwertee zu kochen. Ihr ist übel. Von der Zitronentarte.

Während Anne und ich uns noch ein zweites Stück gönnen, rattert ein Fax von Christoph aus dem Gerät. „Schon das zweite“, sagt Anne beeindruckt. „Diesmal mit Zeichnungen vom Alpenpanorama und einem aufgeklebten Bieretikett ‚Löschzwerg‘ und den liebsten Grüßen. Der scheint ja echt zu brennen.“

Als ich spüre, wie mich Anne aufmerksam beobachtet, gebe ich es zu.

„Ja, ich glaube, mich hat's auch richtig erwischt“, bekenne ich und bin ganz angetan von Christophs kleiner Malerei, falte die Seite und lege sie in die eigens dafür eingerichtete Kiste.

Und auch Anne bekommt die Nachricht, auf die sie gewartet hat – vom Makler. Sie kann den Mietvertrag für die Drei-Zimmer-Wohnung sofort unterschreiben und in vier Wochen einziehen. Ohne Peter davon zu erzählen, kündigt sie „das kuschelige Nest“.

„Ich will nicht, dass er da mit der Anderen einzieht. Und das würde er mit Sicherheit tun. Dann müsste er einfach nur ein paar Möbellücken füllen und sein Leben wäre genau wie vorher.“

„Nur mit etwas anderer Besetzung...“

„Ach komm“, sagt Anne ganz nebenbei, „das merkt er doch gar nicht. Ich bin mir sicher, dass er auch öfter mal Anne zu ihr sagt.“

Ich schaue sie direkt an. Und merke, dass ihre Gesichtsfarbe mir zum ersten Mal wieder positiv auffällt. Außerdem stehen ihr die etwas weit gewordenen Jeans fantastisch. „Sag mal, kann es sein, dass dir so insgesamt mit den Kilos auch die Wut ein bisschen abhanden gekommen ist?“

Anne schaut an sich herunter. Dann lächelt sie. „Hmmm, ich glaub, da hast du recht. Wenn ich ganz ehrlich bin, geht‘s mir eigentlich gerade viel besser als in meinem letzten Jahr mit Piet.“ Ich umarme meine Partnerin innerlich und höre lächelnd weiter zu. „Weißt du, ich bin wirklich lieber ab und zu traurig allein, als ständig gedämpft zu zweit. Piet kriegt irgendwann schon noch sein Fett weg, wenn er nicht mal anfängt, die Fehler auch bei sich zu suchen. In dem Punkt glaube ich an himmlische Gerechtigkeit. Mit der Frau wird er vielleicht langfristig auch nicht glücklich, wenn er sich nicht ändert."

„Aber ich bin mir sicher, dass du wieder glücklich wirst."

Anne grinst. „Och du, das Einzige, was mir im Moment wirklich fehlt, ist Sex. Davon hatte ich eindeutig zu wenig. Am liebsten natürlich mit Max. Aber der meldet sich ja nicht..."

16 Stunden später sitzen wir im Airbus in Reihe 17. Ich bin so aufgeregt wie mit vier Jahren, als ich mit meinen Eltern mitten in der Nacht in meinen ersten bewussten Urlaub gestartet bin. Aber Anne ist noch nicht wirklich unterwegs. Sie macht sich noch hoch über den Wolken Sorgen um das verwaiste Büro: „Wir brauchen dringend eine Praktikantin oder Volontärin. Wenn wir wieder zu Hause sind, kümmere ich mich darum. Das macht keinen guten Eindruck, wenn nur ein Anrufbeantworter läuft. Und außerdem tut's uns auch gut, wenn noch jemand da ist..." Und als wäre die dünne Luft im Flugzeug negativ geladen, redet sie weiter: „Ich finde auch, dass wir uns dringend mal Gedanken über die Zukunft machen müssen. Ich habe keine Lust, im Jahre 2037 noch über Cellulite zu schreiben. Und irgendwann mit einem Hexenschuss und allerletzter Kraft die gelben Wände zu weißeln und das Büro in den Urzustand zurückzubringen."

„Jetzt schalt endlich mal ab, Anne. Wie sagt der Yoga-Lehrer? ‚Just let go'. Es kommt schon alles ins Lot. Du musst dich entspannen. Freu dich auf das Wiedersehen mit Vikram. Aus euch könnte doch was werden!"

„Schwierig. Erstens ist er verheiratet. Zwar unglücklich, aber immerhin. Und du darfst nicht vergessen: mit einer Inderin. Eine Scheidung käme da nie in Frage. Überhaupt ist mir das alles zu exotisch."

Anne hält inne und beantwortet die Getränkefrage der Stewardess mit „Rotwein, bitte. Für uns beide." Nachdem der Merlot auf den Tabletts steht, prosten wir uns zu. Dann nimmt Anne den Faden wieder auf und findet noch mehr Probleme.

„Also erstens die traditionelle Ehe. Und zweitens ist Hamburg – Neu Delhi ja auch kein Steinwurf voneinander entfernt. Und drittens ist er mir zu alt. Und viertens finde ich Englisch als Beziehungssprache auf Dauer zu anstrengend. Weil ich nur auf Deutsch genau das sagen kann, was ich denke..."

„Und Humor kommt in einer fremden Sprache auch nicht lupenrein rüber...", ergänze ich.

„Von Kommunikationsproblemen habe ich auch echt genug. Außerdem fahre ich jetzt nicht nach Indien, um mit Vikram was anzufangen. Sondern um mit dir eine schöne Zeit zu haben. Das haben wir uns nach diesem ganzen Tamtam verdient, finde ich. Und ich finde übrigens auch, dass wir über Männermangel eigentlich nicht klagen können."

„Ach Anne, wir sind doch harmlos."

„Wir sollten unbedingt gefährlicher werden. Sofort."

Gegen 23 Uhr Ortszeit fliegt die Maschine Neu Delhi International Airport an. Ich drücke mir die Nase am Fenster platt und starre in die schwarze Nacht: „Kaum Lichter. Sieht von hier oben so aus, als landeten wir in einer Kleinstadt."

„Wart es ab", sagt Anne nur, „das wird noch bunter als du es dir vorstellst."

Als das Taxi später im Schritttempo dem bunten Leben auf der Straße ausweicht und irgendwann ganz stehen bleibt, weiß ich, was Anne meinte: Endlich wieder Kühe auf der Straße.

Vor lauter Staunen merke ich gar nicht, dass Anne nicht aus dem Fenster schaut, sondern ihr gerade angeschaltetes Handy anstarrt: „Max", flüstert sie ungläubig.

„Und was schreibt er?"

„Dass er gerade in Hamburg ist und mich sehen möchte. Das nenne ich perfektes Timing", sagt Anne.

Ich nehme sie in den Arm: „Weißt du was? Ich glaube, wir sind genau zur richtigen Zeit am richtigen Ort."